회귀 경찰의 리셋 라이프

The Reset Life

회귀 경찰의 리셋 라이프 42

초판 1쇄 발행 2025년 1월 17일

지은이 ǀ 한길
발행인 ǀ 최원영
편집장 ǀ 이호준
편집디자인 ǀ 박민솔
영업 ǀ 김민원 조은걸

펴낸곳 ǀ ㈜ 디앤씨미디어
등록 ǀ 2002년 4월 25일 제20-260호
주소 ǀ 서울시 구로구 디지털로32길 30 코오롱디지털타워빌란트 1301-1308호
전화 ǀ 02-333-2513(대표)
팩시밀리 ǀ 02-333-2514
E-mail ǀ papy_dnc@dncmedia.co.kr
블로그 ǀ blog.naver.com/gnpdl7

ISBN 979-11-364-5906-0 04810
ISBN 979-11-364-2581-2 (SET)

※ 저자와 협의하여 인지는 붙이지 않습니다.
※ 이 책은 ㈜ 디앤씨미디어(파피루스)가 저작권자와의 계약에 따라 발행한 것으로 본사와 저자의 허락 없이는 어떠한 형태나 수단으로도 내용을 이용할 수 없습니다.

한길현대 판타지 장편소설
Papyrus Modern Fantasy

회귀 경찰의 리셋 라이프

42

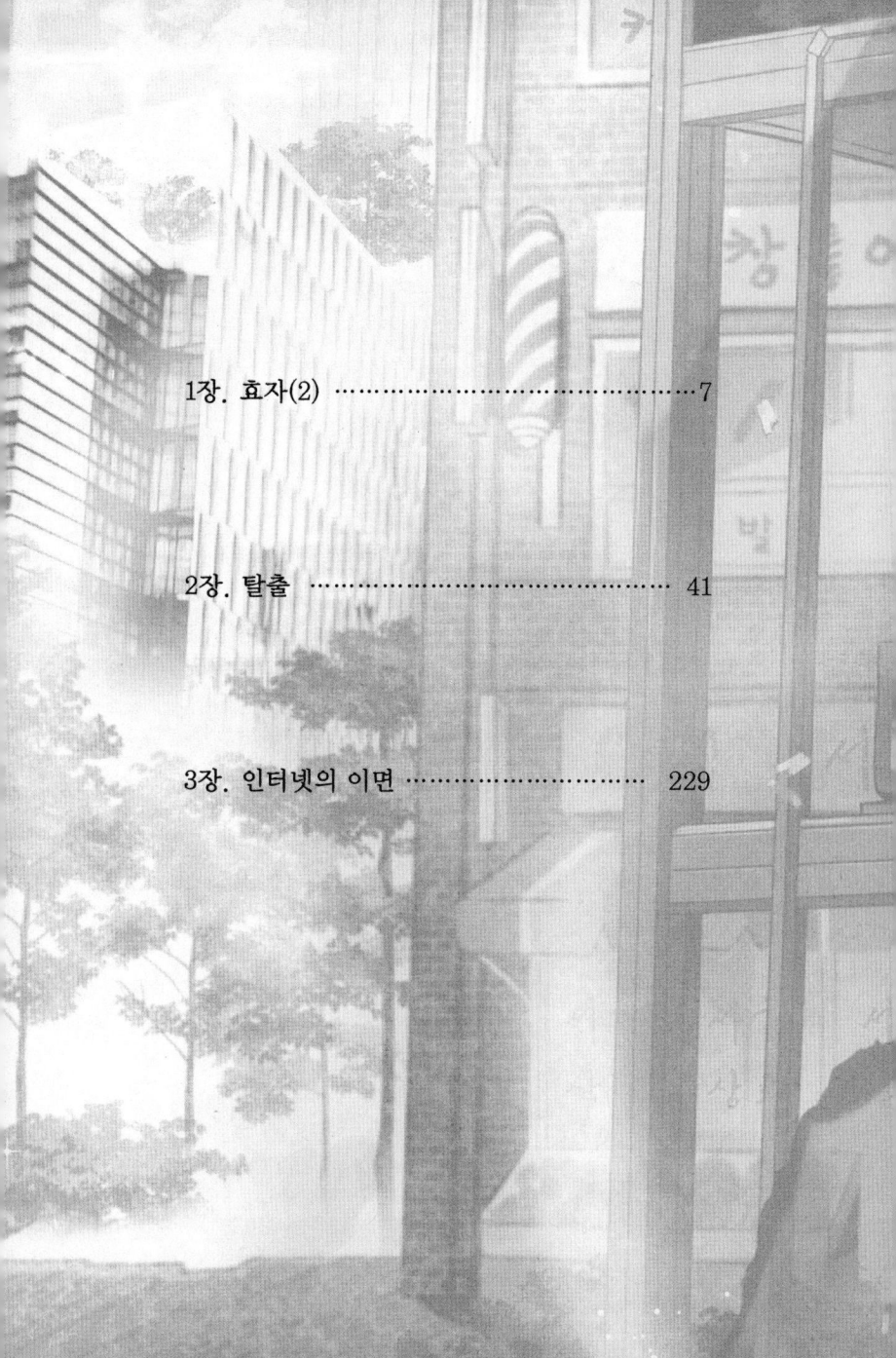

1장. 효자(2) ……………………………… 7

2장. 탈출 ……………………………… 41

3장. 인터넷의 이면 ……………………… 229

1장. 효자(2)

효자(2)

딸랑!
"어서…… 오세요."
밑반찬을 테이블에 내려놓던 사장이 신경을 끄며 다시 손을 놀리자 종혁이 테이블 위에 만 원짜리 다섯 장을 내려놓는다.
"뼈해장국 다섯 개 추가요. 화장실은 어디 있습니까?"
움찔!
종혁을 본 사장이 눈을 가늘게 뜨고, 종혁은 그런 그를 가만히 내려다본다.
"……저 안쪽에 있습니다."
"예. 자, 다들 저랑 화장실 가시죠."
"예? 아, 예."
의아해하며 몸을 일으킨 사람들과 종혁이 안쪽으로 걸

어가자 밑반찬을 모두 내려놓은 사장이 카운터로 걸어가 전화기를 든다.

"다섯 명 올라가요."

달칵! 타탁! 부우웅!

"응?"

웬 이상한 소리에 고개를 돌린 사장은 어느새 코앞에 있는 커다란 발에 눈을 껌뻑였다.

그것이 그의 마지막 기억이었다.

쩌어어억!

쿠우웅!

카운터 뒤의 벽에 부딪쳐 그대로 고꾸라진 식당 주인.

종혁은 그를 뒤집어 수갑을 채운다.

"해, 행님! 뭐하는 겁니꺼!"

"여기 하우스란다."

"……아."

정신을 차린 최재수가 재빨리 식당 문부터 잠그고, 종혁은 당황하고 겁먹은 복덕방 사장들에게 다가갔다.

"일단 여기에 계세요."

"지, 지금 이, 이게……."

"금방이면 끝납니다. 재수는 2분 뒤에 올라오고."

둘을 다독인 종혁은 가게 안쪽으로 걸어갔다.

"여기네."

가게 뒤로 통하는 뒷문. 화장실 안에는 뭔가 없었으니

이곳을 통해야 할 거다.
 그렇게 문을 열고 나가니 위로 향하는 계단이 나온다.
 터벅터벅!
 거침없이 올라가는 종혁과 현석.
 이윽고 철창문이 그들의 앞을 가로막는다.
 부스럭!
 "뭐야. 왜 둘이야?"
 "화장실 갔어. 문 열어."
 "……암호."
 "암호는 못 들었는데?"
 "지랄 말고 암호."
 "진짜 못 들었다고. 씨발아."
 "아씨. 누가 소개시켜 줬는데?"
 "서귀포 노가다꾼 김 씨. 이름이 김덕배였던가?"
 "……몇 번 도로 타고 왔어?"
 순간 눈을 빛낸 종혁이 사건이 발생한 도로의 번호를 말하자 철창문 너머의 사내가 입을 다문다.
 "차는 어디다 댔는데? 차 번호는?"
 "택시 타고 왔다, 이 개새끼야. 제주도에도 괜찮은 하우스가 있다고 해서 카드 좀 만져 보나 했더니…… 에이, 씨팔. 여기 하우스 좆같네. 퉤!"
 "쯧."
 따앙!
 종혁이 돌아서려고 하자 문이 열린다.

"올라가. 3층."

"……에휴. 그래. 입구 지키는 새끼가 뭘 알겠냐. 앞으로 잘하자, 개새꺄."

사내의 볼을 두드린 종혁은 현석과 함께 다시 계단을 올라갔고, 잠시 후 문을 닫은 사내가 슬그머니 그 뒤를 쫓는다.

그걸 아는지 모르는지 3층까지 올라온 종혁은 활짝 열린 문과 그 앞에 서 있는 떡대들에 헛웃음을 터트렸다.

"1층 CCTV도 연결되어 있었냐?"

"짭새?"

목에 문신이 새겨진 사십대 사내가 걸어 나온다.

"어디 보자. 한 놈, 두시기, 석 삼, 너구리…… 여덟 명이네. 이야. 너희 많이 있다?"

스릉!

종혁의 등 뒤에서 칼이 뽑히는 소리가 들리고, 사십대 사내가 입술을 비튼다.

"둘이서 가능하겠어?"

"방금 그 소리는 역시 문 잠그는 소리였나 보네. 야, 형이 딱 하나만 대답해 주면 그냥 갈게. 너희 혹시 사흘 전에 여자 한 명 받았냐? 이십대 초반 아가씨인데, 너희든 데려온 새끼든 발목을 잘랐어. 지금 안에 있니?"

"……쳐!"

"이야아아압!"

"현석아, 실력 좀 보자."

'오랜만에.'

"흐흐. 예, 행님!"

팍!

순간 이를 드러내며 앞으로 달려 나간 현석이 몸을 날리며 가장 앞에 있는 놈의 턱에 무릎을 꽂아 넣는다.

뻐어어억!

허공을 향해 비산하는 이빨과 다음 먹잇감을 노리며 주먹을 꽂아 넣는 현석.

느려진 시간 속, 고개를 끄덕인 종혁이 뒤에서 기합을 내지르며 달려드는 놈의 모습에, 그 손에 들려 배를 찔러 오는 칼에 그 팔을 감으며 그대로 꺾어 버렸다.

뿌드드득!

"……끄아아아아악!"

* * *

웅성웅성.

"아가리 열지 마라. 확 찢어 뿐데이. 거기, 대가리 안 박나!"

머리를 밑으로 처박고 바들바들 떠는 도박꾼들.

'새끼. 여전하네.'

아니, 젊어서 그런지 더 날아다녔다. 완력 쪽으로는 걱정을 안 해도 될 것 같았다.

"부국장님, 없는 것 같습니다."

종혁은 건물 안을 샅샅이 뒤진 최재수가 다가오자 무릎을 꿇고 앉은 떡대들을 보며 담배를 물었다.
 찰칵! 치이익!
 "형이 아까 물은 거 누가 대답해 줄래?"
 "아, 아가씨 말입니까?!"
 두목인 죄로 팔이 꺾인 중년인이 끙끙거리다 다급히 입을 연다.
 "그래. 이십대 초반 아가씨. 이름은 김세정."
 "아, 아니 형님. 형사님! 저희가 하우스를 운영하는 거지, 인신매매를 하진 않습니다!"
 "지랄 똥 싸는 소리 말고. 그럼 저 아가씨들은 뭔데?"
 하우스 안쪽 방에서 데려온 두 명의 아가씨. 아마 빚에 팔려 와 남자를 받고 있었을 거다.
 "……."
 피식 웃은 종혁이 그의 쇄골에 담배를 비벼 껐다.
 치이익!
 "끄으으으읍!"
 "야. 씨발아. 지금 너희가 상황 파악이 안 되나 본데…… 형이 본청 간부거든? 본청에서 밀고 내려오면 니들이 뇌물 먹인 경찰이건, 검찰이건, 정치인이건 아무도 너흴 보호 못해요."
 종혁이 고통에 괴로워하는 그의 앞에 경찰공무원증을 던졌다.
 "꺽?!"

'겨, 경무관?! 최종혁!'

들어 본 적 있다. 6선 정치인과 대기업 회장도 날려 버린 본청의 불도저, 최종혁.

종혁은 불신 어린 눈으로 쳐다보는 그를 보며 눈빛을 가라앉혔다.

"어떤 개새끼가 납치해 온 여자 한 명 때문에 니들 조직 해체될래, 아니면 그냥 순순히 발목 자른 놈까지 반납하고 너희만 깜빵 갈래?"

"아, 아닙니다! 정말 아닙니다-! 저희가 왜 납치해 온 여자를 받습니까! 여기에 여자들이 얼마나 많은데!"

판돈 좀 준다고 하면 기꺼이 손님과 어울릴 여자들이 넘쳐 난다.

도박을 위해선 자식도 팔아먹는 놈들인 도박꾼.

"그런 년들이 자기 몸뚱이 하나 못 팔겠습니까! 거기다 혹시나 받았다고 해도 저희가 왜 상품에 손을 댑니까! 값만 떨어지는데-!"

"……정말 아니야?"

"예-!"

"감식반 불러서 만약 나오면? 그땐 넌 내가 특별히 관리한다. 그래도 아니야?"

"믿어 주십시오, 제발-! 사흘, 아니 한 달 사이에 여자 받은 적 없습니다-!"

"……씨발."

겨우 여자 한 명에 조직이 해체될 결정을 할 리가 없는 조폭들. 이로써 김덕배가 김세정을 납치해 하우스에 담보로 팔아 버린 게 아닐까, 김세정이 너무 반항을 해서 발목을 자른 게 아닐까 하는 가설은 사라지게 됐다.

'쯧. 역시 아니었나.'

발목을 자른 것까진 어떻게든 이해할 수 있지만, 이후 발목을 유기하는 것까진 이해할 수 없었던 종혁.

후다다닥!

"왔나 보네."

고개를 돌린 종혁은 열린 문 안으로 난입하는 경찰들을 보며 손을 들었다.

"꼼짝……."

"여깁니다!"

* * *

"아이고. 그래도 저흴 기다리시지……."

"하우스 짜바리 몇 놈 따는 건데요, 무슨……. 그래도 여러분 회사 앞마당에서 사고 쳐서 죄송합니다."

"아, 아닙니다."

이런 놈들이 앞마당에서 하우스를 열고 있었는데, 알아차리지 못한 것이 부끄러울 뿐이다.

"저, 그런데 이놈들은 어떻게 찾으셨는지……."

종혁은 약간 각색을 해서 설명했고, 나이 든 형사는 어이없다는 듯 웃었다.

"이거, 앞으로 숨어 있는 놈들 찾으려면 복덕방부터 협조를 구해야 할 것 같습니다."
"하하. 그럼 저흰 이만 가 보겠습니다."
"예! 수고하십쇼! 감사합니다!"
고개를 꾸벅 숙이는 제주서부서 형사들을 뒤로한 종혁은 얼떨떨해하는 복덕방 사장들을 다독인 후 다시 마을로 돌아왔다.
그렇게 돌아오니 어느새 해가 거의 저물어 버린 저녁.
햇빛보단 어둠이 더 짙어진 마을을 가로질러 집 앞에 도착한 그들이 차에서 내리다 깜짝 놀란다.
"응? 뭐 시키셨습니까?"
대문 앞에 쌓여 있는 큰 박스 몇 개.
"아, 이제야 도착했나 보네. 하나씩 들고 들어와."
그렇게 집 안으로 들어간 종혁이 박스를 풀어 헤친다.
"그건 뭡니까, 행님?"
"CIA에서 사용하는 최신형 감청기기와 미군 특수부대에서 사용하는 최신형 열화상 카메라."
미국 내에서도 일부 기관 내에서만 쓰는 극비 물건이라 시중에선 구할 수 없는 걸 공수해 오느라 시간이 좀 걸렸다.
"……예?"
"와, 확실히 최신형이라서 그런지 때깔부터 다르네요!"
자신과 달리 익숙하다는 듯 달려드는 최재수의 모습에 현석이 깜짝 놀란다.

"뭐, 뭡니꺼? 지금 나만 따돌리는 겁니꺼?"
툭툭!
"깊게 생각하지 마. 그냥 받아들여. 저 양반과 다니면 이건 애들 장난처럼 느껴질 테니까."
"아니……."
받아들일 수 있어야 받아들이는 것 아니겠는가.
'태국에서도 그렇고, 이 행님 대체 뭔 짓을 저지르고 다녔던 기고?'
지이잉! 지이잉!
"예, 여보세요."
현석은 전화를 받는 종혁을 멍하니 봤고, 종혁은 전화를 건 상대에 입맛을 다셨다.
-이러시면 정말 곤란합니다, 부국장님.
"아, 이거 설명을 못 들으셨나 보네요. 저도 몰랐습니다. 초행길인데 거기가 어떻게 거기였는지 알겠습니까. 들으셨다시피 전 그냥 부동산을 좀 알아보고 다닌 것뿐입니다."
그런데 애월리 복덕방 사장이 이 동네에 하우스가 있으니 거기만 빼고 다 괜찮다고 말했고, 속도 답답하니 그냥 일망타진한 것뿐이다.
-부국장님, 이러면 정보 공유 못합니다.
"알겠습니다. 자중하겠습니다. 됐죠?"
-후우. 부탁드리겠습니다. 끊겠습니다. 김덕배 이 새끼 잡아들이고, 박지철 지금 어디 있…….

종혁은 끊긴 전화에 옅은 미소를 짓다 널브러진 박스들을 봤다.

"다음은 박지철이었는데 말이야."

그런데 아무래도 오늘 달이 하늘 높이 뜨기 전에 박지철의 트럭이 뒤집어질 것 같다.

"쩝. 저건 왕카이에게나 써야겠…… 뭐하냐?"

"오오. 행님! 이거 뭡니꺼?! 죽이는데예?"

방금 당황하던 모습은 어디로 간 건지 열화상 카메라로 이쪽을 비추며 호들갑을 떠는 현석.

이내 바깥을 비춘 현석이 소스라치게 놀란다.

"뭐꼬, 이건?! 행님! 이거 벽도 투시되는 겁니꺼?!"

"……이라크 등에 파견 나간 미군 특수부대원들이 숨어 있는 반군이나 테러범들을 찾기 위해 개발한 제품이니까."

전 세계 최첨단 기술이 축약된 걸작이라고 할 수 있다.

'나중에는 빛 한 점 없는 밤에도 대낮과 거의 흡사하게 식별할 수 있는 야간 투시경도 나오지…….'

"와, 미치겠다. 미국, 미국 캐싸던만 진짜 다르네!"

현석은 더 보고 싶다는 듯 열화상 카메라를 들고 바깥으로 뛰어나갔고, 종혁은 그 모습을 보며 피식 웃었다.

"감청 장치 조립하고, 거기 증폭 장치가 있을 거야."

작은 단추 크기에, 무게는 그보다 가벼운 음성 증폭 장치.

CIA 감청 기술의 총아다.

"하나는 옆집에 부착할 준비해. 창문에 붙여 놓으면 될 거야. 아, 그리고 왕카이 트럭에 붙일 건 접착제 제대로 붙이고."

"예, 알겠습니다. 아, 왕카이 옷에 부착시킬 것도 준비할까요?"

"……그건 좀 더 생각해 보자."

찰칵! 치이익!

'박지철이 범인이면 좋겠지만…….'

아니라면 왕카이와 치열한 눈치싸움을 해야 할지 모른다.

그런데 문제는 왕카이도 범인이 아닐 확률이 있다는 것이다.

'만약 아니더라도 제발…… 부디…….'

살아 있기를.

종혁은 담배를 길게 빨며 눈빛을 가라앉혔다.

한편 마당으로 나온 현석이 열화상 카메라로 담벼락을 비추다 옥상으로 달려 올라가다 멈춘다.

"……진짜 갱찰 일 하믄서 뭔 짓을 하고 다닌 겁니꺼."

대체 무슨 일을 어떻게 하고 다녔기에 국정원에 CIA, SVR, NIA까지 종혁의 말을 따르는 걸까.

또 이런 것은 대체 어떻게 구할 수 있는 걸까.

'이번 일 끝나믄 물어봐야겠데이.'

입술을 깨문 현석이 옥상으로 올라가 주변을 열화상 카

메라로 찍는 순간이었다.

덜컹!

"응?"

반사적으로 고개를 돌린 현석이 옆집을 보더니 재빨리 옥상 난간에 몸을 숨긴다.

왕카이의 모친이 현관문을 나와 대문 쪽으로 걸어간다.

"산책 가는 긴가?"

아직 왕카이가 돌아오려면 1시간은 더 남았으니 아들을 마중 나오진 않은 것 같다.

그렇게 빤히 그녀를 바라보며 핸드폰을 들던 현석은 왕카이 모친의 이상한 행동을 발견하곤 고개를 모로 기울였다.

"어데 가노······."

대문이 아니라 그 옆의 작은 건물, 창고 같은 건물을 향해 다가가는 왕카이의 모친.

덜컹!

"······어?"

현석이 순간 자신이 본 것을 의심하며 눈을 껌뻑인다.

주황빛 불빛이 들어오는 반 평의 작은 공간, 그 안에 흰색의 변기. 왕카이의 모친이 들어간 곳은 외부 화장실이었다.

현석은 자신도 모르게 열화상 카메라를 들어 외부 화장실을 비췄다.

그러자 카메라에 나타나는 뚜렷한 열원.
현석은 집을 향해 열화상 카메라를 돌렸다.
그리고…….
"행님, 왕카이 아직 퇴근 안 한 것 맞지예?"
-그랬지. 퇴근했으면 택배 트럭이 있었겠지.
"그럼 이거 아무래도 고장 난 것 같습니더. 옆집에 열원이 두 개로 나오닙더."
-……뭐?
쿠웅!
현석과 종혁 모두 숨이 멎었다.
쾅!
현관문을 박차고 나온 종혁이 빠르게 옥상으로 올라간다.
"몸 낮추이소. 왕카이 모친 저기 있습더."
종혁은 재빨리 몸을 낮췄고, 현석은 종혁에게 열화상 카메라를 들려 줬다.
그에 종혁은 얼굴을 와락 구겼다.
"이런 씨발!"
왕카이가 범인이라고 생각했을 때 가장 먼저 배제했던 가능성.
그건 바로 왕카이의 모친이 왕카이의 범죄 행각을 알고 동조하는 건 아닌가 하는 것이었다.
사람이라면 그럴 수 없기에.
자식만큼은 잘되길 바라는 게 부모이기에.

부모에게만은 나쁜 모습을 보이기 싫은 게 자식이기에.

그런데 둘은 아닌 것 같다.

"이 개씨발년놈들이……!"

종혁의 몸에서 끔찍한 살의가 폭발했다.

* * *

해가 저문 밤, 제주서부서 형사 두 명이 제주시 외곽의 한 카페 안으로 들어간다.

딸랑!

"어, 어서 오세요!"

마치 다행이라는 표정을 지으며 둘을 맞이하는 이십대의 젊은 여종업원.

카운터에 몸을 기대고 있던 삼십대 후반의 남성이 혀를 차며 고개를 돌리고, 형사들은 눈을 가늘게 뜨며 카운터로 다가간다.

"아메리카노 두 잔 주세요."

"아, 전 카라멜 마끼아또요."

"야, 이씨. 그냥 아메리카노 마셔."

"이젠 먹는 것도 맘대로 못합니까? 부식비 많이 남았잖아요."

"에이씨. 맘대로 해라. 카라멜 마끼아또 두 잔 주세요."

"네, 알겠습니다!"

형사들은 근처에 앉았고, 삼십대 후반의 남성이 둘을 힐끔 쳐다봤다가 다시 여종업원을 보며 히죽 웃는다.

"여기 봐 봐. 네가 가르쳐 준 수월봉 전망대야. 정말 예쁘지 않아? 오후에 딱 여길 올라가서 해가 지는 걸 찍었는데……."

"……어제 보여 주셨는데요."

"아하하. 그랬어? 맞아. 여긴 제주현대미술관."

"그건 방금 보여 주셨고요."

"맞아. 그랬지, 참. 미영이는 여기 다 가 본 거지? 또 가 볼 만한 곳 있어?"

"저도 이제 잘 몰라요."

"아니, 제주 사람이면서 몰라?"

"네. 몰라요."

여종업원의 얼굴이 구겨졌지만, 사내는 마치 그게 보이지 않는다는 듯 계속 싱글싱글 웃으며 말을 건다.

그런 그를 힐끔 본 형사들 중 한 명이 핸드폰을 들어 누군가에게 문자를 보낸다.

-박지철. 여종업원에게 개수작 부리는 중입니다.

그랬다. 여종업원에게 추파를 던지는 남성은 이번 사건의 유력 용의자 중 한 명인 박지철이었다.

한편 카페에서 그리 멀지 않은 장소.

어둠에 숨은 김세정 납치 및 상해 유기 사건 담당팀의 형사가 팀장을 본다.

"박지철이 여종원에게 개수작 부리는 중이랍니다."
"다음 타깃인가……."
만약 박지철이 범인이라면, 김세정의 다음 타깃을 고르는 것일지도 몰랐다.
'그렇다면…….'
빠드드드득!
이가 갈리고 치가 떨리는 상황이 떠오른 팀장이 부들부들 떤다.
'아니야. 아직 아니야.'
시체가 발견되지 않은 이상 희망의 끈을 놓아선 안 됐다.
일단 자신들에겐 기회였다.
"계속 시간 끌라고 해."
"예."
토도도도독!
빠르게 자판을 두드리는 형사를 힐끔 본 팀장이 차에서 내리자, 주위 차량들에서도 형사들이 내려 박지철의 냉동 탑차를 향해 다가간다.
탑차에 조용히 귀를 가져다 댄 어느 형사.
"……소리는 안 들리는 것 같습니다."
"운전석 쪽에도 뭐가 안 보입니다."
"창문 부수고 냉동칸 딸 준비해. 걱정 마. 문제가 생겨도 책임은 내가 진다."
"예!"

유력한 용의자 박지철. 하지만 압수수색 영장이 나오질 않았다.

'빌어먹을! 뭐가 증거 부족이야! 뭐가!'

한 달 전 제주도에 들어온, 성매매 전과 2범인 박지철.

여자에 미쳐 있는 놈이 술에 취해서든 뭐든 순간적으로 이성을 잃고 범죄를 저질렀을 가능성이 있었다.

또한 현재 행적을 알 수 없는 피해자 김세정. 박지철의 탑차라면 피해자를 감금해 두어 시선을 피하기에 용이했다.

이 정도면 놈을 의심하고 수색해 보기엔 충분하건만, 담당 검사는 증거와 혐의 부족이라는 이유로 영장 청구를 기각했다.

'그렇다고 언론으로 압박을 할 수도 없고!'

공개 수사로 돌려 언론을 동원한다면 범인은 피해자 김세정을 죽일지 모른다.

언론을 동원해 검사를 압박하는, 영장이 나오지 않을 때 베테랑 형사들이 자주 쓰는 방법을 쓸 수 없단 뜻이었다.

"준비됐습니다, 팀장님."

"그래, 시말서 한번 쓰지 뭐! 따!"

"예!"

콰장창! 삐용삐용삐용!

보조석의 유리창이 깨지고, 냉동 탑차에 채워진 자물쇠가 절단기에 의해 부숴진다.

덜컹! 끼이익!

문이 열리며 드러나는 풍경.

바닥에 깔린 이불과 한쪽에서 음식물이 썩어 가는 냄비, 여기저기 널브러진 옷과 코펠에 형사들이 당황한다.

"아, 안 보입니다!"

피해자 김세정뿐만 아니라 그녀의 흔적조차 보이지 않는다.

"머리카락, 여성용품! 다 뒤져! 밑에 공간이 있을 수 있으니까 그것도 확인해!"

"예!"

텅텅! 와당탕! 우당탕!

나머지 형사들도 냉동칸 안으로 들어가 안을 뒤집기 시작한다.

그렇게 얼마의 시간이 흘렀을까.

지이잉! 지이잉!

혹시 모를 제보가 있을까 해서 서에 남겨 둔 형사에게서 전화가 오자 팀장이 재빨리 받았다.

"어, 그래! 무슨 일이야!"

-티, 팀장님. 지, 지금 저희 팀으로 익명의 제보가 들어왔는데…….

"제보?! 무슨 제보!"

-……일단 보셔야 할 것 같습니다. 지금 바로 문자로 쏘겠습니다.

지이잉!

미간을 좁히며 문자로 들어온 사진을 확인한 팀장은 눈을 멍하니 떴다.
"어? 이건 뭡니까?"
"……열화상 사진."
그런데 함께 첨부된 사진이, 그 속에 찍힌 웬 집의 대문이 너무 익숙하다.
"이런 씨발! 다 나 따라와-!"
팀장은 다급히 차에 올랐다.

* * *

"으흐응."
어느 폐업 전문 의류 매장 안, 왕카이가 콧노래를 부르며 여성 옷을 고른다.
이게 좋을까. 저게 좋을까.
즐거운 고민을 하던 왕카이가 결국 한 벌의 원피스를 고른다.
그리고 그 옆에 있는 속옷 가게로 들어가는 그.
이내 새빨간 속옷들이 담긴 봉지를 든 왕카이가 속옷 매장을 나선다.
"또 오세요!"
"예, 예."
'그럼요. 또 와야죠.'
이제부터 시간 상관없이 여가 생활을 계속할 수 있다.

꽤 자주 오게 될 거다.
"흐으응."
부르릉!
왕카이를 태운 택배 트럭이 도로 위로 올라타며 집으로 향했다.

푸르륵!
어둠을 뚫고 집에 도착한 왕카이.
흠칫!
차에서 내린 왕카이가 불이 들어온 옆집에 깜짝 놀란다.
"……아, 옆집에 이사 왔다고 했지."
오늘 마을의 땅을 사러 왔다는 젊은 부자들이 옆집마저도 샀다고 했다.
"시끄럽지만 않으면 좋겠는데……."
좋은 이웃을 만나는 것은 복이기에 낯빛이 살짝 흐려진 왕카이는 이내 고개를 저으며 초인종을 누른다.
-왔니?
"문 열어 주세요."
띠잉! 끼이이!
기분 나쁜 소음을 내며 열린 대문을 지나 현관문을 열고 들어가니 어머니가 그를 맞이한다.
"아니, 왜 또 서 계세요. 그냥 문만 열어 주면 되지."
"힘들게 고생하고 온 아들인데 이 정도는 해야지."
"……다녀왔어요."

모자는 서로를 끌어안으며 등을 토닥였다.
"아, 이건 오다 주웠어요."
"뭣?!"
순간 어머니의 얼굴이 구겨지자 왕카이가 키득키득 웃는다.
"한국 남자들이 여자한테 선물할 때 이런 말을 쓴대요."
"……역시 겉과 속이 다른 놈들이네."
대체 얼마나 떳떳하지 못하기에 그런 말로 사랑하는 마음을 감추는 걸까.
"어머. 속옷이네?"
"슬슬 바꾸실 때 됐잖아요."
"그런 건 또 어떻게 알았어?"
"아들은 엄마에 대해 모르는 게 없답니다."
그 말에 어머니의 얼굴이 화사하게 펴진다.
"호호. 아직 밥 안 먹었지? 얼른 옷 갈아입고 와."
"넵!"
왕카이는 자신의 방으로 걸어갔고, 왕카이의 모친은 부엌으로 가 방금 전 한 음식들을 다시 데운다.
이윽고 식탁에 둘러앉은 모자.
왕카이가 오늘 있었던 일들을 두런두런 말한다.
"뭐야. 그런 일이 있었어?! 아니, 어떻게 택배가 온다고 말했는데 다른 곳으로 갈 수 있어?"
"그러니까요. 제가 그놈 때문에 30분 넘게 기다렸던 것만 생각하면…… 으으."

도끼로 대가리를 쪼개 버리고 싶을 정도였다. 이건 자신의 말투가 어눌하니 얕잡아 본 게 틀림없었다.
"콱 그래 버리지 그랬니!"
"그랬다간 엄마 치료비를 낼 수가 없잖아요."
"아들……."
오늘도 자신 때문에 분노를 참은 아들의 모습에 왕카이의 모친은 죄책감에 휩싸인다.
'에휴. 늙으면 그냥 죽어야지.'
왕카이는 낯빛이 흐려지는 엄마의 모습에 히죽 웃었다.
"그런데 이제부터는 이런 일을 당하지 않아도 될 것 같아요."
"응?"
"그게……."
왕카이는 오늘 받았던 제안에 대해 말했고, 왕카이의 모친은 손뼉을 치며 좋아했다.
"그럼 앞으로 계속 같이 있을 수 있겠네?!"
"그럼요. 이젠 매일 같은 시간에 일어나고, 매끼 같이 식사를 하고, 산책도 매번 같이 나갈 수 있을 거예요."
어디 그뿐일까. 가끔씩은 제주도 여행도 다닐 수 있을 거다.
그동안 시간이 없어 가지 못했던 여행.
갔다고 해도 근처만 짧게만 보고 왔던 여행.
이젠 제주도에 놀러 오는 중국인 관광객들과도 어울릴 수 있을 거다.

'그럼 엄마도 향수병을 느끼지 않겠지.'
"잘됐다. 잘됐어! 정말 우리 아들이 최고야!"
그동안 말은 하지 않았지만, 어두웠던 어머니의 얼굴에 화색이 돌자 왕카이는 웃음을 터트렸다.
"하하핫! 아, 별일은 없었죠?"
"그럼. 별일이 있었으면 벌써 네게 연락을 했겠지. 그러면 언제부터 쉴 수 있는 거야?"
"소장에게 뇌물을 먹여야 하니까 아마 못해도 2주는……."
둘은 그렇게 두런두런 서로의 일을 공유했다.
그리고 어머니를 도와 설거지를 하고, 함께 TV를 보며 제일 처음 어디로 여행을 갈지 상의하던 왕카이는 어머니가 하품을 하자 몸을 일으켰다.
"벌써 시간이 이렇게 됐네요. 어서 가서 주무세요."
"넌?"
"전 취미 생활 좀 하다가 자려고요."
"……아, 그래. 알았어. 적당히 하다가 자. 내일 일하는 데 지장 생길라."
"걱정 마세요. 그 정도는 조절할 줄 아니까."
어머니의 등을 떠밀어 안방에 밀어 넣은 왕카이는 거실의 불을 끄며 부엌으로 향했다.
오늘 먹고 남긴 음식물들을 한데 모은 그릇을 빤히 보던 왕카이가 갑자기 옷을 벗는다.
속옷까지 모두 벗은 후 한 손에는 그릇을, 다른 한 손에는 빨간 속옷을 들고 화장실로 향한 그는 거침없이 문을 열었다.

그러자…….

"읍! 으으읍!"

잿빛의 흡음재가 가득 붙여진 화장실 안.

사지가 결박된 여성이, 얼굴이 발갛게 달아오른 피해자 김세정이 주춤거리며 물러난다.

"잘 잤어? 많이 심심했지?"

"읍! 읍읍!"

"오늘은 밥을 먹고 샤워를 할 거야. 널 위한 선물을 가져왔거든. 어디 보자……."

새빨간 속옷을 들어 올리며 음흉하게 웃은 왕카이가, 하얗게 질리는 김세정의 모습에 음흉하게 웃은 그가 김세정의 발목으로 걸어가 쪼그려 앉으며 붕대를 잡아 뜯듯 풀어낸다.

찍! 찌이익!

"으으으으으으읍!"

머리를 관통하는 끔찍한 고통에 발버둥을 치는 김세정.

그녀가 그러건 말건 피딱지가 덕지덕지 붙은 발목을, 봉합이 된 발목을 살핀 왕카이가 고개를 끄덕인다.

"잘 아물고 있네."

염증도 꽤 사라졌다.

그는 옆으로 손을 뻗어 소독약 따위들이 든 바구니를

가져온다. 그리고 솜에 소독약을 가득 묻혀 김세정의 잘린 발목을 무심히 두드린다.

"어차피 곧 여기가 잘릴 테지만, 잘 아물고 있어."

상처가 완전히 아물면 무릎을, 무릎이 완전히 아물면 반대쪽 발목을.

그렇게 죽기 직전까지 최대한 천천히 괴롭히는 거다.

살겠지. 이렇게 됐어도 살겠지. 그런 희망을 짓밟는 쾌감.

"흐으으."

이젠 시간도 많아지지 않는가.

왕카이는 잔인하게 웃으며 더 힘주어 문질렀다.

"으으으으으으으읍!"

다시 발버둥을 치며 눈을 뒤집는 김세정.

그녀가 그러건 말건 붕대까지 깔끔하게 감은 왕카이가 그 위를 비닐로 덮어 방금 뜯어낸 붕대로 꽉 묶는다.

"흐읍! 흐! 흐읍! 흐……!"

"옳지. 잘 참았어. 그럼 밥을…… 아니, 씻고 먹는 게 더 시원하겠구나?"

왕카이가 세정의 옷을 잡으며 바구니에서 꺼낸 가위를 가져간다.

몸에 닿는 싸늘한 감촉에 몸부림을 치는 세정.

서걱서걱 잘려 가는 옷과 속옷에 그녀의 눈에서 눈물이 흘러내린다.

또, 오늘도 또 유린을 당한다.

'엄마…… 아빠…….'

그녀는 애타게 불러도 대답이 없는 부모님을 떠올리며 눈을 질끈 감았다.

그 순간이었다.

꽈아앙! 삐용삐용삐용!

"뭐, 뭐야!"

갑자기 집 밖에서 난 무언가 부딪치는 소리와 차에서 들리는 경보음.

김세정은 아주 잠시나마 앞으로 이어질 고통이 잠시 유예됐음에 다행이라 생각했고, 왕카이는 얼굴을 구기며 화장실을 뛰쳐나갔다.

'아니, 잠깐?!'

돌연 멈춘 왕카이가 낯빛을 가라앉히며 귀를 기울인다.

"아니, 씨발. 거기서 사람을 밀면 어떡합니까!"

"나라고 네가 그렇게 밀릴 줄 알았냐?"

"됐으니까 일단 초인종이나 눌러, 이 썩을 것들아."

"하아. 죄송합니다."

띵동! 띵동!

"저기요! 오늘 옆집에 이사 온 사람인데, 저희가 실수로 차를 좀 망가트렸거든요?! 나오셔서 확인 좀 해 주셔야겠습니다! 저기요!"

벌컥!

안방에서 왕카이의 모친이 뛰쳐나온다.

"뭐, 뭐니? 무슨 일이니?"

"……쉿."

모친을 보며 검지를 들어 올린 왕카이는 계속 바깥을 향해 귀를 기울였다.

"저기요! 주무세요?! 형님, 주무시는 것 같은데요? 그냥 오늘은 들어가시고……."

빠아악!

"이 씨발놈이 지 돈 아니라고……. 이대로 들어가면 뺑소니인 거 몰라?!"

"어…… 이런 경우도 뺑소니입니까?"

"모르지! 하지만 이거 주인이 내일 일어나서 더 박살 내면? 어떡할 건데?!"

"여, 여기 전화번호 있슴더, 행님!"

"얼른 전화 걸어 봐! 야, 넌 씨발 사진 안 찍고 뭐해!"

'……아니군.'

아무래도 자신이 생각한 게 아닌 것 같다.

왕카이는 거실의 불을 켜며 밖으로 나갔다.

따앙!

"야, 초인종 좀 더 눌러……."

"무슨 일입니까?"

"아, 왔어?"

오싹!

'어?'

순간 온몸을 관통하는 소름.

"그럼 좀 맞자."

부왁!

왕카이는 자신의 얼굴을 향해 날아오는 거대한 손바닥에 눈을 부릅떴다.

　　　　　＊　＊　＊

사박사박사박.

마을 안으로 여러 그림자가 조심스럽게 들어온다.

숨소리조차 죽이며 다가온 제주서부서 형사들. 팀장이 왕카이의 택배 트럭을 보며 이를 악문다.

"왕카이가 개를 키우진 않았지?"

"예. 주변 탐문에서 그런 소릴 듣지 못했습니다."

지난 한 달간 왕카이의 금융거래내역을 모두 뒤져 봐도 개와 관련된 물품을 산 적은 없었다.

그런데 사람 크기의 열원은 세 개였다.

'역시 여기였나!'

유력 용의자 중 한 명인 왕카이. 그가 범인이었다.

그리고 왕카이와 그 모친은 상상 이상의 괴물들이었다.

빠드드득!

그들의 얼굴이 도깨비보다 더 흉악하게 일그러진 순간이었다.

따앙!

갑자기 열리는 옆집의 대문.

깜짝 놀라 고개를 돌렸던 그들은 이내 멍해지고 말았다.

"어? 거기서 뭐합니까?"

"부, 부국장님?!"

이 양반이 대체 왜 여기에 있을까.

제주서부서 형사들의 표정이 당황과 당혹으로 일그러질 때, 팀장은 한숨을 내쉬었다.

"아무래도 왕카이와 그 모친이 범인인 것 같습니다. 좀 도와주시겠습니까?"

"헉! 그, 그랬습니까? 그런 일이라면 당연히 도와드려야죠! 최재수, 강현석!"

"예!"

현석과 최재수가 뛰쳐나오자 종혁은 모든 걸 깨닫고 복잡한 표정을 짓는 팀장을 향해 입을 열었다.

"저희가 왕카이를 불러낼 테니, 놈이 제압되면 바로 안으로 들어가십시오."

"……알겠습니다."

싱긋 웃어 준 종혁은 왕카이의 택배 차량으로 다가가 주먹을 뒤로 잡아당겼다.

그리고…….

부왁!

꽈아아아앙!

굉음이 어둠을 찢었다.

* * *

쩌억!
순간 왕카이의 시야가 깜깜해지며 몸이 무너진다.
그와 동시에 무언가가 발을 차고, 머리를 짓누른다.
그러며 다시 밝아지는 시야.
"왕카이 제압!"
"진입! 진입! 진입!"
후다다다닥!
왕카이는 자신을 지나쳐 집 안으로 달려 들어가는 괴한들에, 형사들의 모습에 눈을 부릅떴다.
'아, 안…… 안 돼!'
"什么(뭐야)! 꺄아악!"
"비켜, 이 씨발년아!"
"不行(안 돼)-!"
"가만있어!"
"여, 여깁니다! 여기 있습니다, 팀장님-!"

우당탕!
갑작스러운 소란에 힘이 빠진 김세정의 눈이 화장실 문밖으로 향한다. 그와 동시에 거실을 쩌렁쩌렁 울리는, 또 다른 악마의 비명 소리.
가끔 자신이 죽었나 살았나 들어와 확인하던 또 다른 악마.

무언가 바닥에 떨어지는 소리와 함께 여러 사람의 발소리가 그녀의 귀를 때린다.

그리고…….

후다닥!

빛 속에서 나타났다.

그토록 간절히 바라고 또 바랐던 영웅들이, 경찰들이.

"여깁니다! 여기 있습니다, 팀장님-!"

"괘, 괜찮으십니까! 피해자 김세정 확보! 김세정 확보!"

"으! 으으으!"

김세정의 눈에서 눈물이 쏟아져 내렸다.

2장. 탈출

탈출

절뚝!

이불을 몸에 두른 피해자 김세정이 화장실을 나오자 형사들이 말을 잃는다.

발이 사라진 발목, 피가 스며 나오는 붕대.

자신들이 거실을 장악한 것을 보자, 자신들의 발밑에 깔린 왕카이의 모친이 발버둥을 치는 것을 보자 다시 그녀의 눈에서 흐르는 눈물.

빠드드드득!

분노에 치를 떠는 그들의 모습에 김세정은 또 한 번 안심을 하고, 그런 그녀에게 종혁이 다가선다.

"죄송합니다. 저희가 늦었습니다."

"아, 아니에요. 정말…… 아니……."

"세정아-!"

순간 세정의 시간이 멎는다.

힘들게 고개를 돌린 그녀의 눈에 비치는 초췌한 엄마와 아빠.

"아, 안 되십니다! 잠시만! 악!"

"세정아!"

후다닥! 와락!

"으허어엉! 내 딸! 내 사랑스러운 딸!"

살아 있으니 됐다. 이렇게 살아 있으면 된 거다.

"……흐어어어엉! 죄송해요! 정말 죄송해요!"

이젠 앞으로 다른 사람의 차를 타지 않으리.

절대 타지 않으리.

세 사람은 서로를 끌어안고 펑펑 울었다.

삐용삐용삐용!

저 멀리서 구급차가 달려왔다.

"비키세요!"

"형사님! 그 사람들은…….”

"아, 이따가 저희가 데려가겠습니다."

"……알겠습니다. 보호자는 따라와 주세요!"

"예, 예!"

김세정과 그녀의 부모가 구급차를 타고 빠져나간 왕카이의 집.

종혁이 화장실을 보며 헛웃음을 터트린다.

"이 개새끼가 공구리까지 쳤네."

창문에 시멘트 공사를 하고, 그 위에 흡음제까지 발랐다.

완벽한 살인 공방.

화장실 한구석에 놓인 바구니 속에서 톱 따위들을 발견한 종혁이 얼굴에서 감정을 지우며, 수갑이 차여 바닥을 구르는 왕카이에게 다가간다.

"잠시만요, 부국장님."

종혁의 어깨를 잡아 말린 팀장이 왕카이에게 다가가 그의 사타구니를 걷어찬다.

뻐어어억!

"끄아아아아아악!"

떡 벌린 그의 턱을 향해 팀장의 발이 휘둘러진다.

빠악!

허공으로 솟구치는 핏물과 바닥으로 떨어지는 혀라는 이름의 살덩이.

"꺄아아아악! 王凱(왕카이)!"

"그년도 밟아."

"예."

뻐어억!

"끄뤠에에엑!"

"커어어억! 커어억!"

고통에 발버둥 치는 모친과 그런 그녀를 향해 손을 뻗으며 괴로워하는 왕카이.

그리고 그 위로 쏟아져 내리는 형사들의 분노에 종혁은

탈출 〈45〉

입맛을 다시며 물러섰다.

* * *

"둘 다 바로 병원으로 옮기고, 무조건 살려. 어차피 시간 많다."

이번 사건 아주 천천히, 둘이 다 낫고도 한참 후에 검사에게 이관시킬 거다.

이 두 개새끼들은 그래도 쌌다.

"……예!"

피거품을 문 왕카이와 모친이 구급차에 실려 가자 팀장이 종혁을 향해 다가온다.

"감사합니다, 부국장님. 덕분에 김세정 씨를 구할 수 있었습니다."

종혁이 열화상 사진을 보내 주지 않았다면 얼마의 시간을 더 소비했을지 모른다.

정말 피해자와 그 가족들에게 고개를 들 수가 없다.

종혁은 고개를 숙인 채 부르르 떠는 팀장의 모습에 볼을 긁적였다.

"글쎄요……. 무슨 말인지 모르겠는데요?"

흠칫!

종혁을 본 팀장의 얼굴이 오묘하게 일그러진다.

"그렇습니까……?"

"전 그저 제주도 땅을 알아보는 동안 편히 머물 집을

하나 구한 것뿐이니까요."

"……푸흐으. 고등어회는 드셔 보셨습니까?"

"오! 고등어도 회로 먹습니까? 그거 별미겠는데요? 그런데 우리 사건 하나만 더 해결하고 먹읍시다."

"사건 말입니까?"

"예. 한 가지 사건이 더 있네요."

종혁은 눈을 빛냈다.

* * *

"800개, 1000개까지 늘리면 너한테 얼마가 떨어지겠어?"

염소수염의 사내는 눈이 떨리는 사내를 보곤 푸근히 웃었다.

"네가 할 일은 아무것도 없어. 그저 소장에게 내가 데려온 사람들을 소개시켜 주고, 넌 그냥 걔들이 벌어다 주는 돈을 가지고 여유롭게 취미 생활이나 즐기면 되는 거야."

"……정말입니까?"

'됐어!'

"그럼 정말이지! 내가 거짓말을 해서 뭐하겠어!"

"아무 문제도 없겠어요?"

"문제가 있을 리……."

"있지. 당연히 많지."

흠칫!

깜짝 놀란 염소수염의 사내와 그 맞은편에 앉은 사내가 옆을 보고, 종혁이 염소수염의 사내를 보며 이를 드러낸다.

"제주도에 쥐새끼가 돌아다니고 있었네."

"韩国人? 不知道在说什么.(한국인? 뭐라고 말하는지 모르겠네.)"

"没关系. 我会说中文.(상관없어. 내가 중국어 할 줄 알아.)"

"……빌어먹을!"

종혁은 자신을 향해 뿌려지는 미지근한 커피를 한 손으로 막으며, 다른 손으로 다급히 일어나는 염소수염의 뒷덜미를 잡아 그대로 내려찍었다.

쿠당탕탕!

"꺼허억?!"

"어헉?!"

"자, 자. 앉아야지?"

깜짝 놀라 일어서는 사내의 어깨를 누르는 현석과 최재수.

종혁은 숨이 새어 나가는 소리를 내뱉으며 고통에 굳어 버린 염소수염의 앞에 쪼그려 앉았다.

"우리 할 말이 참 많지?"

제주도에 돌아다니는 브로커가 이놈 하나뿐일까.

아닐 거다. 분명 꽤 많은 브로커들이 돌아다니며 이놈과 같은 짓거리를 하고 있을 거다.

제주도의 상황을 점검하러 왔다가 월척이 걸려들었다.
"가자, 씹새야."
종혁은 흉흉하게 웃으며 염소수염의 머리채를 휘감았다.

　　　　　　　　＊　＊　＊

"가, 감사합니다. 정말 감사합니다."
제주시의 한 병원, 김세정의 모친과 부친이 종혁과 팀장의 손을 잡고 연신 고개를 숙인다.
이만하길 다행이다. 눈에 넣어도 아프지 않을 딸이 죽기 전에 구해 줘서 다행이다.
그들은 애써 울음을 삼키며 감사를 표한다.
"감사합니다! 민중의 지팡이 짱! 짱!"
상처뿐만 아니라 혈액에도 염증 수치가 높아 안정을 취해야 하기에 엄지만 치켜세우며 밝게 웃는 김세정의 모습에 종혁과 팀장이 가슴을 쓸어내린다.
"아닙니다. 해야 할 일을 했을 뿐입니다."
그리고 늦어서 죄송하다.
더 빨리 구하지 못해서 죄송하다.
그들은 너무 미안해 차마 내뱉지 못한 말을 입안에서 굴리다 다시 고개를 숙였다.
"그럼 저희는 이만 가 보겠습니다."
"으, 음료수라도 드시고 가시지……."

탈출 〈49〉

"아닙니다. 그럼. 아, 나오지 않으셔도 됩니다."

"그래도……."

"엄마! 나 사과 먹고 싶어!"

"그, 그럴래?"

세 가족을 뒤로하며 병실을 나선 종혁과 팀장이 밖에서 있는 의사에게 다가간다.

"좀 어떻습니까?"

"……솔직히 안 좋습니다."

가해자가 의학 지식이 있거나 관련 종사자인지 처치를 잘해 놔서 후유증이 남을 걱정은 없지만, 문제는 심리적인 부분이다.

"어떤……."

"주사와 가위를 무서워합니다."

대체 무슨 일을 당한 것인지 주삿바늘과 가위를 무서워했다.

그리고 어젯밤 잠이 든 걸 확인하고 불을 끄자마자 비명을 질렀던 김세정.

-사, 살려 주세요! 잘못했어요! 꺄아아아악!

그녀는 어둠을 극도로 무서워했다. 그것도 모자라 환각통까지 호소했다.

"그리고…… 죄송합니다. 이 이상은 환자 개인 정보라 알려 드릴 수 없습니다."

"아닙니다. 감사합니다."

고개를 숙이곤 멀어지는 의사를 바라보던 둘은 한숨을 쉬며 병원을 빠져나왔다.

"부국장님!"

"김세정 씨는 좀 어떻습니까, 팀장님!"

병원 밖에서 대기하다 다급히 달려온 형사들.

팀장은 김세정의 상태를 설명했고, 형사들의 얼굴이 와락 일그러졌다.

까득!

"……전 이 씨발년놈들 좀 패고 오겠습니다."

"저도요."

"재판은 받을 수 있을 정도로 패라."

"……흐. 충성."

입술을 비튼 최재수와 현석, 형사들은 재빨리 병실로 올라갔고, 종혁과 팀장은 담배를 물었다.

찰칵! 치이익!

"이제 어떻게 될까요?"

앞으로 평생 장애를 안고 살아야 하는 김세정.

아마 잘린 발목을 볼 때마다, 그곳에서 통증이 느껴질 때마다 지난 며칠간 당한 고통과 치욕, 울분이 그녀를 괴롭힐 것이다.

더 안타까운 건 세상은 이런 끔찍한 일을 겪은 그녀에게, 장애인에게 더욱 가혹하다는 사실이었다.

그걸 생각하니 안타까워 미칠 것 같았다.

"제가…… 제주도에 귤밭을 비롯해 만 평 정도 땅을 매입했습니다. 원래는 그 중앙에 별장을 하나 지으려 했는데, 생각을 바꿔 게스트하우스나 펜션 사업을 해 볼까 고민 중입니다."

힘을 써야 하는 일은 사람을 따로 구해야겠지만, 예약은 받거나 하는 전반적인 사무 관리 업무는 다리가 불편해도 충분히 할 수 있을 터였다.

처음엔 종혁의 말뜻을 이해하지 못해 멍해졌던 팀장은 뒤늦게 그 뜻을 깨닫고는 크게 웃었다.

"이제 가시는 겁니까?"

"예. 위로 올라간 두 놈이 내려오면 가야죠. 그리고 곧 다시 올 겁니다."

염소수염을 통해 많은 걸 알아냈다. 다음 달 정례회의에 올릴 안건이 될 만큼 말이다.

"그땐 아마 제주에 큰 폭풍이 몰아칠 테니 각오 단단히 하시는 게 좋을 겁니다."

"범죄자 새끼들 잡아 족치는 건데 각오랄 것까지 있겠습니까."

상부에서 명령을 하면 자신의 모든 정보원, 인맥을 이용해 놈들을 족칠 뿐이다.

"추천해 줄 음식들 좀 생각해 두시고요."

"응? 고등어회 드셨잖습니까. 그것도 숙성으로."

"……제주도엔 고등어밖에 없는 겁니까."

"딴 것도 많긴 한데……."

제주도에서 가장 유명하지만, 정작 제주도민들은 잘 먹지 않는 갈치와 흑돼지.

접착뼈국과 몸국, 고사리 해장국을 제외하면, 한반도 안쪽의 음식이 훨씬 맛있다.

"아, 갈치회도 맛이 있긴 합니다."

"예……."

"<u>ㅎㅎㅎ</u>."

고개를 젓는 종혁에게 팀장은 악수를 청했고, 피식 웃은 종혁은 그 손을 맞잡았다.

그렇게 제주도의 일이 일단락됐다.

* * *

자박, 자박, 자박!

"후우. 하아."

어둠이 내려앉은 주택가.

이십대 여성이 연신 주위를 두리번거리며 빠르게 걷는다.

4월, 어느덧 완연한 봄이 됐지만 아직 추운지 몸을 웅크린 그녀의 눈빛이 은은한 두려움에 물들어 있다.

며칠 전부터 느껴졌던 시선. 그것이 일을 마치고 집으로 귀가하는 그녀를 두렵게 만들고 있다.

"응, 언니! 거의 도착했어!"

마치 누군가 들으라는 듯 크게 외치며 걸음을 더 재촉

하는 여성.
 그 순간이었다.
 훅!
 옆 골목에서 갑자기 누군가 튀어나와 그녀를 밀친다.
 "꺅!"
 엉덩방아를 찧은 여성.
 "아야야."
 엉덩이를 문지르던 여성은 콧속으로 빨려드는 술 냄새와 앞에서 빤히 바라보는 중년인에, 잔인하게 호선을 그리는 눈에 딱딱하게 얼어붙는다.
 "넌 뭐이야? 지금 나 꼬시는 기야?"
 "아, 아니요! 죄, 죄송합니다! 제가 앞을 못 본 것 같아요!"
 "그렇지? 흐흐. 너도 내가 좋은 거지?"
 "아, 아니요!"
 다급히 몸을 일으키던 그녀가 다시 얼어붙는다.
 어느새 목에 겨눠진 날카로운 칼끝.
 "죽고 싶지 않으면 가만있어."
 "흐읍!"
 여성의 머릿속이 하얗게 물든다.
 "따라와."
 안 된다. 따라가면 죽는다.
 하지만 따라가지 않으면 목을 누르고 있는 칼끝이 파고들 거다.

덜덜덜!

한국말이 어설픈 중년인은 그녀를 감싸며 그 머리칼에 코를 묻었다.

"스읍. 하아. 뭐하니? 움직여라. 저쪽으로."

"네, 네."

여성은 그제야 깨닫는다.

목을 휘감은 다른 손에 깁스를 했음을.

절뚝이는 다리가 딱딱 소리를 내고 있음을.

서로 달라붙은 둘은 아무도 없는 거리를 걸어 한 주택 안으로 들어간다.

그녀의 눈이 계속 주변을 훑는다.

등 뒤로 닫히는 대문, 눈앞에서 열리는 현관문.

홀아비 냄새가 콧속으로 빨려들자, 목을 잡고 있는 손에 힘이 풀리자 정신을 차린 그녀가 몸을 크게 휘젓는다.

"꺄아아아악!"

"으악!"

쿠당탕!

등 뒤에서 들리는 소리에 다급히 문이 열린 방 안으로 달려간 그녀가 방문을 닫으며 잠가 버린다.

"像鱉一样的女! 我会杀了你!(자라 같은 년! 죽여 버리겠어!)"

'주, 중국인!'

중국인이다.

그녀는 거의 본능적으로 여태까지 꽉 쥐고 있던 핸드폰

을 들어 112를 눌렀다.

—예…….

"사, 살려 주세요! 누가 절 강간하려는 것 같아요!"

—……알겠습니다. 지금 바로 출동하겠습니다. 위치 추적을 할 테니 핸드폰을 끄지 마세요!

"네, 네!"

쾅쾅쾅!

"문 열어! 정말 죽고 싶어?!"

쾅쾅쾅!

—피해자분, 지금 혼란스럽겠지만 진정하시고 제 말에 귀를 기울여 주세요. 현재 범인과 다른 공간에 있는 겁니까?

"네! 그, 그런데 곧 문을 부수고 들어올 것 같아요!"

—혹시 그곳이 주택입니까, 아님 원룸입니까.

"주, 주택이요! 1층!"

—특징을 지을 만한 무언가가 있습니까? 대문의 색깔이라든지!

쾅쾅쾅!

"문 열라고, 이 자라 같은 년아!"

"이, 일단 범인은 팔과 다리에 깁스를 했어요! 다, 다른 건 자, 잘 모르겠어요! 얼른 와서 구해……."

꽈아앙!

갑자기 무언가 터져 나가는 소리에 여성이 숨을 죽인다.

밖의 범죄자도 숨을 죽이는 것 같다.

"너, 넌 뭐야-! 꺼져! 안 꺼져?"

"하, 이 새끼. 야, 인간적으로 그만큼 방해했으면 생각을 좀 고쳐먹었어야 하는 거 아니냐? 내가 사람 시켜서 다리랑 팔을 분질러 버린 보람이 없잖아."

"……야, 이 개자식아-!"

쩌어어억!

무언가 터지며 깨지는 소리. 그와 동시에 커다란 무언가가 바닥에 떨어지는 소리도 들린다.

쩍!

"이건 처맞아도 생각을 고쳐먹지 않은 죄."

쩍!

"이건 함부로 아랫도리를 놀리려 한 죄."

콰직!

"어이쿠. 깨졌네. 아무튼 또 이건 감히 대한민국 국민에게 칼을 들이댄 죄."

쩍쩍쩍쩍쩍!

계속 무언가 터지는 소리에 여성은 더 숨을 죽인다.

저벅저벅. 쿵쿵쿵!

"힉!"

"안에 계십니까? 경찰입니다."

움찔!

"저, 정말요?"

"……잠시만요. 예, 수고하십니다. 최종혁 경무관입니다. 지금 제 위치에서 신고 접수 들어온 거 있죠? 그거

탈출 〈57〉

제가 출동해 있는 상태입니다. 범인 제압했으니 구급차랑 순찰차 빨리 급파 부탁드립니다. 피해자분. 지금 112센터에 연락했으니까 확인해 보세요."

-저기…… 피해자분? 혹시 바깥에 계신 분이 본인을 최종혁 경무관이라고 소개하지 않던가요?

"네, 네!"

-안심하시고 나가시면 됩니다. 그분 경찰 맞으십니다.

"아, 네……."

달칵! 끼이익!

마른침을 삼키며 조심스럽게 문을 열고 나간 여성은 앞을 가로막은 거대한 벽에 고개를 위로 들자마자 왈칵 눈물을 쏟아 내고 말았다.

"고생하셨습니다. 늦었습니다."

"흐아아아앙!"

종혁은 자신에게 와락 안기며 울음을 터트리는 그녀를 토닥여 주며 뒤를, 문밖을 바라봤다.

삐요오오오옹!

'오? 빠른데?'

사방에서 울리는 사이렌 소리.

회귀 전 미흡하다 못해 결코 민중의 지팡이로 불릴 수 없는 대처로 인해 억울한 피해자를 발생시켰고, 전 국민의 공분을 일으켰으며, 경찰의 무능함을 만방에 알려 경찰의 수사권 독립을 한없이 뒤로 미뤄 버린 사건.

회귀 전과는 비교도 할 수 없이 빠르고, 회귀 전과 달리 사이렌도 켰다.

그동안의 노력이 헛되지 않은 것 같아 종혁의 입가에 미소가 번진다.

그렇게 대한민국을 뒤흔들 뻔했던 끔찍한 범죄가 해결되었다.

* * *

뚜벅뚜벅뚜벅!

최재수와 현석이 빠르게 복도를 걸어 커다란 문을 슬그머니 열고 들어가자, 그들의 전신에 압박이 짓누르기 시작한다.

진급식, 임명식 등 굵직한 행사가 있을 때만 열리는 거대한 대회의실.

마치 대강당을 연상케 하는 대회의실에 정복을 입은 고위 간부들이 등을 보이고 있지만, 숨통을 쥐어짜는 박력이 그들의 숨통을 틀어막는다.

이런 분위기는 처음인 현석은 하얗게 질리지만, 이미 몇 번 이곳에 들어와 본 적이 있는 최재수는 이를 악물고 나아가 종혁에게 귓속말을 했다.

"……알았어. 수고했어."

"충성."

-그럼 외사국에서 상정한 안건에 대한 발표를 하겠습니다.

옆에 앉은 정동철 외사국장의 고개를 끄덕이자 종혁이 몸을 일으켜 단상으로 향한다.

그와 함께 종혁을 향해 쏟아지는 무심한 눈길들.

조오현 경찰청장에게 거수경례를 한 종혁이 마이크를 잡았다.

"어젯밤 한 중국인이 대한민국 국민, 그것도 이십대 중반의 여성을 길거리에서 납치, 강간을 할 뻔한 일이 있었습니다. 칼을 목에 겨눈 대담하고도 잔혹한 범죄였습니다."

쿵!

"놈의 주택 마당에 있는 소각로에선 수백 개의 뼈가 발견됐는데, 감식 결과 모두 동물의 뼈임이 밝혀졌습니다. 그런데 국과수에서 말하길 이 뼈들 모두 정교하게 정육이 됐다고 합니다."

쿠웅!

이 말이 뜻하는 걸 모르는 경찰이 얼마나 있을까.

동물을 통해 정육을 연습한 괴물이, 동물로 만족을 못한 괴물이 결국 인간을 사냥하려고 나섰던 것이다.

고위 간부들의 눈빛이 돌변하자 종혁은 리모컨을 들어 스크린을 향해 겨눴다.

그러자 스크린의 화면이 바뀐다.

[외국인 범죄 단속 및 예방]

"올해 저희 경찰이 목표로 삼아야 할 일이 아닌가 싶습니다."

종혁의 눈이 불타올랐다.

* * *

"이상입니다."

종혁의 발표가 끝나자 대회의실에 침묵이 내려앉는다.

스윽!

"예, 청장님."

조오현 경찰청장이 눈빛을 가라앉힌다.

"방금 외국인 밀집 지역 내의 범죄율, 그거 정확한 통계 맞아?"

"예. 구로, 금천, 영등포, 광진, 안산, 수원, 인천, 부천, 부산, 제주 등에서 지난 5년 사이 발생한 외국인 범죄를 집계해 만든 통계입니다."

이 중 구로, 금천, 영등포, 안산처럼 종혁이 신경 썼던 지역들은 그나마 나았다.

특히 구로의 가리봉동, 금천의 가산동, 영등포의 대림동은 디지털단지에 IT 기업이 대거 입주하여 직장인들이 다수 섞여 살기 시작하며 분위기 자체가 많이 바뀐 편이었다.

또한 안산과 더불어 인천, 부산의 차이나타운 등 지속적인 단속이 이루어지는 곳도 다른 외국인 밀집 지역에

비해 범죄율이 낮았다.

"문제는 그 외의 지역, 경찰의 손길이 잘 닿지 않을 만큼 외진 지역들입니다."

그런 곳에 계속 외국인이 흘러드는데 관리가 되질 않아, 점차 슬럼화가 되어 가고 있다.

"슬럼? 미국의?"

"통합 이전 수사국과 형사국의 조사에 따르면 중국, 조선족, 베트남, 필리핀, 라오스 등의 폭력 단체 본거지도 이런 구역들 내에 있는 걸로 추정되고 있습니다."

"……개새끼들이군."

맞는 말이다. 감히 다른 나라에 와서 범죄 단체를 결성했으니 때려죽여도 시원치 않을 개새끼들이다.

"그나마 이놈들은 낫습니다."

대놓고 개새끼라고 스스로를 광고하고 다니는 짐승 새끼들은 마음만 먹으면 관리하기 어렵지도 않다.

문제는 그 짐승 새끼들만도 못한 악마들이다.

"바로 어제 그놈 같은 놈들 말이죠."

욕망을 감추고 인간인 척 섞여 살다가, 갑자기 본색을 드러내는 놈들.

'그리고 당신의 목을 날릴 뻔한 새끼.'

회귀 전, 조오현 경찰청장은 어제 발생한 사건으로 인해 취임한 지 고작 몇 달 만에 옷을 벗었었다.

다시 대회의실에 침묵이 내려앉는다.

"그래서 인터폴과 보다 더 적극적으로 연계해 국내에 입국하는 모든 외국인의 범죄 기록을 조회하자고 한 거군."
 "그렇습니다."
 특히 더 많은 국가에게 무비자 입국을 허용하는 제주도는 더욱 엄중한 관리가 필요했다. 이를 위해선 제주도 경찰의 증원이 필수였다.
 "불가능한 이야기인 거 알지?"
 경찰 증원이야 인력이 충원되면 가능한 일이지만, 나머지는 정치의 영역이다.
 "하지만 저희 경찰이 궁극적으로 달성해야 할 목표라고 생각됩니다."
 이들까지 제어할 수 있어야 경찰의 수사권 독립이 가능해질 거다.
 회귀 전 답이 없었던 경찰 조직이라면 불가능한 이야기지만, 여러 번의 물갈이와 개혁이 일어난 지금은 마냥 불가능한 이야기가 아니게 된 경찰의 수사권 독립.
 "또한 마냥 불가능한 이야기도 아닙니다."
 이 부분에 대해선 인터내셔널 잡이 많은 도움을 주고 있다.
 현재 슬럼화가 이뤄지고 있는 구역에도 인터내셔널 잡을 통해 일자리를 얻은 이들이 있고, 또 인터내셔널 잡 역시 따로 외국인 거주 구역을 만들고 있다.
 이들을 통해 얻은 수많은 정보들이 국정원에 쌓이고 있었고, 그중 일부는 경찰로 전해지고 있었다.
 "인터내셔널 잡······."

'최 부국장이 만든 단체였지?'
눈을 빛낸 조오현이 고개를 끄덕였다.
"그래서 외국인 명예경찰관 제도를 도입하자고 한 것이군."
"그렇습니다."
몇 번의 물갈이로 인해 숫자가 많이 감소한 경찰 병력.
이로 인해 외진 구역까지 경찰의 치안력 투사가 보다 어려워질 수밖에 없게 됐는데, 그렇다 보니 동네의 자경단 역할을 하는 자치경찰의 규모가 더욱 커지게 된 상태다.
"이런 자치경찰대에 외국인 명예경찰관들을 합류시키는 겁니다."
한국에 거주한 지 최소 5년 이상이 된 외국인들 중 범죄 이력이 없고, 성실하다는 평가를 받는 이들을 선발해 합류시키는 거다.
"이로 인해 발생될 긍정적인 효과로는 바로 외국인 및 외국인 혼혈 2세, 3세들과 한국인의 화합 및 인식의 변화가 있습니다."
대한민국 내에서 사회적 약자일 수밖에 없는 혼혈아들. 그리고 한국인과 결혼을 한 외국인들과 외국인 노동자들.
이들의 인식 개선을 이뤄 낼 단초가 되어 줄 것이다.
"……정치인들이 좋아할 이야기군."
거기다 올해는 총선이다. 많은 정치인들의 지지를 받게

될 거다.

"그렇게 된다면 앞서 말한 사안들 역시 지원을 받게 될 겁니다."

여당과 야당, 진보와 보수를 모두 만족시켜 줄 이번 안건.

"호오?"

그제야 종혁의 깊은 뜻을 이해하게 된 조오현을 비롯한 고위 간부들의 눈이 빛난다.

"또한 그러면서 경찰을 지망하는 지망생 및 운동 특기생들에게 이 자치경찰대에서 근무 및 봉사활동을 할 시 가산점을 부여하는 겁니다."

사건에 개입을 할 수도 없고, 할 수 있는 일이라곤 고작 순찰뿐인 자치경찰대지만, 이곳의 근무를 통해 경찰 지망생들에게 경찰의 업무를 깨닫게 하고 사명감의 씨앗을 심어 주는 것이다.

솔직히 아무리 포장을 해도 결코 좋다고 할 수가 없는 일선 현장의 업무.

그것을 조금이라도 맛보게 하면, 그저 경찰이 공무원이기에 경찰을 지망하는 이들을 걸러낼 거름망으로 작용할 수도 있을 거다.

"또한 여러 이유로 인해 도중에 운동을 그만두면서 인생의 목표가 사라진 양질의 인력들을 경찰로 끌어들일 수 있다?"

운동을 했기에 체력과 깡이 좋을 인재들.

경찰이 선호하는 인재들이다.

"솔직히…… 아깝잖습니까?"

인생의 목표를 잃어버리면서 방황을 하게 되고, 그러다 보니 더러 조직폭력의 세계로 빠지는 운동선수들.

사회에 나가 본인들의 장점을 살리지도 못한 채 회사나 조직의 일개 부품이 되는 이들.

"그럴 바에는 차라리 저희 경찰이 모두 끌어모아서 본인들의 장점을 마음껏 발휘하도록 만드는 게 좋지 않겠습니까?"

"그거……."

조오현뿐만 아니라 다른 고위 간부들의 입가에도 의미심장한 미소가 그려진다.

"확실히 경찰에 좋은 일이군. 사회적으로도 좋은 일이야."

"그렇습니다."

종혁의 입가에도 의미심장한 미소가 맺힌다.

"흠. 그럼 새터민을 보다 적극적으로 임용시키자는 말도 그런 의미겠군."

"새터민뿐만 아니라 귀화한 외국인들 역시 마찬가지입니다. 그중 누가 간첩일지 모르기에 신중하게 접근을 해야겠지만, 이 역시도 결국 해내야 하는 일이 아닐까 싶습니다."

해외 수사기관 구성원들의 적극적인 스카우트 역시도.

"이상입니다."

짝! 짝짝짝!

조오현이 박수를 치자 다른 고위 간부들도 미소를 지으며 박수를 친다.

경찰 업무로 시작하여 경찰의 발전 방향으로 마무리된 종혁의 안건.

"역시 젊은 피와 같이 있으니 우리들의 생각도 깨어나는 것 같아."

"확실히 최 부국장이 경찰의 복이긴 해. 더 빨리 끌어올려야 했어."

흡족히 웃은 고위 간부들은 신설된 형사수사국의 국장을 바라봤다. 다음 안건은 형사수사국에서 올린 것이기 때문이었다.

종혁은 형사수사국의 부국장이 몸을 일으키자, 고위 간부들을 향해 경례를 하며 자리로 돌아와 앉았다.

"수고했어."

"아닙니다."

'이로써 밑밥은 깔았군.'

외국인 범죄 단속 및 예방의 안건을 발표하면서 함께 깔아 뒀던 밑밥.

이제 남은 건 순영을 구하는 것뿐이었다.

* * *

쿵덕쿵덕!

흙먼지가 일어나는 평양 외곽의 한 공사장.
"벽돌은 어케 됐네!"
"아직 덜 말랐다고 합네다!"
"그런 건 빨리빨리 하라고 하지 않았네!"
마르고 피부가 검게 탄 남성들이 흙먼지를 들이마시며 구슬땀을 흘린다.
땡땡땡!
"아, 이제 점심시간이간?"
"끄으! 시간 한번 더럽게 안 가는구나야."
"오늘 점심은 뭐이간?"
"오늘은 없답니다."
"……에이."
새벽녘부터 일한 그들에게 있어선 끔찍한 말이지만 언제나 똑같은 일상이었기에 남성들은 그늘이나 건물 안에 자리를 잡고 드러눕는다.
이렇게 쉬기라도 해야 오후 작업에서 퍼지지 않을 수 있다. 어차피 돈 한 푼 받지 못하는 공사장 일, 이렇게 몸이라도 지켜야 했다.
그들은 멍하니 하늘을 바라보며 몸에 힘을 뺐다.
그건 안경을 끼고 있는 오십대 중반의 장년인 리희동도 마찬가지였다.
다른 사람들과 달리 제법 살집이 있는 리희동에게 이십대 후반의 사내가 슬그머니 다가선다.
"저…… 아주바이."

"뭐인데 그리 오줌 마려운 개새끼처럼 구는 거이가? 날래 말해 보라."

"그, 그게 제 딸이 내년에 소학교에 들어갑네다."

한국의 초등학교에 해당하는 소학교.

2013년에 교육 과정이 개편되기 이전까지는 총 4년의 교육 기간을 거쳤다.

"복순이가 벌써 그렇게 됐네? 축하한다야."

"하하. 아닙네다……."

"아, 뭔데 그러네!"

"이, 일이 없으시다면 사, 산술 좀 가르쳐 주시라요!"

"산술? ……어렸을 적에 아바디를 많이 따라다녔나 보구나야. 그런 거믄 가르쳐 둬야디. 딸을 딱 무릎에 앉혀 놓고 공부 가르쳐 주는 게 아바디의 재미 아니갔어?"

"아, 아주바이……."

"교재는 내가 내일까지 준비할 테니, 넌 정신이나 수습하라."

"……감사합네다. 이 은혜 꼭 갚갔습네다."

"강냉이나 감자 한 알이면 된다."

"아, 알갔습네다!"

"녀석. 너도 아바디는 아바디구나."

이 말을 꺼내기 위해 얼마나 고민하고 또 고민했을까.

그 모습을 생각하면 기특하기만 하다.

그렇게 사내가 물러나자 리희동 또래의 장년인이 슬그머니 다가선다.

탈출 〈69〉

"임자도 참 임자다."

똑같이 힘든데, 이렇게 쉬는 시간까지 허비하는 모습을 보면 친구로서 답답하기 짝이 없다.

그렇다고 리희동이 뭘 많이 배웠다면 또 모른다. 배운 사람으로서 책임감 때문이라고 생각할 수 있으니 말이다.

하지만 학교 근처에도 가지 못한 게 바로 자신의 친구였다.

"내가 말했지 않았네. 임자랑 난 머리가 달라. 아바디가 강냉이를 미끼로 논밭에만 데려가지 않았어도 교수 정돈 하고 있었을 기란 말이야. 내 자식들 보면 모르겠네?"

"쿵. 그래, 니 잘났다."

"흐흐. 응?"

부르릉!

갑자기 공사장 안으로 들어오는 트럭에 의아해했던 리희동이 운전석에 탄 서양인과 보조석에 탄 또래의 여성을 발견하곤 피식 웃으며 몸을 일으킨다.

"가자. 밥 왔다."

"밥? 오! 네 안까이 온 거네?!"

"안까이가 아니라 부인. 아내. 형수님. 남조선 드라마는 코로 보는 거네?"

리희동의 친구는 주먹감자를 날리며 트럭을 향해 뛰어갔고, 리희동도 천천히 그 뒤를 따랐다.

그 순간이었다.

"이건 또 뭐이가! 네들은 어케 들어온 거네! 누가 허락

한 기야!"

공사장 한구석에 쳐진 천막에서 다급히 달려 나온 보위부원들이 차량을 막아서며 방망이를 꺼내 든다.

그에 보조석에서 내린 리희동의 아내, 김영순이 가슴을 쭉 편다.

"네들 여기 처음 온 거이가? 계급들이 뭐이가?"

"……누, 누구십네까?"

깨끗한 옷차림에 범상치 않은 기백.

뭔가 심상치 않은 김영순의 모습에 보위부원이 조심스러워진다.

"내래 리순영 대좌의 오마니야. 전임자들한테 못 들었네?"

"헉?! 위, 위대한 혁명전사의 오마니를 뵙습네다!"

하얗게 질린 보위부원들의 모습에 김영순은 딱딱한 표정을 풀고 푸근히 웃었다.

"고생하느라 힘들지? 이것들 모두 로씨아에서 일하는 내 큰딸, 리순영 대좌가 보낸 음식이랑 맥주인데, 너희들도 들라."

"아, 아닙네다!"

"너희가 안 먹으면 저 사람들도 불편해서 못 먹는다. 날래 한 상자씩 가져가서 먹어라."

"가, 감사합네다! 뭐하는 기야! 날래 움직이라!"

"예!"

그렇게 박스를 하나씩 들며 돌아선 보위부원들의 표정

이 딱딱하게 굳는다.

"김영순, 리희동. 일없다 보고하라."

"알갔습네다."

딸이 대좌라는 높은 직책의 군인이지만, 북한 상부의 감시를 받는 김영순과 리희동.

보위부원들의 눈빛은 차가워졌고, 그런 그들을 속으로 날카롭게 응시하던 김영순이 가까이 온 리희동을 타박한다.

"다 지켜봐 놓고 이제 오시는 겁네까? 진짜 당신은 한참 봐야 사람인 양반입네다. 철이 아바디."

"흐흐. 그래서 싫나?"

"말이라도 못하면……."

눈을 흘긴 김영순은 자신이 앉아 있던 보조석에서 확성기를 꺼내었다.

-삐이이이이!

-아아! 식사들 드시고 하시라요-!

"……우아아아아아아!"

"그럼 나는 가 보갔시오."

"벌써 가는 거이네?"

"음식도 다 나눠 줬으니 돌아가야디요. 아, 100주년 때 기대하시라요."

조선민주주의인민공화국을 세운 위대한 수령 동지의 탄생 100주년. 곧 다가올 이날은 공화국의 휴일이자 잔

첫날이었다.

"또 뭘 준비해서리⋯⋯. 알았다. 들어가 보라. 로씨아 대사관 동무도 조심히 들어가시오. 언제나 수고 많소."

"일없소. 열심히 하시오. 갑시다, 영순 동지."

부르릉!

리희동에게 인사를 한 김영순이 떠나자, 리희동의 친구가 슬그머니 옆구리를 찌른다.

"큰 장군님 100주년 때 뭐 맛있는 거라도 만드는 거이가? 기럼 같이 먹자."

"맛있는 거⋯⋯ 많이 만들지. 밤에 힘쓰려면 양껏 먹어야지 않갔어?"

"아⋯⋯."

의무방어전. 주위에 있던 유부남들의 표정이 숙연해졌고, 씁쓸히 웃으며 맥주를 들이켜는 리희동이 속으로 눈을 빛냈다.

'그날이구나.'

헤어진 가족들과 만날 날이.

리희동은 주먹을 꽉 쥐었다.

* * *

기이이이잉!
러시아 모스크바의 도모데도보 국제공항.
뚜벅뚜벅!

주위를 돌아다니는 러시아인들과 비교해도 결코 덩치가 밀리지 않는 거구의 사내, 종혁이 입국 게이트를 넘는다.

그러자…….

"어서 와요, 최."

종혁은 마중을 나온 나탈리아를 보며 싱긋 웃어 줬다.

"너무 자리를 비우는 거 아니에요?"

"후후. 최는 제가 맞이해야죠. 반가워요, 최."

"안녕하십니까, 안젤리나 씨!"

"오. 러시아어가 많이 늘었는데요?"

"하하하! 뭐…….

'늘어야죠.'

그동안 종혁이 러시아어를 하는 걸 보며 얼마나 답답했던가.

종혁은 드디어 회화가 가능해졌다고 좋아하는 최재수의 모습에 피식 웃다 아차 했다.

"아, 인사해요. 이쪽은 강현석. 제가 신뢰하는 형사이자 동생입니다."

'신뢰하는?'

눈을 빛낸 나탈리아가 현석을 본다.

"어흠. Hello. Nice to me you. my name is Kang."

"러시아에 온 걸 환영해요. 주한 러시아 대사관 직원인 안젤리나라고 해요."

"억! 하, 한국말을 할 줄 아십니꺼?!"

그녀의 능숙한 한국어에 최재수도 놀라워한다.

"그럼요. 제가 한국에서 일한 게 몇 년인데요."

그녀의 눈이 곱게 휘자 현석은 얼떨떨해했고, 종혁은 혀를 찼다.

"남의 직원 꼬시는 거 아닙니다."

"호호호! 일단 이동부터 할까요?"

나탈리아는 바깥을 가리켰고, 종혁은 고개를 끄덕이며 그녀의 뒤를 따랐다.

그러자 최재수가 현석의 옆구리를 쿡 찌른다.

"흐흐흐."

"와 그랍니꺼?"

"그런 게 있다. 큭큭큭."

"이 양반이 봄에 더위를 드셨나……."

"흐흐흐. 부국장님! 같이 가요!"

최재수는 음흉하게 웃으며 종혁의 뒤를 쫓았고, 현석은 또 시덥잖은 소리를 한다며 고개를 저었다.

그리고…….

"……!"

입을 떡 벌린 현석이 종혁과 대저택을 번갈아 본다.

"으하핫! 웰컴 러시아! 웰컴 부국장님 하우스!"

원하는 반응이 나오자 최재수가 큰 웃음을 터트렸다.

* * *

타닥타닥!

마치 한국의 겨울처럼 싸늘한 바람이 불어오는 바깥, 빨간 불빛을 토해 내는 모닥불이 기분 좋은 소리를 내며 사건과 일에 지친 사람들의 마음을 어루만진다.
 '이, 이기 뭐꼬?'
 영화관에 볼링장, 당구장, 수영장, 사우나, 미니 바 등 없는 게 없는 대저택.
 한 바퀴를 둘러보는 데만 해도 거의 한 시간이 걸리는 대저택에 현석의 기가 죽는다.
 영화 속 귀족이 된다면 이런 기분일까.
 "이, 이걸 선물로 받았따고예?"
 "이것뿐이겠어? 바이칼 호수 알지? 거기에도 부국장님 별장 있어."
 그뿐만 아니라 듣기로 러시아 전역에 이런 별장들이 있다고 했다.
 "모두 러시아에서 선물로 준 거야."
 "와예?"
 "피지컬 트레이닝 비법 때문에. 듣기로 운동선수의 기량을 20퍼센트 상승시켰다고 했던가?"
 "아……."
 '군대에 접목시켰구나.'
 단숨에 모든 걸 깨달은 현석이 고개를 끄덕인다.
 국가를 지키는 군대, 군인들의 기량이 20퍼센트나 늘 수 있다면 천만금을 준다고 해도 아깝지 않을 것이다.
 '이거였데이.'

태국에서 국정원과 CIA, SVR이 종혁을 지원한 이유가.

'그럼 설마?'

약간 떨어진 곳에서 담배를 피우고 있던 현석의 시선이 모닥불에 고기를 구우며 종혁과 보드카를 마시고 있는 나탈리아에게로 향한다.

"내가 모르는 게 참 많네……."

헛웃음을 터트리는 현석의 얼굴이 복잡함으로 일그러진다.

"뭐야. 무슨 말을 그렇게 해?"

"행님."

종혁은 할 말이 많아 보이는 현석의 모습에 미소를 지었다.

"오래 참았네."

"원래는 행님이 말해 주실 때까지 참으려고 했심더. 그런데……."

이젠 답답해서 견딜 수가 없다.

"말해 주실 수 있겠습니꺼?"

종혁은 간절한 그의 눈빛에 대답 대신 따라오라며 손짓을 했다.

그렇게 종혁과 최재수, 현석이 모닥불에 둘러앉게 됐다.

종혁은 그들에게 보드카를 따라 주었다.

휘이잉!

어디선가 불어와 그들의 급해지는 마음을 달래는 싸늘

한 바람.

종혁의 입이 묵직하게 열렸다.

"일단 재수에게 어느 정도는 들었지?"

"피지컬 트레이닝까지 들었심더."

"그 정도면 다 들었네. 내가 그걸 만들었을 때가 17살이었어."

그걸 통해 동일고 유도부원부터 시작해 대한민국 유도 국가대표의 기량을 향상시켰다.

"그런데 그걸 대체 어떻게 알아차린 건지 그때 내게 접근했던 게 여기 이분이었어. 본명은 나탈리아 보디아노바, 러시아 대외정보기관 SVR의 부국장."

생각해 보면 나탈리아와 함께한 지 벌써 15년이다.

KGB 마지막 세대의 스파이이자, 한국 지부장이 됐던 그녀가 어느덧 SVR의 부국장 자리에 오르게 됐다.

물론, 종혁 자신을 전담하는 요원이기에 SVR에서 부국장의 업무를 온전히 소화하지 못하고 있지만, 그래도 그 권한만큼은 막대하다고 볼 수 있었다.

"어머, 다 말하려는 건가요?"

"제가 신뢰하는 사람들이니까요."

재밌다는 듯 웃은 나탈리아는 계속 말하라는 듯 보드카를 홀짝였고, 종혁은 말을 이었다.

"뭐…… 원래는 빅토르 때문이었지만."

"드, 드바 로마노프의 회장님을 말하시는 거죠?"

최재수의 말에 종혁은 고개를 끄덕였다.

"아무튼 빅토르가 내 계좌로 막대한 컨설팅 비용을 입금하자 나탈리아가 찾아온 거야. 내 뒤에 러시아 정치인이나 군부의 인사가 있다고 착각했던 거지. 빅토르의 가문이 좀 대단하거든."

"최에 대해 조사하다 보니 피지컬 트레이닝 비법에 대해 알게 됐죠. 그래서 구애를 한 것이랍니다."

군인의, 정보요원의 작전 수행 능력이 20퍼센트 이상 상승할 수 있는 비법을 가질 수만 있다면 무엇이 아까울까.

"돈과 명예, 여자 저희가 제시할 수 있는 건 모두 제시했죠. 하지만……."

종혁은 선물이라면 받겠지만, 대가라면 받지 않겠다고 딱 잘라 선을 그었다.

"그때부터 계속 인연이 이어져 온 거야. 그리고 이분들이 준 정보 덕분에……."

"아니, 아니."

자신이 이룬 막대한 부에 관한 건 숨기려고 했던 종혁은 갑자기 말을 끊는 현석을 보며 의아해했다.

"다 알겠심더. 행님이 얼마나 대단한 사람인지. 이런 걸 보고도 모른다믄 빙신이제."

종혁이 가진 물질적인 풍요는 아무래도 상관없다. 아니, 딱히 관심도 가지 않는다.

물론 사람으로서 부러운 점은 있다.

사건을 보다 쉽게 해결할 수 있는 돈지랄. 그것 하나만큼은 부러웠다.

그러나 현석이 궁금한 점은 이게 아니었다.

"내가 참말로 궁금한 건 그놈아들이 누구냐는 것임더. 태국에서 만난 그 버러지들! 사라진 남뽈라의 딸내미와 기타 등등!"

그리고 누군가에게 받았던 하드디스크와 USB까지.

종혁은 분명 누군가를 쫓고 있었다.

그런데 그걸 CIA와 SVR, 심지어 국정원까지 돕고 있었다. 아니, 함께하고 있었다.

이걸 처음 의심하게 된 건 태국에서였다.

형사의 신분으로선 구하기 힘든 화기들. 그걸 국정원과 CIA, SVR이 구해다 줬다.

그러다 확신이 든 건 제주도에서였다.

"행님이 중요한 사람인 것도 알고, 돈이 많은 것도 알겠어예. 그런데 그게 기밀로 취급되는 최첨단 기기까지 제공할 수 있을 정도는 아니잖습니꺼. 그건 그거고, 이건 이거지예."

그때 깨달았다. 종혁과 세 나라의 정보기관이 함께 쫓고 있는 뭔가가 있다는 걸 말이다.

"아입니꺼?"

움찔!

최재수가 입을 떡 벌리며 현석을 보고, 살짝 놀랐던 나탈리아가 재밌다는 듯 웃으며 종혁을 본다.

"축하해요, 최."

괴물이 어린 괴물을 얻었다.

"그러게요……."

'얘가 이때 이 정도는 아니었는데?'

거의 이쯤부터 함께하기 시작했던 종혁과 현석.

자신은 나중에 종혁이 설명해 줘서 알게 된 걸 단숨에 알아차린 것에 경악한 최재수를 일견한 종혁이 현석을 봤다.

그의 눈빛이 착 가라앉았다.

"알고 싶어?"

그토록 함께하길 원한 사람이 바로 현석이다.

회귀 전 유일하게 믿을 수 있었던 사람, 강현석.

하지만 막상 이렇게 직접 물어 오니 망설임이 들 수밖에 없다.

자신의 욕심 때문에 현석의 인생을 망치는 건 아닐까 하는 생각 때문이다.

"내만 따돌리지 마이소."

"너뿐만 아니라 네 가족들이 위험할 수 있어. 검사님도, 어머님도, 현희와 네 동생들도 모두."

현석이 무언가를 알고 있다는 뉘앙스만 풍겨도 놈들은 현석을 제거하려고 들 거다.

"장난으로 듣지 마. 이건 진심이야."

종혁의 얼굴에서 감정이 사라지자 현석이 웃음을 흘린다.

"행님. 그거 압니꺼? 행님은 날 구했습니더."

마산 어시장에서 고생하시던 어머니.

그러나 아버지 강철선은 검사로서 피해자들을 구제하는 데 바빠 가정에 소홀했다. 아니, 가족의 일방적인 희생만 바랐다.

"내요. 그런 아버지만 원망을 하다 나쁜 길로 빠졌을지 모릅니더."

"아니야. 현석아, 넌……."

"나만 구했습니꺼? 아임더."

어머니도, 아버지도, 동생들도 모두 구해 줬다.

종혁 덕분에 서울로 올 수 있었고, 종혁이 도움을 줘서 자신들 다섯 식구가 풍족하게 지낼 수 있었다.

"이제 그 은혜 갚겠다는데 와 행님이 말리는데?"

"……그런 이유라면 듣지 않는 게 좋겠다."

그런 각오라면 안 된다.

그런 각오로 놈들을 쫓으면 가장 먼저 희생되는 건 현석이 될 확률이 높았다.

"압니더. 안다고예. 그러니 행님이 내한테 말 안 했겠제."

누구보다 강인하지만, 누구보다 연약한 사람인 종혁.

분명 지금도 많은 생각을 하고 있을 거다.

"하지만 행님예. 어차피 행님과 함께 있다 보믄 계속 부딪칠 꺼 같은데, 모르고 당하는 것보다는 알고 당하는 게 낫지 않겠습니꺼?"

멈칫!

'……하여튼 저놈의 개코는.'

어쩔 땐 종혁 자신보다 더 냄새를 잘 맡았던 현석의 촉.

종혁은 알고 있다. 저런 표정을 짓는 현석은 결코 말릴 수 없단 걸.

떼어 놓고 가도 기어코 쫓아와 달라붙을 놈이 바로 강현석이라는 놈이었다.

지능범죄수사대의 미친개 최종혁의 키 작은 버전, 리틀 최종혁 강현석.

한 번 물면 자기 살점이 뜯겨 나가도, 뼈가 부스러져도, 설령 영혼이 찢겨도 절대 상대를 놓치지 않는 미친개였다.

'그래서 고민했던 건데…….'

이젠 어쩔 수 없다.

현석을 떼어 놓는다면 현석은 자기 스스로 놈들에 대해 알아보고 다닐 것이 분명했다.

종혁이 입을 열었다.

그 순간 그의 눈에서 살의가 뿜어져 나오기 시작했다.

"이놈들의 이름은 회사다."

종혁은 회귀 전부터 시작된 악연에 대해 설명해 주었다.

"그러니까…… 허허."

머릿속이 쉽게 정리되지 않는다.

너무도 대단해 헛웃음만 나오는 놈들.

뭐라고 정의를 해야 할지 모르겠다.

하지만 지금 당장 해야 할 말이 뭔지는 알 것 같다.
"행님."
"왜?"
"그동안 수고했심더."
쿵!
현석은 눈이 파르르 떨리는 종혁을 안쓰럽다는 듯 바라봤다.
이제는 알겠다. 종혁이 왜 큰 사건을 해결하면 그렇게 휴가를 가려고 했는지. 왜 그렇게 기를 쓰고 경찰을 개혁하려고 했는지.
'진짜 우예 버텼노.'
자신이었다면 이미 진작 미쳐 버렸을 거다.
현석은 여태껏 외로운 싸움을 해 온 종혁을, 그의 손을 꽉 잡았다.
"앞으론 내도 한 손 보탤께예."
"……그래."
현석의 맑고 깊은 눈이 찢긴 심장을 어루만지는 듯했다.
"고맙다."
둘은 서로를 보며 미소를 지었다.

이후 시간이 흘러 훈훈한 분위기가 어느 정도 가라앉자, 종혁은 현석과 최재수의 잔에 다시 술을 따라 주었다.

"좋아. 이왕 말이 나온 김에 내가 러시아에 온 목적도 알려 줄게."

"……휴가 온 거 아니었습니까?"

아니다.

현석과 최재수의 눈빛이 가라앉자 종혁은 손가락을 폈다.

"지금부터 나는 총 세 명의 사람을 구할 거야."

이름은 리순영, 리희동, 김영순.

"철이와 희야의 가족이야."

쿵!

"너희들도 함께해 줄래?"

현석과 최재수는 이를 악물었다.

* * *

달칵! 달칵!

"후우."

책이 가득 꽂힌 책장 두 개와 컴퓨터만이 있는 작고 삭막한 공간.

잠시 컴퓨터에서 눈을 뗀 순영이 눈과 눈 사이를 누르며 피로를 쫓는다.

"여기까지 와서 또 이 짓을 할 줄이야……."

그보다 질이 더 저급하다.

러시아 내 북한 식당에서 발생하는 매출 중 일부를 세

탁해 공화국의 새 지도자만을 위한, 아니 그의 아내를 위한 비자금으로 만드는 작업.

'타계한 장군님께서도 이런 짓까진 하지 않았는데…….'

그런데 새 지도자는 그 짓을 태연하게 저지르고 있었다.

똑똑똑!

"들어오라."

문이 열리며 들어온 삼십대 중반의 사내가 순영을 향해 경례를 한다.

"순찰 나가실 시간입네다."

"……알았다."

컴퓨터를 끈 순영은 옷걸이에 걸린 재킷을 걸치며 밖으로 나갔고, 밖에서 대기하고 있던 청소부가 그녀가 있던 방 안으로 들어갔다.

'청소부는 무슨.'

공화국에서 보낸 감시자다.

저 청소부뿐만 아니다. 옆의 비서도, 그리고 이 건물과 순영을 수행하는 수행원 모두 감시자였다.

마냥 풀어 놓기엔 너무 많은 것을 알고 있는 순영.

그렇다고 제거하기엔 너무 능력이 좋은 그녀.

'쯧.'

건물을 나선 순영은 담배를 물었다.

찰각! 치이익!

싸늘한 바람과 함께 밀려 들어온 담배 연기가 그녀의

지친 정신을 잠시 달래 준다.

"……광명 3호 발사가 언제라고 했네?"

"내일입네다. 발사만 성공하믄 저 자본주의 돼지들이나 남조선 괴뢰들 모두 우리 공화국을 업신여기지 못할 거디요. 흐흐흐."

'내일.'

그녀의 눈이 순간 가라앉았다가 원래대로 돌아온다.

"기럼 내일은 온 공화국이 축제겠구나."

"길티요. 와 그러십네까?"

"이벤트를 진행해야갔어."

"이벤트 말입네까?"

"춤추는 풍선 대여하고, 애미나이들 꽃단장시키라. 이십 빠센트 할인해 준다는 삐라도 뿌리고."

"이, 이십 빠센트! 기, 기렇게 결정해도 되는 겁네까?"

"이 로씨아에 나보다 위에 있는 사람이 한 명밖에 더 있네?"

그런데 그 한 명은 결정권이 없는 사람이었다.

"……알갔습네다."

"가자."

순영은 비서가 열어 주는 차에 올랐고, 차는 곧 모스크바에 있는 북한 식당으로 향했다.

뚜벅뚜벅.

바깥처럼 차가운 공기가 감도는 계단을 내려가 지하로 향하는 순영.

가게의 입구에서 손님을 맞이하는 지점장이 순영을 보자 다급히 경례를 한다.
"총괄 동지. 오셨습네까?"
"일없간?"
"일…… 있습네다."
 지점장은 어색하게 웃으며 한쪽을 가리켰고, 그 손가락을 따라 시선을 돌린 순영은 눈을 부릅떴다.
"순영 씨-!"
'왔구나.'
 탈출을 위한 등장인물이.
"저치가 와 여기 있는 거이네."
 순영은 뒷목을 잡으며 종혁에게 걸어갔고, 순영의 비서는 눈빛을 가라앉히며 그녀의 뒤를 쫓았다.

* * *

"오랜만입네다, 종혁 동무."
"오랜만이에요. 제가 북한에 갔을 때 이후 처음이죠?"
"길티요. 그때 동무 덕분에 공화국에서 자라나던 괴물을 처단할 수 있었습네다."
"음. 진급을 축하해야 하는 겁니까. 아니면……."
 종혁의 얼굴에 안쓰러움이 번지자 순영은 피식 웃었다.
"축하 인사로 받겠습네다."
"하하. 아, 이쪽은 제 부하 직원인 최재수 경사와 강현석 경위입니다. 둘 다 인사해. 이쪽은 철이 누님이신 리순영 대좌. 아, 재수는 본 적 있지?"

"예! 오랜만입니다, 순영 씨! 저 잊지 않으셨죠?"

종혁이 북한에 갔을 때 오택수와 더불어 함께 갔었던 최재수.

"강현석입니더. 철이에게 신세 많이 지고 있습니다."

"재수 동무를 잊을 수 없디요. 오랜만입네다. 그리고 처음 뵙겠습네다, 강현석 동지. 내래 철이 누나 리순영이라 합네다. 우리 철이, 그 모자란 놈은 제 몫을 해내고 있습네까?"

"아이고. 철이가 없으면 본청이 돌아가질 않으니 너무 걱정 마이소!"

"다행이네요."

순영은 종혁을 봤다.

"왜 맥주만 마시고 있습네까. 방금 온 겁네까?"

"아, 음식은 시켰어요."

"기런데…… 응?"

뭔가를 느끼고 주방 쪽으로 고개를 돌린 순영이 눈을 동그랗게 뜬다.

드르르륵!

마치 카트 다리가 부서질 듯 음식을 가득 실은 카트.

그런 카트가 줄지어 나오고 있다.

순영은 다급히 종혁을 봤고, 종혁은 씩 웃었다.

"전 메뉴 10개씩."

거기에 맥주 100박스.
"이 정도면 셔터를 내려도 되겠죠?"
순영은 입을 떡 벌렸다.

한편 순영에게서 떨어진 곳에 선 비서가 지점장을 본다.
"최종혁이 나타났다고 전해."
"예."

* * *

"강 경위님, 너 북한 안 가 봤지? 안 가 봤으면 진짜······ 크. 진짜 가 봐야 안다. 가 봐야 알아."
"행님!"
"날 봐도 어쩔 수 없다. 북한이 초대해 주지 않으면 못 가."
"순영 씨!"
"목적이 귀화라면 언제든 초대해 드리갔습네다. 우리 공화국에는 미녀도 많고, 남조선에서 쓰는 손전화도 있고, 아파트도 있디요."
"어허이. 입은 비틀어졌어도 말은 똑바로 하셔야죠. 핸드폰이 있긴 한데 할 수 있는 건 없고, 술집도 해 지면 문 닫고, 아파트는 계단으로 걸어 올라가야 하잖아요. 거기다 가스레인지가 아니라 아궁이로 밥을 만들어야 하면서 무슨······. 남의 직원한테 사기 치는 거 아닙니다."

그래도 미녀는 인정이다.

"어머님과 검사님 뒤집어지는 꼴 보고 싶으면 귀화해 보든가."

"검사님?"

"아, 얘 아버지가 중앙지검 특수부 부장검사시거든요. 몇 년 안에 중앙지검 검사장이 되실."

"호오. 기렇습네까? 한 잔 받으시라요, 강 동지. 아, 동지 나이가 어케 됩네까?"

"아, 올해 스물 아홉살입니다."

"기럼 지금 여자친구는 있습네까? 상아, 이리 좀 와 보라!"

"예? 예! 총괄 동지!"

"어떻습네까, 강 동지. 이름처럼 참 하얗고 곱지 않습네까? 상아, 네가 강 동지 좀 상대해라. 난 여기 최 동무를 상대해야 하니."

"알갔습네다."

"아, 아니……."

"박상아입네다. 올해 21살이디요. 동무는 이름이 어케 됩네까?"

"가, 강현석입니다……. 나이는 29살이고요."

"오라바이."

"헉!"

"큭큭큭. 야, 최재수. 부러워하지 마라. 세라한테 이른다."

"아, 진짜!"

그들은 웃고 떠들며 음식과 술을 즐겼고, 식당의 종업원들도 남한 사람인 종혁과 순영의 눈치를 보면서도 나름대로 즐겼다.

이곳 식당에서 일하지만 거의 먹을 일이 없는 요리들.

표정 관리를 해야 하는 그들의 입술이 꿈틀거렸다.

"푸훗."

"뭐예요, 순영 씨. 벌써 뻗은 거예요? 이제 시작인데?"

"……봐주시라요. 사무직입네다."

"쩝. 이 정도론 아쉬운데……. 뭐 오늘만 날이 아니니까 그만할까."

"오래 있나 봅니다."

"예. 한 며칠 쉬다 가려고요. 곧 미국에서 학회가 열리는데, 그 전까지 쉬는 겁니다. 아, 맞아. 내일 시간 돼요?"

"데이트 신청이라면 생각해 보겠습네다."

"하하핫! 그게 아니라 시간 되면 내일 저녁에 제 별장에 오시라고요. 내일 저녁에 파티를 열 생각인데, 제 러시아 친구들도 초대했거든요. 순영 씨에게도 제법 도움을 줄 수 있는 친구들을."

순간 순영의 눈이 초점을 찾는다.

"……알갔습네다. 꼭 참석하갔습네다."

"부담 주는 거 아니니까 시간 되면 와요. 그럼 잘 먹고 갑니다."

종혁은 악수를 청했고, 순영도 일어나 그 손을 잡았다.

그 순간 손에서 느껴지는 무언가에 순영은 눈을 빛냈고, 종혁은 미미하게 고개를 끄덕였다.

"야, 최재수. 강현석. 일어나. 이 자식들이 빠져 가지고!"

"뭐예요……. 2차 가는 겁니까?"

"그래. 2차 가자, 2차 가."

"오예!"

최재수와 현석을 양팔로 부축한 종혁은 정말 끄떡없다는 듯 식당을 빠져나갔고, 주머니 속에 손을 집어넣었다 뺀 순영은 담배를 물며 옆에 선 박상아를 봤다.

"강현석 동지에 관한 거 정리해서 올리라."

"알갔습네다."

찰칵! 치이익!

"비서 동지."

"예, 대좌 동지."

"집으로 가자. 오늘은 더 돌아다니지 못하갔어."

"……알갔습네다."

"그리고 오늘 먹고 남은 음식들은 애미나이들 나눠 주고, 남은 술은 내일 이벤트용으로 써라."

종혁이 시킨 술이 100박스다. 그중 30박스도 못 마셨으니, 남은 70박스를 이벤트용으로 뿌리면 손님을 아주 많이 모을 수 있을 거다.

"괜찮겠습네까?"

"괜찮디. 최 동무는 한번 계산하면 뒤돌아보지 않으니까."
"알갔습네다. 올라가시디요."
고개를 끄덕인 순영은 차를 타고 집으로 향했다.

* * *

쏴아아아아!
"후우."
얼굴이 발갛게 달아오른 순영이 수증기에 뿌옇게 변한 거울을 닦는다.
"그치는 여전하구나."
서로 이십대였을 때 만난 종혁과 순영.
순영은 아직도 그날을 기억한다. 순철의 도움 요청을 무시하지 않은 종혁이 자신을 찾아냈던 그날을.
"남자는 30대부터라더니……."
순영이 자신의 가슴을 쓸어 올리며 짧게 포즈를 취했다가 피식 웃는다.
"마음이 이리 꽃밭에 가 있는 걸 보니 나도 이제 결혼을 하긴 해야겠구나. 공화국에 돌아가믄 맞선부터 봐야갔어."
혀를 차며 돌아선 순영은 수건으로 머리를 털기 시작했다.
그런 그녀의 눈은 마치 방금 전의 넋두리는 연기였다는

듯 차갑게 가라앉아 있었다.

그렇게 수건을 몸에 두른 채 밖으로 나온 순영이 냉장고에서 맥주를 꺼내 단숨에 들이켜곤 방의 불을 끈다.

그렇게 얼마의 시간이 흘렀을까.

가만히 서서 기다리던 그녀는 한참의 시간이 흐르자 컴퓨터를 향해 걸어갔다.

어느덧 그녀의 손에 들린 USB가 포트에 꽂힌다.

그와 동시에 그녀의 눈빛이 가라앉는다.

'어디 보자…….'

똑똑!

"들어가갔습네다."

"뭐, 뭐이네?"

이쪽의 허락이 떨어지지 않았는데도 문을 열고 들어오는 비서의 행동에 순영의 얼굴이 일그러진다.

하지만 비서는 그런 그녀의 모습에도 아랑곳하지 않고 불을 켜곤 다가와 USB를 봤다.

"아까 남조선 동무가 준 것이 이겁네까?"

움찔!

비서는 놀라 쳐다보는 순영의 모습에 코웃음을 쳤다.

"다 보았습네다."

종혁이 은밀히 뭔가를 넘기는 것을 말이다. 그것이 아무래도 이 USB 같다.

순영의 얼굴이 와락 일그러졌다.

"……대위. 내 계급이 뭐이가."

"대좌십네다."
"기럼 지금 이게 상관에게 맞는 행동이라고 보는 거이가?"
"상관이 하급자에게 보일 모습도 아니디요."
 겨우 수건 한 장으로 가린 순영의 몸을 음흉한 눈으로 훑는 비서.
 빠득!
 순영이 이를 갈자 비서의 눈이 차갑게 가라앉는다.
"기회를 주갔시오. 이게 뭔지만 말해 주시면 물러나갔습네다."
"……이젠 대위가 내 감시자인 걸 숨기지 않으려는 거이야?"
"숨긴 적도 없습네다. 뭡네까?"
"……철이가 보낸 것이디. 어떻게 사는지, 어딜 갔는지, 뭘 하는지. 남매끼리 안부를 주고받는 거이야."
"확실합네까? 기럼 확인하갔습네다."
 턱!
 순영이 USB를 뽑는 비서의 손을 잡는다.
"대위, 지금 이거 감당할 수 있으니 하는 행동이간?"
"이리 막는 걸 보니 더 의심스럽습네다. 정말 그 남조선 동지에게 마음이 있는 겁네까?"
 역시나였다. 화장실에도 도청 장치가 숨겨져 있었다.
"마지막으로 묻갔어. 지금 이 행동 감당할 수 있네?"
 꽈아악!

순영이 힘을 주자 비서는 코웃음을 쳤다.
"대좌 동지, 공화국에서 대좌 동지의 마음이 떴다는 걸 모르고 있을 거라고 보십네까?"
"지금 내 충성을 의심하는 기야?"
"공화국에 계시는 부모님을 생각하셔야디요."
빠드득!
"USB 가지고 밖에서 대기하라. 나도 같이 가갔어."
"맘대로 하시라요."
"나가 있으라."
비서는 다시 한번 순영을 몸을 훑고는 밖으로 나갔고, 문이 닫히자 눈에서 감정이 사라진 순영은 몸을 일으켰다.

한편 문밖.
비서가 USB를 손안에서 굴리며 입술을 비튼다.
'리순철 중위. 기리고 리순희.'
순철과 순희가 남한으로 파견된 지 몇 년이던가.
"아니, 파견이 아니디."
탈출을 시킨 거다. 아니었다면 순희까지 보낼 리가 없었다.
순철과 순희, 두 남매만은 편하고 풍족하게 살 수 있도록 탈출을 시킨 거다.
'물론 리순철 중위가 계속 남조선의 정보를 보내오고 있다지만······.'

그건 눈가림이 분명했다.

순철이 정말 공화국의 전사로서 종혁을 공화국에 귀화시키려 노력했다면, 이미 막대한 돈을 공화국에 보내왔을 거다.

그러나 순철이 공화국에 송금한 건 겨우 그 본인의 월급 일부뿐.

"대위 동지, 이거 정말 괜찮갔습네까?"

비서는 어느새 모여든 십여 명의 사람을 보며 피식 웃었다.

"남조선 아새끼들이 사상 검증도 안 하고 경찰에 입사시키겠네? 경찰이 뭐이가."

국가에 중요한 정보들이 모이는 기관이다.

"거기다 리순철 중위는 특수범죄수사대라는 청장 직속 수사과의 일원이야. 그뿐만 아니라 남조선 경찰의 수사능력을 높인 프로그램도 발명했디. 변절자가 아닌 이상 그게 가능하다고 보는 거네?"

"……."

"기리고 정말 리순철 중위의 안부라면 와 그리 은밀하게 전했겠네?"

집중해서 감시하고 있지 않았다면 몰랐을 정도로 은밀히 전해진 USB.

"흐흐. 드디어 함정에 걸려든 거디."

공화국의 사이버 보안 시스템을 구축한 공화국 최고의 천재이자, 그 공로를 인정받아 영도자의 비자금까지 관리한 리순영.

아직도 공화국의 사이버 보안 관리과에는 순영과 함께 일한 사람들이 남아 있다. 아니, 중추로 자리 잡은 상태다.

공화국에서 모으고 모은 천재인 그들이 아니면 사이버 보안 시스템을 제대로 운영할 수 없기 때문이다.

그렇기에 공화국은 순영이 부담스러웠다.

어설픈 이유로 처형했다가는 사이버 보안 관리과와 사이버 관련 특작과들의 중추로 자리 잡은 리순영의 옛 동료들이 어떤 짓을 저지를지 모르기 때문이다.

그래서 이렇게 함정을 판 거다.

"와 리순영을 이 로씨아로 보냈갔어?"

모두 종혁 때문이다.

공화국에서 분석하길, 자신의 울타리 안에 있는 사람에겐 한없이 관대한 종혁.

순철과 순희가 부탁한다면 종혁은 어떻게든 순영을 탈출시키려 움직일 거라고 공화국은 확신하고 있었다.

그에 순영을 러시아에 보냈다.

러시아와 아주 긴밀한 관계인 종혁이니만큼 그때를 기회로 여겨 러시아 정보국을 움직여서라도 탈출을 계획할 테고, 그것을 드러내어 확실한 변절의 증거를 손에 넣기 위해.

"이렇게 뚜렷한 증거가 있다면 그치들도 아무 말 못하갔지. 흐흐흐."

분명 탈출 계획이 담겨 있을 USB.

이 정도로 확실한 변절의 증거가 있다면 순영을 처형하더라도 그녀의 옛 동료들은 반발하지 못할 터였다.

그리고 새로운 수령 동지가 모은 천재들이 그들의 자리를 대체하는 순간, 그들 또한 리순영의 뒤를 따르게 될 것이었다.

"기, 기럼 차라리 탈출을 시도할 때 처형하는 게 낫지 않갔습네까?"

"……기랬다간 로씨아 동무들이 다칠 수 있디."

순영을 잡으려다 러시아 정보기관 요원들이 다친다면 외교적으로 문제가 생긴다.

갑작스럽게 지도자의 자리에 오르게 됐기에 한 발, 한 발 조심스럽게 내디뎌야 하는 새로운 지도자.

러시아의 지지가 필요한 만큼 아주 작은 마찰도 있으면 안 됐다.

그래서 이런 작전을 짠 것이다.

'리순영…… 죽이기 전에 즐길 수는 있겠구나야.'

분명 새롭게 지도자가 된 그분에게 주지 않은 선대의 비자금 파일이 있을 거다.

아니, 없어도 있어야 했다. 그래야 더 오래 즐길 수 있을 테니 말이다.

"흐흐."

달칵! 촤좌좍!

사람들이 뽑은 권총이 문을 열고 나오는 순영을 향해

겨눠진다.
 그러나 순영은 그게 보이지 않는 듯 비서만 바라본다.
 "와 처웃고 자빠졌네? 가자."
 "……따라오시라요."
 그들은 복도를 걸어 아래층의 어느 방 안으로 들어갔다.
 그렇게 그들이 들어오자 기겁을 하며 일어나 경례를 하는 몇 명의 사람들.
 순영은 온갖 기기들로 가득한 방 안의 풍경을 보며 재밌다는 듯 웃었다.
 "날 감청하는 사령부가 여기였네?"
 "……이거 확인해 보라."
 "아, 알갔습네다."
 USB를 받아 든 사내는 다급히 USB를 연결해 파일을 열었다.
 달칵! 달칵! 달칵!
 "어…… 대위 동지?"
 어리둥절해하는 사내의 모습에 비서는 환하게 웃으며 다가갔다.
 "기래. 뭐가 나왔네?"
 "이걸 왜 확인해 보라고 한 겁네까?"
 "……응?"
 "그냥 사진뿐입네다."
 그것도 웬 남성과 소녀의 사진들만 들어 있다.

"편지, 아니 일기로 추정되는 파일도 있습네다."
"그게 무슨 말이야!"
"보이는 대로 말한 것뿐입네다만……."
"비켜라!"
다급히 사내를 밀어낸 비서가 모니터를 보며 마우스를 움직인다.

-12월 8일.
남조선의 날씨가 추워지기 시작했습네다.
공화국의 날씨는 좀 어떻습네까? 몸 약한 우리 오마니는 일없습네까?

'이, 이거이?'
잘못됐다. 이건 뭔가 단단히 잘못됐다.
뚜벅뚜벅.
콧속으로 샴푸 냄새가 빨려들자 비서가 기겁하며 옆을 바라본다.
"사진 파일 속에 문서 파일이 있을 기야. 그걸 열어 보라."
"예? 아, 예!"
사내는 얼른 컴퓨터를 조작해 사진 파일 속에 숨겨진 문서파일을 열었다.
그에 비서의 얼굴이 파랗게 질렸다.

-야당 6선 의원 비자금 및 뇌물 장부 보고서.
　-500억대 매출을 올리는 강진실업 사장 딸에 관한 보고서.

"허억?!"
순영은 겁에 질리는 비서의 턱을 검지로 들어 올리며 고혹적으로 웃었다.
"아까 남매끼리 안부를 주고받는 거라고 하지 않았네. 철이와 순희는 내 직접 남조선으로 파견시킨 간첩이야. 남매이기 전에 상급자와 하급자의 관계디."
그런 관계가 서로에게 전달할 수 있는 안부가 뭐가 있을까.
"확실하디 않으면 베팅을 하디 말라고 안 배웠네?"
"저, 저는……."
콱! 콰앙!
"……끄아아아아아!"
볼펜이 꿰뚫은 손을 부여잡은 비서는 바닥을 뒹굴었고, 순영은 자신을 감시하는 감청팀과 여차하면 자신을 처형시키려고 모인 요원들을 차가운 눈으로 훑어봤다.
"너희들 상관에게 전하라. 공화국의 전사 리순영 대좌와 리순철 중위, 리순희의 충성은 변치 않았다고! 그리고 임무는 무사히 진행되고 있다고! 뭐하네! 저 멍청한 놈을 내 눈앞에서 치우라!"
'저 고마운 놈을.'

탈출 〈103〉

이미 이럴 것이라 예상한 순영과 종혁.
그에 역으로 함정을 팠는데, 제대로 걸려들었다.
"내일부터 보이면 대가리에 구멍을 뚫어 줄 테니!"
"예, 옛!"
코웃음을 친 순영은 방을 빠져나갔다.
'이제 다음 단계로 넘어가면 되겠구나.'
CCTV의 사각, 순영은 입술을 비틀었다.

　　　　　＊　＊　＊

2012년 4월 13일, 이른 아침의 평양.
삑삑!
"거기 뭐하는 거야! 날래 안으로 들어가라!"
보안원들의 날카롭고 다급한 외침에 거리를 지나던 사람들과 차들이 빠르게 자취를 감추기 시작한다.
건물 안으로, 갓길로.
TV 앞으로, 라디오 앞으로.
넓은 평양 시내가 하던 일을 멈춘 채 숨을 죽이기 시작한다.
그에 평양을 찾은 외국인들이 당황을 한다.
"아, 오늘 인공위성 발사일입네다."
공화국의 미래를 밝힐 인공위성 광명 3호.
"광명 1호와 2호의 궤도 안착 성공에 이어 이 3호마저 궤도에 안착한다면, 이제 세상 그 어느 나라도 우리 공화국을 무시할 수 없갔디요."

 발전한 미사일 발사 기술이 미사일들에 적용이 된다면, 저 자본주의와 부르주아의 돼지들인 미국과 일본은 이제 공화국에게 머리를 조아려야 할 거다.

 이는 곧 공화국이 세계에서 손꼽히는 초강대국이 된다는 뜻.

 그것을 공화국의 모든 인민들이 바라고 있으니, 발사도 무조건 성공을 할 거다.

 북한의 주민들은 그렇게 간절히 바라고 있었다.

 그건 리희동과 김영순이 사는 동네의 주민들도 마찬가지였다.

 웅성웅성. 와글와글.

 "하아암."

 "오! 명철이 왔네?"

 "밤새 일없었습네까?"

 "일없었디. 아직 밥 안 먹었으면 떡 좀 먹으라."

 "내가 또 이걸 좋아하는 건 어찌 알아서!"

 "철이 오마니가 만들었디."

 "철이 오마니! 잘 먹갔습네다!"

 "많이 먹어라!"

 동네에서 가장 커다란 TV가 있는 리희동의 집에 몰려든 동네 사람들.

 김영순은 그런 그들에게 다른 주민들이 가져온 음식들도 함께 대접하며 바쁘게 움직였고, 리모컨을 꽉 쥔 리희동은 담배를 연달아 피우며 TV를 뚫어져라 쳐다봤다.
"이게 이번에 순영이가 보내 준 그 로씨아 떼레비입네까? 이야, 고놈 때깔 참 곱고 크구나야."
"왔으면 신소리하지 말고 앉으라. 곧 시작한다."
"아, 알갔습네다."

오늘따라 묵직한 리희동의 목소리에 뒤늦게 찾아온 사람은 뻘쭘한 표정을 지으며 앉았고, 리희동은 그런 그를 일견하며 TV를 뚫어져라 노려봤다.

누군가 자신을 쳐다보는 것도 모른 채 말이다.

"나, 나옵네다!"

공화국의 영원한 아나운서가 오늘도 고운 한복을 입은 채 TV속에서 모습을 드러내자 사람들은 숨을 죽였고, 이내 곧 카운트다운이 시작됐다.

"3! 2! 1!"
"발사-!"
-푸화아아아아아악!

공화국 인민들의 간절한 바람을 담은 인공위성 로켓이 하늘을 향해 발사됐다.

그리고…….
"이야야아아아!"
-이제 저 간악한 미제와 일제는 공화국의…….
"엉엉엉!"

TV 속에서 투지가 가득한 목소리가 흘러나오고 있음에도 서로를 끌어안고 방방 뛰는 데 여념이 없는 그들.

미사일이 날아가던 도중에 TV가 갑자기 꺼졌음에도, 끊기기 전에 하늘에서 붉은 불빛이 터지는 듯했음에도, 그래서 라디오를 통해서만 발사 성공의 소식을 들을 수 있었음에도 그들은 아무런 의심 없이 성공을 기뻐했다.

"인민반장! 인민반장! 어디 있네?"

"응?"

갑자기 밖에서 들려오는 외침에 사람들이 의아해하며 밖으로 나갔다가 깜짝 놀란다. 두툼한 자루들이 실린 트럭 한 대가 동네 중앙에 세워져 있었기 때문이다.

'보위부원?'

"오, 오셨습네까!"

황급히 뛰어나오는 장년 여성을 위아래로 훑은 이 동네 담당 보위부원이 트럭을 두드리며 거만하게 웃는다.

"방금 인공위성 발사 성공은 보았지? 모든 인민이 한마음 한뜻이 되어 발 벗고 나서지 않았다면 여기까지 올 수 없었기에 그 수고를 치하하기 위해 선물로 보내는 거이야. 그러니 날래 전부 줄 세우라."

"위, 위대한 수령님 만세!"

"수, 수령님 만세-!"

보위부원의 표정이 더 거만해졌다.

"가, 감사합네다!"

"오늘 저녁엔 배 터지게 먹으라."

"위대한 수령님 만세!"

리희동이 곡식이 든 작은 자루와 닭 반 마리를 들고 물러가자, 보위부원은 눈빛을 가라앉히곤 옆에서 배급에 여념이 없는 인민반장을 툭 친다.

놀라 보위부원을 쳐다봤다가 이내 그를 따라나서는 인민반장.

둘은 트럭 뒤로 돌아갔다.

"부르셨습네까."

"리희동이는 어떻네."

"……일없습네다."

어제도. 그제도.

순영과 순철, 순희가 갑자기 사라지며 모진 고초를 겪었던 때를 제외하면 언제나 맡은 바 일을 열심히 수행하고 있었다.

"기러니 이제는 감시를 거두는 것이…… 죄, 죄송합네다!"

다급히 고개를 숙이는 인민반장을 노려보던 보위부원은 담배를 물었다.

'리순영 대좌가 한 놈을 치워 버렸다.'

러시아에서 전해진 소식에 보위부가 발칵 뒤집혔다.

분명 그럴 만한 일이었고 순영 역시 충성을 증명하긴 했지만, 보위부로서는 감시를 거둘 수 없었다.

"오늘 잘 감시하라."

오늘 공화국의 모든 인민은 인공위성 발사 성공을 축하하기 위해 한껏 풀어질 것이다.

'만약 공화국을 탈출한다면 오늘이 적기디.'

누가 이 영광스럽고 기쁜 날 탈출을 할 거라고 생각을 할까.

그렇기에 탈출을 하기에 적기인 것이다.

'아니면…… 모레겠디.'

이틀 후 오늘의 인공위성 발사 성공에 버금가는, 아니 그보다 더 중요한 발표가 있다. 모든 인민이 떠들썩하게 잔치를 벌일 날이.

보위부원의 눈빛이 서늘해졌다.

"알았네?"

"아, 알갔습네다!"

"가 보라."

"위대한 수령님 만세!"

후다닥!

"후우."

보위부원은 리희동의 집을 보며 담배 연기를 길게 뿜었고, 집 안으로 들어와 오늘 나눠 준 배급품을 정리하던 리희동과 김영순은 서로를 보며 고개를 끄덕였다.

'이제 곧입네다.'

'길티. 이제 곧이야.'

약속한 그날이.

자식들과 다시 만날 그날이.

"기럼 이제 저도 로씨야 대사관으로 출근해 보갔시오."

순철과 순희가 공화국의 위대한 대업을 이루기 위해 남

한으로 간 지 얼마 후부터 출근하게 된 러시아 대사관.
 고개를 끄덕인 리희동도 수건을 어깨에 걸치며 돌아선다.
 "오늘은 점심이 나올 것 같으니 오디 말라."
 "알갔습네다."
 다시 서로를 보며 눈을 빛낸 둘은 그렇게 각자의 일터로 향했다.

                    * * *

 -콰아아아앙!
 아무것도 보이지 않는 새까만 화면 속에서 희미하게 들려온 폭발음에 종혁이 담배를 문다.
 찰칵! 치이익!
 "실패…… 했네요."
 가슴을 쓸어내리는 최재수와 현석의 모습에 종혁이 고개를 끄덕인다.
 "예견된 실패였지."
 전대 지도자의 갑작스러운 사망 이후 인공위성 발사를 서두른 북한.
 한국과 서방 국가들에게 북한은 결코 호락호락한 나라가 아님을, 새로운 지도자가 결코 호락호락하지 않음을 알려야 했기에 기술이 완전하지 않았음에도 무리하게 발사를 감행한 것이다.

"하지만 곧 성공할 거야."
"그럴까예?"
"저놈들이 내세울 수 있는 건 미사일과 핵밖에 없거든."

간절함의 깊이가 다르다. 그리고 그 집요함이 결국 인공위성 발사를 성공시킨다.

'그것도 올해 말에…….'

눈빛을 가라앉힌 종혁은 소파에서 몸을 일으켜 걸으며 권아영에게 전화를 걸었다.

"예, 접니다. 지금 반응이 어떤가요?"

-당연하다면 당연한 결과라서 그런지 그렇게 뜨겁지는 않아요.

애초부터 판이 크지 않았던 북한의 인공위성 발사. 성공에 베팅을 한 사람들만 머리를 쥐어뜯고 있을 거다.

-우리 권&박 홀딩스의 많은 직원들도요.

성공이냐 실패냐를 두고 내기를 한 권&박 홀딩스의 직원들.

그렇게 모인 베팅액만 무려 10억 원.

문제는 역배를 노리고 성공에 베팅을 한 직원들이 꽤 있다는 것이었다.

"저런……. 알겠습니다. 그럼 계속 수고해 주세요."

-네!

그렇게 전화를 끊은 순간이었다.

지이잉! 지이잉!

"예, 나탈리아."

-우리 이제 곧 출발해요.

오늘 파티 준비를 도와주기로 한 나탈리아.

'저쪽도 긴장이 풀렸나 보네.'

북한의 인공위성 발사를 예민하게 받아들일 수밖에 없는 주변국. 그건 북한과 좋은 관계를 맺고 있는 러시아라고 해도 마찬가지였다.

"알겠습니다. 저희도 준비할게요."

통화를 종료한 종혁은 눈을 빛냈다.

'그럼 시작해 볼까?'

순영과 그 가족들의 탈출을 위한 다음 단계를.

종혁은 기지개를 켜며 욕실로 향했다.

* * *

스르륵!

좁은 공간, 뽀얀 피부를 타고 베이지색 치마가 끌러져 내린다.

톡!

후크가 풀리며 땅을 향해 떨어지는 속옷.

가늘고 긴 손가락이 옆에 걸린 새빨간 드레스를 집는다.

스르륵!

매끈한 다리를 타고 올라가 결국 그녀의 몸을 감싸는

드레스.

지퍼가 올라가며 새하얀 등판을 감추고, 문을 열고 나간 그녀는 눈을 부릅뜨는 수하의 모습에 고개를 모로 기울인다.

"뭐하네?"

"아, 아닙네다!"

"이거나 올리라."

"예, 예!"

수하에게 등을 돌린 순영이 거울을 보며 눈을 가늘게 뜬다.

평소의 수수한 얼굴을 찾아볼 수가 없는 화려한 색조 화장과 한껏 멋을 낸 헤어스타일.

방금 전 거울로 봤던 모습임에도 여전히 다른 사람처럼 느껴지는 낯섦에 순영의 심장이 떨리고 볼이 발갛게 달아오른다.

'이래서 애미나이들이 화장을 하는구나…….'

그저 화장을 했을 뿐인데 이유 모를 자신감이 차오르고 어깨가 펴진다. 지금이라면 그 어떤 남자라도 꼬드길 수 있을 것 같은 느낌.

'오마니가 보면 좋아하겠어.'

언제나 왜 예쁜 얼굴을 꾸미지 않냐며, 왜 화장을 안 하냐며 타박을 했던 어머니 김영순.

드디어 시집을 갈 수 있을 거라며 기뻐할 거다.

'아바디는…… 울어 버릴디도 모르디.'

언제나 여자는 시집을 가야 한다고 윽박을 지르면서도 술에 취하면 자신의 손을 꼭 붙잡고 평생 아빠랑 살자고, 남자 따윈 사귀지 말라고 울상을 짓던 아버지.

 그러다 애 앞길을 막을 거냐며 어머니에게 등짝을 얻어맞곤 쪼그려 잠드시던 모습을 떠올리니 절로 미소가 피어오른다.

 '보고 싶습네다.'

 어머니. 아버지.

 그리움에 물들던 그녀는 얼굴을 구겼다.

 "뭐하네. 수전증 왔네!"

 "오, 올리고 있습네다!"

 지익!

 지퍼가 마저 올라가자 순영은 자신의 핸드폰을 수하에게 넘겼다.

 "찍으라."

 "예!"

 찰칵! 찰칵! 찰칵!

 "여, 여기 있습네다."

 "……가자."

 새하얀 털로 된 숄을 어깨에 두른 그녀는 숙소를 나섰고, 이내 방금 전 수하가 지었던 표정과 똑같은 표정을 짓는 다른 수하들을 발견할 수 있었다.

 그런 그들을 둘러본 순영은 눈을 가늘게 떴다.

 "그치는 어케 됐네?"

"……오늘 아침 공화국으로 송환됐습네다."

그리고 감시를 실패한 죄목을 물어 수용소에 갇히게 될 거다.

"아쉽구나. 기런 놈은 혓바닥을 뽑고, 사지를 찢어 버렸어야 했는데……."

순영은 오늘 자신의 경호를 맡을 사람들을 무심히 둘러봤고, 그들은 다급히 고개를 숙이며 순영의 시선을 피했다.

그동안 서로 알고 있었지만, 공론화되지 않았던 감시가 공론화됐다. 불편해질 수밖에 없었다.

또한 이번 일로 인해 순영의 충성심이 다시 한번 증명됐기에 이제부턴 순영을 더 밀착해서 감시할 수도 없는 노릇.

그것도 모자라 이제부터 순영은 온갖 꼬투리를 잡아 그들을 쥐 잡듯 잡으려 들 터였다.

그들의 얼굴은 일그러질 수밖에 없었다.

'흥!'

코웃음을 친 그녀가 차에 오르는 순간이었다.

"대좌."

흠칫!

들릴 리 없는 목소리에, 이곳에 있으면 안 되는 목소리에 깜짝 놀란 순영이 고개를 돌린다.

"나도 같이 가자."

또각! 또각!

탈출 〈115〉

순영은 어둠 속에서 모습을 드러낸 한 사람의 모습에 눈을 부릅떴다.

* * *

웅성웅성.
사람들로 북적이는 저택.
"최!"
"미하일!"
종혁이 오랜만에 만난 지인을 끌어안는다.
오래전 한국에 프로파일링을 배우러 왔던 미하일 세브첸코.
그때와 비교하면 부쩍 머리숱이 사라진 친구의 모습에 종혁이 심심한 애도를 보낸다.
"계속 그딴 식으로 쳐다보면 네 머리를 뽑아 버리는 수가 있어."
"하하. 그러면 이쪽이?"
종혁이 미하일과 팔짱을 끼고 있는 아리따운 동양인, 아니 고려인 여성을 본다.
"아, 맞아. 서로 인사해. 나타샤, 이쪽은 전에 말한 최. 최, 이쪽은 내 아내인 나타샤."
"말씀 많이 들었습니다. 결혼식에 참석하지 못해서 미안합니다. 최종혁입니다."
"저도 말씀 많이 들었어요. 나타샤 킴이에요."

고려계와 슬라브계의 혼혈인 듯 굉장히 아름답고 선이 얇은 여성.

미하일에겐 너무나도 아까운 미모에 종혁의 표정이 굳는다.

"만약 미하일에게 협박을 당하고 있는 거라면 눈을 두 번 깜빡여 주십시오."

"네? 호호호!"

"죽인다."

"크크크."

"최."

자신을 부르는 목소리에 고개를 돌린 종혁이 환하게 웃는다.

"빅터!"

자신의 오랜 친구인 빅토르 로마노프.

그런데 그의 옆에 웬 낯선 여성이 서 있는 걸 본 종혁의 눈이 빛난다.

"옆에 계신 분께서 이번에 진지하게 만나고 있다는……."

"아."

'응?'

갑자기 얼굴이 일그러지는 빅토르의 모습에 종혁이 의아해할 때, 빅토르가 한숨을 길게 내뱉으며 입을 연다.

"후우. 이쪽은……."

"반가워요, 최. 동생에게는 말씀 많이 들었어요. 알리샤 로마노프예요."

"아."
빅토르의 성인 로마노프.
그동안 만나지 못했던 빅토르의 가족이었다.
'이제 견적이 다 뽑혔다는 건가.'
순간 눈빛이 가라앉았던 종혁이 싱긋 웃는다.
"빅터가 그동안 가족을 소개시켜 주지 않은 이유가 있었군요. 저라도 이런 미인이 누님이라면 소개시켜 주지 않았을 겁니다. 처음 뵙겠습니다. 최종혁입니다."
말에 숨은 날카로운 뼈에 알리샤 로마노프가 미안하다는 듯 웃는다.
"그동안 타이밍이 안 맞았다면 이해해 줄 수 있을까요? 변명처럼 들리지겠만 부디 양해해 주시길."
한껏 숙이는 그녀의 모습에 종혁의 눈빛이 더 가라앉는다.
"그럼 저는 이제 친구입니까?"
"빅터를 도왔을 때부터 최는 우리 로마노프의 친구였답니다."
"……감사합니다. 부디 파티를 즐겁게 즐기시길."
"불청객임에도 환대해 주셔서 감사합니다."
서로 악수를 나눈 빅토르와 알리샤는 안으로 들어갔고, 잠시 밖으로 나온 종혁은 담배를 물었다.
찰칵! 치이익!
"후우우."
'……정말 진심이려나.'

표정을 읽을 수가 없어서 약간 미심쩍지만, 이제라도 봤으니 다행이다.

"다음엔 내가 술 들고 쳐들어가야겠네."

친구 부모님 뵙기가 왜 이렇게 어려운지 모르겠다.

'어떻게 생긴 분들일까?'

종혁은 멀지 않은 미래에 만날 친구의 부모님을 떠올리며 미소를 지었다.

그 순간이었다.

스르륵!

"아, 왔네."

다급히 담배를 끈 종혁은 가까이 다가오는 차를 향해 다가갔다.

"순영 씨…… 응?"

양팔을 벌리던 종혁이 순영과 함께 내리는 여성을 발견하곤 깜짝 놀란다.

'서단?'

아니, 김단. 사망한 2대 지도자의 숨겨진 딸이자 현 지도자의 배다른 여동생.

오래전 북한에 갔을 때 잠시 인사를 나눴던 그녀의 등장에 종혁은 살짝 놀랐다가 이내 미소를 지었다.

'역시 왔구나.'

이번 계획을 짜며 생각해 뒀던 변수 중 하나.

종혁의 눈빛이 다시 가라앉기 시작했다.

"오랜만입니다, 단이 씨."

움찔!

"……날 기억하고 있을 줄은 몰랐네요."

그때와 비교하면 어딘가 초췌해 보이는 듯한 그녀의 모습에 종혁은 속으로 고개를 끄덕였다.

'2대 지도자가 살아 있을 시절에 러시아로 보내졌다지?'

2대 지도자가 사망하기 얼마 전 러시아로 보내진 김단.

북한 내부에서 무슨 일이 있었는지는 모른다. 다만 자칫 북한의 약점이 될 수도 있는 숨겨진 딸을 밖으로 내보내야 했을 정도로 심각한 일이 발생했다는 것만은 짐작할 수 있었다.

'그때 야망이 꽤 커 보이긴 했는데……. 역시 후계자 자리를 두고 싸우다 쫓겨난 건가?'

아니었다면 북한의 현 지도자가 안으로 불러들였을 거다. 전대 지도자의 핏줄은 그 자체만으로도 북한의 정권을 위협하는 약점이니 말이다.

그런 약점을 드러내는 걸 감수하면서까지 그녀를 불러들이지 않은 건 결국 그녀가 이룩했던 성세가 꽤 컸다는 뜻일 수밖에 없었다.

'그건 좀 아쉽네.'

만약 김단이 북한의 새 지도자가 됐다면 달라졌을지 모를 한국과 북한의 관계를 생각하던 종혁은 활짝 웃으며 그녀를 맞이했다.

"제가 미녀는 잊지 않는 편이라서요. 그런데……."

이전에 만났을 때는 분명 평양 방언을 사용했던 김단.

그런데 다시 만난 그녀는 놀랍게도 서울 방언을 사용하고 있었다.

그러한 종혁의 의문을 알아차린 순영이 끼어들어 대신 대답했다.

"남조선 드라마와 예능을 많이 보셔서 그럽네다. 또 남조선 사람들과 채팅도 하디요."

"리 대좌, 이럴 거야?"

"이야. 불순분자께서 여기 계셨네. 하하. 농담이고, 파티에 참석해 주셔서 감사합니다."

"……불청객을 환대해 주셔서 감사해요."

"불청객이라니요."

'당신도 이 무대의 배우 중 한 명인데.'

변수이기에 비중은 그리 중요하진 않지만, 계획을 보다 완벽해지게 만들 배우.

"부디 파티를 즐겁게 즐겨 주시길. 순영 씨, 먼저 들어가세요. 전 잠깐 담배 좀 피우고 들어갈게요."

"알갔습네다. 들어가시디요, 서단 동무."

"안에서 봐요."

순영과 김단이 안으로 들어가자, 종혁은 다시 담배를 물며 순영과 김단을 호위해 온 차량들에서 내리는 경호원들을, 아니 감시자들을 힐끔 봤다.

찰칵! 치이익!

"후우. 그럼 시작해 볼까."

2단계의 시작이었다.

* * *

웅성웅성.
안으로 들어온 순영과 김단이 로비를 가득 채운 사람들을 빠르게 스캔한다.
"……최 동무의 인맥이 대단하네."
"기러게 말입네다."
그들의 눈에 가장 먼저 들어오는 건 아무래도 러시아의 연예인들이었다.
가수부터 시작해, 배우, 개그맨, 모델 등 유명 연예인들이 한자리에 모여 그녀들의 눈을 어지럽게 만든다.
그리고 그런 그들 사이에 끼어 있는 흉흉한 분위기의 사람들.
"스페츠나츠?"
스페츠나츠뿐만 아니라 러시아 경찰, 경찰 특수부대 등 러시아의 인간병기들이 로비 이곳저곳을 돌아다니고 있다.
'기런데…….'
순영의 눈에는 저들보다 더 거슬리는 사람들이 있다.
너무 평범하고 평범해 파티장에서 존재감이 지워져 있는 노인들이 바로 그들이다.
분명 연예인들과 사진을 찍을 땐 어느 정도 존재감이

있지만, 돌아서면 마치 허깨비처럼 사라져 버리는 노인들.

'저들은 대체……'

누구기에 이렇게 오싹해지게 만드는 걸까.

"은퇴한 KGB 요원들이에요."

"아!"

귀 옆에서 들리는 목소리에 깜짝 놀라 고개를 돌린 순영과 김단은 짓궂게 웃고 있는 종혁을 발견할 수 있었다.

"예전에 알게 된 분들인데, 집에서 청승맞게 보드카나 들이켜는 것보다는 이렇게 떠들썩한 곳에 오셔서 콧바람 좀 쐬시라고 초대했죠."

"기, 기렇습네까?"

"관심 있으면 한번 접촉해 보세요."

혹시 아는가. 냉전 시대 괴물들의 노하우를 터럭만큼이라도 배울 수 있을지.

그 말에 순영과 김단의 뒤에 서 있던 남성이 눈을 빛낸다.

"그런데 이분은 처음 뵙는 분 같네요."

"아, 인사하시라요. 어제부터 새롭게 제 비서가 된 박승묵 동지입네다."

"최종혁입니다. 우리 순영 씨를 잘 부탁드립니다."

"박승묵입네다."

악수를 나눈 종혁은 다시 순영을 봤다.

"이제부터 제 친구들을 소개해 드릴까 하는데, 괜찮죠?"

"부탁드리겠습네다."

"부탁은요. 친구의 친구는 친구인 거죠. 일단 저분부터 만나러 가 보죠."

종혁은 쭉쭉빵빵한 미녀의 옆구리를 휘감은 채 다른 사람과 이야기를 나누고 있는 중년인에게 다가갔다.

"아르카디 씨."

"오! 최!"

"파티는 즐겁게 즐기시고 계시나요?"

"하하! 이런 파티는 언제나 환영이죠! 그런데 옆에 계신 미녀들 중 어떤 분이……."

"아하하. 여자친구는 아니고, 친구입니다. 순영 씨, 인사해요. 이쪽은 러시아의 대표 포털사이트 야넥스의 창립자이자 회장이신 아르카디 볼로롭스키 씨. 이쪽은 러시아의 북한 사업체를 총괄 담당하고 있는 리순영 대좌입니다."

"호오. 북한……."

오늘 인공위성 발사에 실패한 그 북한의 고위층.

아르카디의 눈이 빛난다.

"반갑습니다, 레이디. 이렇게 젊고 아름다운 분께서 그런 막중한 임무를 맡고 계실지 몰랐군요. 아르카디 볼로롭스키입니다."

"리, 리순영입네다."

처음 소개해 주는 사람부터 숨이 턱 막히게 만드는 거물이었다.

종혁은 걱정 말라는 듯 등을 두드리며 아르카디와 이야기를 나누고 있는 동양인 사내 바실리 마카로프, 아니 김경후를 봤다.

놈들 회사의 직원이었지만, 종혁에게로 전향을 한 김경후.

"오랜만입니다, 바실리 씨."

"그래요. 오랜만입니다, 최. 처음 뵙겠습니다. 레이디. 아진 소코로비쉬의 사장 바실리 마카로프입니다."

"아진 소코로비쉬라면……."

바이칼호에 잠들어 있던 표트르 대제의 보물을 발굴하면서 일약 스타가 된 보물 발굴 회사였다.

현재도 몇 달에 한 점씩 발굴이 되는 표트르 대제의 보물. 이자 역시도 거물이라면 거물이라고 말할 수 있는 인물이었다.

종혁은 얼떨떨해하는 순영에게 아르카디와 대화를 나누라 말하곤 김경후에게 다가섰다.

"연수원이 발견됐다는 말은 전해 들었지?"

순간 김경후의 눈빛이 차갑게 가라앉는다.

"그렇지 않아도 그 말을 들었을 때부터 아진 소코로비쉬를 정리하고 있었으니 걱정하지 않아도 됩니다."

애초부터 가짜였기에 외부 공개가 극히 제한되어 관련 종사자들의 발만 동동 구르게 만들고 있는 표트르 대제의 보물.

이제 아진 소코로비쉬와 표트르 대제의 보물은 종혁의

대역인 아이반에게 넘겨져 세상에서 영원히 사라지게 될 거다.

"성형을 하고 얼굴이 바로잡히려면 시간이 꽤 걸릴 테니……."

천천히 진행하라는 김경후의 말에 종혁의 눈빛도 가라앉는다.

"회사의 해외 지부들을 제거하고 다니는 놈들이 있어."

"……나처럼 회사에 배신을 당한 친구들인가 보군요. 무슨 말인지 알겠습니다."

그들과 접촉해 연계해 보라는 말.

김경후는 샴페인을 입가로 가져가며 흉흉하게 웃었고, 그 모습에 고개를 끄덕인 종혁은 몸을 돌려 순영에게 다가갔다.

"오! 하하하!"

종혁이 사람들과 웃음꽃을 피우는 김단을 보며 샴페인을 홀짝인다.

"살기 위해 발악을 하는군요."

"……어쩔 수가 없디요."

현재 북한 내부에서 숙청 중인 그녀의 세력들. 그 세력들이 모두 숙청된다면, 그다음은 바로 그녀다.

'그 사람처럼.'

머지않은 미래 암살자에 의해 살해되는 현 지도자의 큰형처럼 말이다.

"이것도 보고가 되겠죠?"

"무조건 되겠디요."

순영은 자신보단 김단의 뒤에 서 있는 그녀 자신의 비서와 김단의 비서를 보며 눈빛을 가라앉혔고, 종혁은 남은 샴페인을 모두 들이켰다.

"그럼 이제 제 친구를 만나러 갈까요?"

이번 계획의 주연 배우를.

눈을 빛낸 순영이 종혁의 팔짱을 끼자, 종혁은 키득키득 웃으며 그녀를 에스코트했다.

"앗! 실례할게요. 같이 가, 리 대좌!"

그들이 움직이자 다급히 따라붙는 김단.

"낯선 사람들만 가득한 곳에서 나만 놔두고 어딜 가려는 거야?"

삐쳤다는 듯 콧바람을 세게 내뿜는 그녀의 모습에 종혁이 볼을 긁적인다.

"제 가장 친한 친구에게 순영 씨를 소개시켜 주려는 것이었습니다만……."

선을 긋는 종혁의 모습에 김단의 눈동자가 살짝 흔들린다.

"그런가요? 그럼 어쩔 수 없겠네요……."

온몸으로 서운함을 표현하는 그녀의 모습에 종혁이 어이없다는 듯 웃으며 고개를 젓는다.

"뭐…… 상관없겠네요. 같이 가시죠."

"앗! 정말인가요?! 고마워요, 종혁 씨!"

"예, 뭐……."

떨떠름한 표정을 지은 종혁은 그들을 저택 안으로 이끌었다.

그런 그들이 도착한 곳은 탈의실이었다.

"편한 옷으로 갈아입으세요."

"네?"

"격식을 딱히 좋아하지 않는 친구거든요."

그녀들을 급히 만든 탈의실 안으로 밀어 넣은 종혁은 이내 곧 반바지와 반팔을 입고 나왔고, 둘도 이내 이게 정말 맞는 것인지 얼떨떨한 표정을 지으며 탈의실을 나왔다.

종혁은 그런 그녀들을 데리고 저택 바깥에 있는 수영장으로 향했다.

"와아!"

"꺄아!"

풍덩!

격식과 예의를 갖춘 저택 안과 달리, 자유분방한 옷차림으로 파티를 즐기는 사람들.

수영복을 입은 사람들을 지나친 종혁이 한쪽에서 고기를 굽고 있는 그릴 앞에 보드카를 든 채 기다리고 있던 빅토르에게 다가간다.

"어떻게 파티는 즐거우세요?"

"……꽤 독특한 파티네요."

"비즈니스를 할 사람들은 비즈니스를 하고, 친교를 나

눌 사람들은 친교를 나누자는 거죠."

알리샤 로마노프를 향해 웃어 준 종혁은 빅토르를 봤다.

"빅토르, 인사해요. 이쪽은 내 친한 동생인 순철의 누나, 리순영 씨. 이 사람이 누군지는 아시죠, 순영 씨? 드바 로마노프의 회장 빅토르 로마노프예요."

순영의 눈이 번쩍 떠지고, 김단의 눈이 흔들린다.

저택 안에 있는 그 누구보다, 현재 러시아에서 가장 주가를 올리고 있는 광산 기업 시스카야의 회장보다 더 윗줄에 있는 남자.

전 세계에 SPA 패션 열풍을 불러일으킨 장본인이자 러시아의 거인인 빅토르 로마노프.

"러시아에서 조선민주주의인민공화국의 사업체 총괄 관리를 맡고 있는 리순영 대좌입네다. 반갑습네다, 로마노프 동지."

"오! 당신이!"

"꺅?!"

빅토르가 와락 껴안자 당황한 순영.

그에 놀란 빅토르가 물러서며 미안한 표정을 짓는다.

"미안합니다, 대좌. 최에게 들은 말들이 많아서 우리가 친한 친구 사이라고 착각해 버렸나 봅니다."

"그 착각, 착각이 아니면 어떻습네까? 저도 동지에 대해 많이 들었습네다."

"오! 하하하! 이런 날 술이 빠질 수 없죠. 보드카 좋아합니까?"
"러시아에서 사는데 보드카를 싫어하면 되갔습네까?"
"으하하하핫! 최, 정말 마음에 드는 분인데요?"
"제가 말했잖아요. 여장부라고요."
"하하하핫! 편히 빅터라고 불러 주십시오."
"저도 편히 리라고 불러 주시라요, 빅터 동지."
"리!"
"빅터 동지!"
뜨겁게 악수를 나눈 둘은 보드카를 따라 원샷을 했고, 종혁은 못 말리겠다는 듯 고개를 저었다.
"큼."
"아차."
헛기침을 한 김단이 빙그레 웃는다.
"모스크바 국립대학교에서 현재 석사 과정을 밟고 있는 서단이라고 해요. 여기 최종혁 씨와는 예전부터 알던 사이죠."
"오! 최의 친구였군요. 이렇게 아름다운 분을 만나 뵙게 되어 영광입니다. 빅토르 로마노프입니다."
"저 역시 로마노프 씨를 만나 뵙게 되어 영광이에요."
"자, 이렇게 만난 것도 인연인데 다 같이 건배하죠! 최!"
"예, 예."
고개를 저은 종혁은 보드카를 사람 숫자대로 들고 왔고, 곧 허공에서 보드카가 병째로 부딪쳤다.

그렇게 그들만의 술 파티가 벌어졌다.

* * *

밤이 깊어지자 파티에 참석했던 사람들도 하나둘씩 돌아가기 시작한다.

그런 그들을 배웅하던 종혁은 로비가 휑해지자, 답답했던 넥타이를 풀며 저택 뒤편에 있는 수영장으로 향했다.

"……어이고."

"하하. 왔습니까, 최!"

"다 뻗었네요."

알리샤는 비치체어에 누워 두꺼운 샤워타올을 이불 삼아 자고 있었고, 의자에 앉은 순영과 김단은 금방이라도 앞으로 고꾸라질 듯 꾸벅꾸벅 졸고 있었다.

종혁은 세 사람을 보내 버렸는데도 멀쩡한 빅토르에게 다가갔고, 빅토르는 새 보드카를 종혁에게 내밀며 시거를 물었다.

"후우우."

"오늘 자리를 빛내 줘서 고마워요, 빅터."

"최, 드바 로마노프가 북한에 진출하기를 원하는 겁니까?"

움찔!

근처에 있던 순영과 김단, 그리고 그들의 비서들이 반응을 보였지만 종혁은 못 본 척하며 빅토르를 응시했다.

"그렇게 생각한 이유가 있을까요?"

"아니었다면 굳이 저들을 소개시켜 줄 이유가 없으니까요."

"……쩝. 들켰네요."

"최."

빅토르의 표정이 굳어지자 종혁은 어깨를 으쓱였다.

"이후의 이야기는 여기 순영 씨에게 듣는 게 좋겠네요."

"오?"

빅토르의 눈이 순영에게로 향하자 그녀가 고개를 들며 옷매무새를 가다듬는다.

언제 취했냐는 듯 또렷이 빛나는 그녀의 눈.

드디어 시작이었다.

"크흠. 중요한 이야기에 앞서 정신을 가다듬기 위해 추태를 보인 점 사과드립네다. 그리고 이런 식으로 접근하게 돼서 죄송합네다, 빅터 동지."

"이해하겠습니다, 리."

말은 그렇게 했지만 빅토르의 등이 등받이를 파묻고, 그 눈이 순영을 내려다본다.

어디 설득할 수 있다면 설득해 보라는 듯한 거만한 눈빛.

순영의 눈빛도 가라앉는다.

"공화국의 평범한 인민들이 어디서 옷을 얻는지 아십네까?"

"글쎄요."

"장마당, 흔히 시장이라는 곳에서 사디요."

옷가게가 없는 건 아니다. 백화점도 있다.

하지만 그곳들은 평범한 인민들의 수입으론 쉽게 갈 수가 없는 곳들이었다.

그렇다 보니 어쩔 수 없이 달리기 장사라고 부르는 보따리 상인들이 중국이나 국경에서 싸게 떼 온 옷들을 구매할 수밖에 없다.

"이것마저 몇 다리를 거치는 것이기에 길케 싸다고 볼 수 없디요. 그래서 많은 인민이 부모의 옷을 물려 입고, 또 그 옷을 둘째 셋째들이 물려 입습네다."

그나마 겉옷들은 낫다. 해지면 천을 덧대 수선을 하면 되니 말이다.

제일 큰 문제는 속옷이다.

"덧대기도 힘든 얇은 천 쪼가리. 사춘기에 접어든 공화국의 어린 소녀들이 부모에게 가장 바라는 선물이 바로 이 천 쪼가리입네다."

언감생심 모아 주고, 받혀 주는 것까진 바라지도 않는다. 그저 깨끗하기만 하면 된다.

그런 처참한 말에 빅토르의 눈이 가늘게 떠진다.

"입는 것보다 입안으로 들어가는 게 더 중해서군요."

"바로 보셨습네다."

내 자식 헐벗고 다니는 걸 좋아하는 부모가 어디 있겠는가.

그러나 그보다 먹는 것이, 생존이 더 중요하기에 어쩔

수 없이 한 가지를 포기하는 것이다.

"빅터 동지, 이렇게 부탁드리갔습네다. 인민들을 구해 주시라요."

"흐음."

빅토르가 시거를 깊게 빤다.

"무슨 말인지 알겠습니다. 하지만 난 사업가입니다, 리."

빅토르의 눈빛이 냉정해지자, 순영이 마치 기다렸다는 듯 의미심장한 미소를 짓는다.

"우리 공화국에선 백화점만 건드리지 않으면 되디요."

"……호오."

"길코 평양 인구만 280만이 넘디요."

"이제 이야기할 맛이 나는군요. 하지만 가장 큰 문제가 있습니다."

세계에서 가장 폐쇄적인 국가라고 해도 과언이 아닌 북한. 그 안에서 사업을 하기 위해선 수많은 절차와 신뢰가 필요했다.

"내 돈을 떼먹지 않을 거라는 신뢰."

"기건 이분이 해결해 주실 겁네다."

"으흠?"

김단을 본 빅토르가 허탈한 웃음을 터트린다.

방금 전의 순영처럼 언제 취했냐는 듯 얼굴을 빨간 것을 제외하면 취기를 찾아볼 수 없는 그녀.

김단은 당황한 눈으로 순영을 봤고, 순영은 고개를 끄덕였다.

'순영 동지가 내게 기회를 주는구나!'

살 수 있는 기회를.

생각을 정리한 김단이 빅토르를 또렷이 응시했다.

"제 신분은 묻지 말아 주세요. 하지만 로마노프 씨가 우려하는 모든 문제를……."

"감히? 북한이? 러시아를?"

"응?"

갑자기 난입한 낯설지 않은 목소리에 고개를 돌린 종혁과 사람들은 수영장 안으로 모습을 드러내는 사람을 발견하곤 벌떡 일어났다.

"메, 메드베제프 씨?"

"제법 흥미로운 이야기를 하고 계시는군요."

종혁은 재밌다는 듯 웃는 그를 망연히 바라봤다.

생각지도 못한 변수의 등장이었다.

현 러시아의 대통령이자, 5월 8일이 되면 총리가 될 러시아 이인자의 등장에 순영과 김단, 그의 비서들이 기절초풍하고, 종혁이 다급히 옆에 서 있는 나탈리아를 본다.

그에 흔들리는 눈빛으로 고개를 젓는 나탈리아. 그녀도 메드베제프의 갑작스러운 등장에 당황하고 있는 중이었다.

"내가 너무 늦지 않았나 모르겠습니다, 최."

"……음. 좀 늦긴 했네요."

"으하핫! 미안합니다. 아직까진 대통령이어서 말입니다. 그래도 제가 마실 보드카는 남아 있겠죠?"

"이 저택에서 보드카가 떨어질 일은 없을 겁니다. 그보다 식사는요?"

"공무가 바빠 간단히 때웠습니다."

"그러면 뭐하세요. 어서 포크 챙겨 들고 와서 앉으세요."

"으하하핫!"

정말 종혁의 말처럼 재킷과 넥타이를 풀어 헤친 메드베제프는 바비큐를 굽고 있는 요리사에게서 소시지와 고기를 가져와 종혁의 옆자리를 파고들었다.

"음. 고기를 한국 스타일로 구웠나 보군요. 맛이 꽤 담백하고, 육향이 많이 안 납니다. 아! 오랜만입니다, 빅토르 회장."

"오랜만입니다, 대통령님."

"그리고…… 알리샤 로마노프 양도 오랜만이군요. 가주께선 안녕하십니까?"

움찔!

몸이 크게 흔들린 알리샤가 비치체어에서 눈을 뜨고 일어나 흐트러진 머리를 가다듬는다.

"부친께선 언제나 안녕하시답니다. 누워서 맞이한 무례를 용서해 주시길."

"아프로디테가 누워 있는 줄 알았으니 너무 걱정 마시길. 하핫!"

폭풍처럼 휘젓는 그의 모습을 멍하니 바라보던 종혁은 이내 피식 웃으며 빈 잔을 가져와 보드카를 따라 주었다.

"급하게 드시면 체합니다."

"오! 감사합니다, 최!"

배가 많이 고팠는지 단숨에 손바닥만 한 고기 한 덩이와 소시지를 입안에 쑤셔 넣은 메드베제프는 보드카로 입가심을 하곤 사람들에게 윙크를 했다.

그에 얼어붙어 있던 사람들은 웃으며 의자에 엉덩이를 붙였다.

물론 순영과 김단은 여전히 딱딱하게 얼어붙어 있었다.

"꽤 재밌는 이야기를 하고 계시더군요. 드바 로마노프가 북한에 진출했으면 한다고요. 굳이…… 그럴 필요가 있습니까?"

북한의 국내총생산, 정확히는 1인당 명목 GDP가 약 800달러에 불과한 북한.

이것은 아시아 최하위에 해당하는 수치였다.

어딜 봐도 매력 없는 나라가 바로 북한이란 나라였다.

"드바 로마노프의 주주 중 한 명으로서 딱히 찬성하고 싶지 않은 안건입니다."

"자, 잠시만요, 대통령님!"

"쉿. 죄송합니다, 레이디. 저는 지금 빅토르 회장과 대화하는 중입니다."

목숨을 지켜 줄 방패가 양손에 올려지려다가 도망을 치자 다급해진 김단을 진정시킨 메드베제프는 호선을 그리는 눈으로 빅토르를 바라봤고, 종혁은 그런 그의 눈을 보곤 속으로 한숨을 내쉬었다.

'이 양반, 뭔가 눈치챘군.'

자신들의 계획을 알아차리진 못했지만 뭔가 있다는 건 직감한 것 같다.

그리고 자신을 도우려는 것 같다.

'그렇다면?'

종혁은 순영과 김단을 봤다.

"쓸데없는 귀가 있군요."

"……나가 있어!"

"그럴 수 없습니다. 서단 동무."

단호한 비서의 모습에 김단의 눈에서 감정이 사라진다.

"동무, 짐승은 죽어서 가죽을 남기고, 사람은 죽어서 이름을 남긴다고 했디. 기런데 그거이 개죽음에도 통용이 될까?"

"죄, 죄송합네다."

파랗게 질린 비서들이 나가자 종혁은 메드베제프의 비어 버린 잔에 술을 따라 주었다.

"북한…… 저희 한국에겐 참 애증의 나라입니다."

완전히 미워할 수도, 그렇다고 좋아할 수도 없는 이웃.

"그건 러시아도 별반 다를 게 없을 겁니다. 언제 어디로 튈지 모르는 애새끼니까요."

"……!"

순영과 김단, 메드베제프가 눈을 부릅뜬다.

"으하하하핫!"

한바탕 웃음을 터트린 메드베제프가 보드카 병을 들어 종혁의 잔에 술을 따른다.

"난 이래서 최가 좋습니다."
"가려운 곳을 잘 긁어 줘서요?"
"거침이 없어서."
그 모습이 너무 좋다.
"맞습니다. 북한은 우리 러시아에게 있어 중국을 견제할 요충지면서도 감히 우리 러시아와 중국 사이에서 줄타기를 하는 괘씸한 애새끼들이죠."
종혁이 준 정보로 관련 시설을 망가뜨리고, 과학자들마저 모두 빼냈음에도 기어코 핵 개발을 멈추지 않더니, 이제는 대륙 간 탄도 미사일(ICBM)까지 개발하려 들고 있다.
감히. 북한 따위가.
"그리고 결국 개발에 성공할 겁니다."
미국을 사정권 안에 넣는 기술을 말이다.
"그들이 간절하다는 건 대통령님도 아시지 않습니까."
"그렇죠. 가진 게 없으니 그렇게 발악을 하는 거겠죠."
신랄한 악평에 순영과 김단의 표정이 굳는다.
그들을 힐끔 본 종혁은 담배를 물었다.
찰칵! 치이익!
"그러니 큰형으로서의 아량을 베풀어 보시죠."
"……호오?"
종혁이 입술을 비틀며 휴지 한 장을 뜯어 그 끝을 술잔 속 술에 담근다.
그에 천천히 술로 물들어 가는 휴지.

쿵!

그제야 종혁의 말뜻을 알아들은 김단이 하얗게 질리고, 종혁이 메드베제프를 본다.

"어디서 많이 들어 본 이야기가 아닙니까?"

"……하핫!"

들어 보기만 했을까.

메드베제프의 눈빛이 사나워진다.

"언제가 좋겠습니까?"

"내일 출발할 수 있으면 좋을 것 같습니다. 그리고…… 러시아 쪽 대화 창구로는 여기 이분이 좋을 것 같군요."

메드베제프의 눈이 김단에게로 향한다.

"그래요. 인사가 늦었군요, 킴. 괜찮겠습니까?"

쿵!

"……감사합니다, 대통령님."

러시아가 자신의 정체를 어떻게 알아차렸는지는 중요하지 않았다. 목숨을 구원할 줄이 드리워졌다는 게 중요했다.

만족스럽게 웃은 메드베제프는 빅토르를 봤고, 그는 어깨를 으쓱였다.

"친구가 부탁을 하는데 어떻게 거부할 수 있겠습니까. 그렇게 하겠습니다."

짜악!

"좋군요. 그럼 건배할까요?"

사람들은 잔을 들었고, 이내 곧 청아한 소리가 허공에

울려 퍼졌다.

                    * * *

"정말……."
할 말이 많은 듯 입을 뻐끔거리던 순영은 이내 웃으며 종혁에게 손을 내민다.
"고맙습니다. 덕분에……."
'더 완벽해졌습니다.'
'그러게요. 정말 완벽해졌네요.'
그렇지 않아도 완벽에 가까웠던 계획이 더 완벽에 가까워졌다.
메드베제프는 기분 좋은 돌발 변수였다.
"다음에 또 보죠."
다음에 볼 땐 이 러시아를 탈출할 때일 거다.
힘주어 악수를 한 순영은 돌아섰고, 김단은 떨리는 눈으로 종혁을 응시했다.
"……어떻게 알았는지 묻지 않을게요. 고마워요."
"천천히 물들여 가십시오."
작은 풍요를, 작은 사치를.
누구도 알지 못하게 천천히 물들여 가야 한다.
그렇게 없어선 안 될 사람이 되어야 한다. 없어지는 순간 그동안 인민들을 물들였던 풍요와 사치를 더 이상 공급할 수 없는 사람이.

탈출 〈141〉

드바 로마노프는 북한이라는 거대한 댐에 박아 넣을 작은 쐐기였다. 이것을 시작으로 균열을 키워 가야 했다.

그것만이 김단이 살길이었다.

"원래 없이 살았으면 모르되, 가지고 누리던 것을 뺏기게 된다면 분노를 하게 되는 것이 바로 사람이란 존재니까요."

강제로 뺏게 된다면 북한의 지도자는 알게 될 거다. 그동안 순종해 왔던 인민들의 분노를 말이다.

"이것들만 명심하면 될 겁니다. 잘 살아요, 단이 씨."

"……."

대답 대신 깊게 허리를 숙인 김단은 비서와 함께 멀어졌고, 종혁은 한숨을 길게 내쉬었다.

'이로써 저 사람이 살길도 열어 준 건가?'

이 정도면 될 거다. 이번 계획에 강제로 엮이게 만든 대가로는 말이다.

종혁은 흐트러진 머리를 쓸어 올리며 다시 수영장으로 향했다.

"어? 빅터는요?"

알리샤도 보이지 않는다.

"피곤하다며 올라가더군요. 아직 한창때일 사람이 참……. 아니, 이제 난 필요가 없다는 걸까요?"

"하하. 그럴 리가요."

종혁은 그에게 시원한 맥주를 내밀었고, 메드베제프는 은은히 웃으며 담배를 물었다.

찰칵! 치이익!
"그래서 무슨 일입니까?"
움찔!
'역시.'
"방금 소개시켰던 순영이란 여성을 기억하십니까?"
"아직 그 정도 나이는 아닙니다."
"그 사람을 탈출시키려고 합니다."
"그랬군요……."
메드베제프가 이제야 알겠다는 듯 고개를 끄덕인다.
종혁의 행보로 치기엔 이득이 전혀 없었던 드바 로마노프의 북한행. 만약 자신이 오지 않았더라면 물들어 가는 휴지, 경제 간섭이라는 말은 나오지도 않았을 거다.
'고작 한 명을 탈출시키기 위해 빅토르를 움직이다니…….'
아니, 종혁은 지금 북한의 체제를 밑바닥에서부터 뒤흔들 계획을 짜고 있었다.
자칫 북한이란 나라를 무너트릴 수 있는 계획. 순영이 얼마나 대단한 존재인지 보고는 받았지만, 그래도 절로 고개가 저어지는 스케일이다.
그리고 그렇기에 종혁이었다.
흡족히 웃은 메드베제프가 종혁을 향해 맥주병을 기울인다.
"최에게 진 빚 중 일부나마 갚을 수 있어서 다행입니다."
"저런. 그런 건 생각하지 않았으면 하는데요."

"원래 빚진 놈이 더 생각을 해야 하는 법이죠."
"하핫!"
"그런데 괜찮겠습니까?"
순영은 북한의 사이버 보안 시스템을 구축한 존재, 러시아에서도 예의 주시를 하고 있던 천재다.
"원한다면 러시아에서 보호해 줄 수 있습니다."
"괜찮습니다. 순영 씨라면 국정원에서도 목숨 걸고 지킬 테니까요. 저 역시도."
"그렇다면야……."
"물론, 러시아에도 협조를 해 달라고 부탁해 보겠습니다."
"……하핫! 그런 것을 바란 건 아니었는데 말입니다. 그래도 주신다니 감사히 받겠습니다. 그러면 건배?"
"건배."
챙!
맥주를 단숨에 들이켠 둘은 옷을 벗으며 수영장 안으로 들어갔다.
몸이 뜨거워 견딜 수가 없었다.

한편 저택을 떠나는 차 안.
알리샤가 누군가와 통화를 한다.
"저예요."
-어땠니?
밑도 끝도 없는 물음이었지만, 알리샤는 단숨에 알아듣

고 대답했다.

"로마노프가 영원히 함께할 친구를 얻었다?"

-······왜 경찰을 하는 거지?

"알잖아요. 그가 잡고 싶어 하는 조직이 있다는 걸."

'아마 그 조직이 와해된다면······.'

"아버지."

-말하렴.

"로마노프는 최에게 많은 걸 받았어요."

작게는 빅토르의 성공부터, 크게는 로마노프의 성세까지.

빅토르가 종혁을 알게 된 이후 로마노프의 성세는 그 전보다 배 이상은 커지게 됐다.

더 이상 늦기 전에 은혜를 갚아야 했다.

"우린 로마노프입니다, 아버지."

-······알았다. 조치하마.

"빅터에게 연락을 하면 가장 먼저 해야 할 일을 알게 될 거예요. 안녕히 주무세요."

통화를 종료한 알리샤는 머리를 쓸어 올렸다.

'경제 간섭이란 말을 그렇게 쉽게 하다니······.'

"정말 재밌는 사람이야."

그런데 왜 하필 마음에 드는 사람들은 죄다 애인이 있는 걸까.

그녀의 눈이 서늘한 욕심과 아쉬움을 머금기 시작했다.

＊　＊　＊

"이, 이거이 대체 어떻게 된 일인 겁네까!"

오늘 새벽 갑자기 러시아 대통령이 전화를 해 왔다.

전 세계 패션 시장을 뒤흔든 드바 로마노프의 북한 진출.

북한 내 그 어떤 기업을 가져다 붙여도 감히 견줄 수조차 없는 공룡 기업, 드바 로마노프. 이미 출발한 그들을 잘 부탁한다는 부탁이었다.

당연히 북한 지도부는 뒤집어질 수밖에 없었다.

"내가 아네! 날래 밟으라!"

"예! 어? 저, 저 차들은 로씨아 대사관 차량 아닙네까!"

"로씨아 대통령이 직접 수령님에게 전화를 했어! 기런데 로씨아 대사관이라고 전화가 안 갔겠네?"

헐레벌떡 평양의 도로를 내달리는 십여 대의 차량. 그들은 평양국제공항으로 향했다.

부우우우웅!

"……헐."

겨우 도착해 하늘을 본 북한 군인들이 입을 떡 벌린다.

"저거…… 군용기 아닙네까?"

"길티."

러시아 공군의 군용 수송기다.

그것도 한 대가 아니라 두 대.

오싹!

'드바 로마노프와 로씨아 대통령의 사이가 보통이 아닌가 보구나!'

보통이 아닌 사이임은 이미 짐작했으나, 이렇게 군용기까지 내준 것을 보니 온몸의 솜털이 곤두설 정도다.

자칫 잘못했다가는 자신들 목이 날아가는 것뿐만 아니라 삼족까지 수용소로 끌려갈 판.

그들은 마른침을 삼키며 활주로에 들어서는 군용기들을 향해 경례를 했다.

"뭐하네! 애미나이들 얼른 준비시키라!"

"예!"

끼이이익! 우우웅!

이내 곧 그들의 앞에 멈춰 서는 군용기들.

문이 열리자 악단들이 음악을 연주하고, 한복을 곱게 차려입은 북한의 미녀들이 꽃다발을 들며 군용기에서 내리는 사람들에게 다가간다.

"큼. 내래 총정치국의 림학철 소장입네다. 평양에 오신 걸 환영합네다."

환하게 웃으며 다가선 림학철 소장은 멀뚱히 쳐다보는 드바 로마노프의 직원들의 모습에 자신의 러시아어가 어색했나 고민했다.

그때였다.

뚜벅! 뚜벅!

"비켜."

분분히 비켜서는 러시아인들 사이로 호리호리한 체격

의 장년인이 모습을 드러낸다.

"반갑습니다, 동지. 이번 답사팀을 이끌게 된 드바 로마노프의 세르게이 스미리노프입니다."

러시아를 돌아다니다 보면 몇 번은 볼 법한 평범한 인상이지만, 눈빛은 마치 칼날을 보는 듯 매서운 장년인.

세르게이는 넋이 나간 그들을 보며 손가락을 튕겼다.

따아악!

그러자…….

기이이이잉!

부르릉! 부우웅!

두 대의 군용기에서 나오는 차량들.

잘 빠진 세단이나 스포츠카도 있고, 거대한 수송 차량들도 있었는데, 그중 수송 차량에는 박스들이, 통조림과 쌀, 고기, 술 등이 가득 실려 있었다.

"저 정도면 입국세로 충분할 것 같습니다만."

북한 군인들은 다시 한번 입을 떡 벌렸다.

* * *

또각또각!

작은 체구의 동양인 여성이, 서른 살이 채 안 되어 보이는 여성이 드바 로마노프 본사의 복도를 걸어 최상층에 위치한 커다란 문을 열고 들어간다.

그런 그녀의 등장에 벌떡 일어나는 비서들.

"안에 계시지?"

"앗! 잠시만요, 킴!"

벌컥!

말리는 비서들을 무시하며 안쪽의 문을 열고 들어간 여성은 컴퓨터 앞에 앉아 인상을 쓰고 있는 빅토르에게 다가갔다.

"음? 오, 에바!"

에바 미진 킴. 빅토르가 한국에서 구한 인재이자 종혁과 오랜 인연이 있는 여성이며, 드바 로마노프에 없어선 안 될 존재였다.

"모스크바엔 언제 온 거야?"

"북한에 답사팀을 보냈다는 말을 들었어요. 아시아는 제 담당이 아니었나요, 회장님?"

그런데 자신도 모르게 북한으로 답사팀이 떠난 것도 모자라, 인솔자는 단 한 번도 이름을 들어 보지 못한 인물이었다.

"그 이야기였군. 앉을까?"

미진에게 소파의 빈자리를 권한 빅토르가 소파에 앉으며 담배를 문다.

찰칵! 치이익!

"후우우. 어디서부터 설명을 해야 할까······."

"이것만 말해 줘요. 오빠랑 관련 있는 일인 건가요?"

움찔!

"······최가 모스크바에 왔다는 소식을 들었나 보군."

"……."

고요히 바라보는 그녀의 모습에 빅토르는 한숨을 내뱉었다.

"하아. 맞아. 그렇게만 알아 둬. 만약 그게 아니었더라도 널 보내진 않았을 테지만."

북한이 어디라고 드바 로마노프, 아니 빅토르 본인에게도 있어 소중한 사람인 미진을 보낼 수 있을까.

그런 의미를 가득 담은 빅토르의 눈을 빤히 바라보던 미진은 몸을 일으켰다.

"알았어요. 그럼 됐어요."

"벌써 가게?"

"태국 지사들을 둘러봐야 해서요."

1시간 뒤에 출국이었다.

빅토르는 등을 돌리는 그녀를 안쓰럽다는 듯 바라봤다.

"최는 만나지 않을 생각이야?"

움찔!

"……갈게요."

쿵!

회장실의 문을 닫고 나온 미진은 복도에 서서 담배를 물었다.

"후우."

'뭐…… 원래 연인이란 건 언제고 헤어질 수 있는 거니까.'

너무 바빠 한 달에 한 번조차 제대로 만나지 못한다는

종혁과 종혁의 여자친구인 홍시연.

싱긋 웃은 미진은 복도에 세워진 재떨이에 담배를 비벼 끄고는 다시 복도를 걸었다.

또각또각!

* * *

"누가…… 드바 로마노프를, 아니 로씨아 끌어들였다고?"

살집이 두툼한 이십대 후반의 남성이 이를 드러내자, 그 앞에 선 노인이 쩔쩔맨다.

"아무래도 기거이…… 리순영 대좌와 단이 동무인 것 같습네다."

쿵!

김단. 자신의 이복동생, 애써 러시아로 치워 버린 그녀의 이름이 언급되자 북한의 현 지도자인 남성의 표정이 얼음장보다 차갑게 가라앉았다.

"자세히 설명해 보라."

"기, 기거이……."

노인은 어젯밤 급하게 보고 된 사안을 설명했고, 북한의 현 지도자는 헛웃음을 터트렸다.

"김단…… 이 애미나이가 살려고 발악을 하는구나야."

"명령만 내려 주시라요!"

"……됐다."

"수령 동지!"

"이제 곧 본래의 자리로 돌아갈 메드베제프 동지가 괜히 이런 모험은 하지 않았겠디."

자칫 북한과의 관계가 불편해질 수 있는 이번 일.

본래의 주인에게 대통령직을 넘겨주고 다시 이인자로 돌아갈 메드베제프가 의미 없이 이런 일을 벌였다고 생각할 수 없다.

"기건 최종혁이란 동지가 충동질을 했다고 해도 마찬가디야. 아니 그러네?"

"……기렇습네다."

그렇다면 답은 하나다.

러시아의 주인이 김단을 원하는 거다.

아니, 이 조선민주주의인민공화국의 약점을 쥐려는 거다.

쾅!

치를 떨던 남성은 이내 다시 생각에 잠겼다.

이미 벌어진 일이다.

지금 김단을 제거했다가는 러시아의 주인의 심기가 불편해진다. 아직도 도처에 적대 세력이 남아 있는 그로서는, 당장 내일 있을 발표에서 축전을 받아야 하는 그로서는 더 이상 왈가왈부할 수가 없었다.

"후우."

그는 심호흡을 하며 마음을 다스렸다.

"흠. 기런데……."

드바 로마노프의 회장에게 처음 말을 꺼낸 게 바로 순영이란 점이 의아하다.

"단이 동무가 리순영 대좌를 끌어들인 것이 아니겠습네까?"

종혁과 막역지우라고 밝혀진 빅토르 회장. 김단은 종혁을 만나기 위해 순영을 끌어들인 거다.

종혁을 통해 빅토르 회장과 만나기 위해 말이다.

"최종혁 동지의 저택을 나설 때, 리순영 대좌가 단이 동무에게 이제 빚을 다 갚았다고 말한 것을 보면 기런 것 같다는 게 감시조의 판단입네다."

"……알갔어. 나가 보라."

노인이 경례를 하고 나가자 북한의 현 지도자는 몸을 일으켜 창가로 걸어갔다.

그런 그의 눈에 들어오는 평양의 고요한 풍경.

"기래. 목숨은 살려 주갔어. 하지만 거기까지디야."

'그 이상은 뭘 하디 말라, 단이야.'

"큰형처럼."

바보 같은 행동을 하려는 큰형처럼.

자신의 손에 혈육의 피를 묻히게 하지 말기를.

북한의 지도자의 두 눈에 살의가 머금어지기 시작했다.

똑똑똑!

"들어오라."

"들어가겠습네다."

북한의 지도자는 문을 열고 들어오는 여성들을 보며 방

탈출 〈153〉

금 전의 일을 잊고 음흉하게 웃었다.

* * *

부우우웅!
평양 시내를 달리는 차 안.
림학철 소장이 옆에 앉은 세르게이를 본다.
"어디부터 돌아 보시겠습네까, 스미리노프 동지."
"아, 일단 러시아 대사관부터 갑시다."
자신들 조사팀은 평양만 둘러보려는 게 아니다.
북한의 모든 도시를 둘러보며 입점할 자리를 선별해야 했고, 그렇게 북한 전역으로 흩어지려면 러시아 대사관에 신고를 해야 했다.
"기런 편의는 저희 쪽에서도 제공해 드릴 수 있는데……."
"뭐 그것도 있지만, 공장 부지까지 선별하려면 우리 러시아인들이 쉽게 오갈 수 있는 구역이 좋지 않겠습니까."
쿵!
"……예?"
잠시 멍해졌던 림학철 소장이 기함을 토한다.
"고, 공장 부지 말입네까?!"
"우리 드바 로마노프는 입점한 나라와 지역과의 상생을 모토로 삼고 있는 것도 있지만…… 이곳 북한 인민들을 고용한다면 북한 정부에서도 저흴 좋게 봐 주지 않겠습니까?"

상부상조.

북한은 실업률을 낮춰서 좋고, 드바 로마노프는 저임금의 노동력을 다량으로 쓸 수 있어서 좋다.

그 말에 림학철 소장의 입이 함지박만 하게 찢어진다.

'만약 그 중개를 내가 한다면…….'

"으하핫! 길티요! 그게 상부상조디요! 알갔습네다. 제가 차질 없이 준비시키겠습네다!"

세르게이는 눈에 훤히 보이는 림학철 소장의 욕심에 피식 웃으며 창밖을 바라봤다.

인구 280만 명이 사는 도시임에도 도로에 차량이 몇 대 보이질 않는 조용한 도시.

'그래도 나름 수도는 수도라는 건가.'

못 본 사이에 참 많이 바뀐 평양.

세르게이는 추억에 젖어들었다.

"도착했습네다."

"그럼 점심을 먹고 여기서 보도록 합시다."

"하핫! 알겠습네다! 일 잘 보시라요!"

내려서 경례까지 한 림학철 소장은 차를 몰아 멀어졌고, 그걸 빤히 바라보던 세르게이는 몸을 돌려 러시아 대사관 안으로 들어간다.

미리 지시가 내려왔는지 검문도 없이 바로 문을 열어 주는 입구의 경비들.

그렇게 대사관의 문을 넘자 보조석에 탔던 사내가 입을 연다.

"공장을 지으라는 지시가 내려온 겁니까?"
"훗! 그럴 리가."
 공장 부지를 매입하고, 공장을 세우고, 설비를 마련하고, 인력을 고용하는 등 천문학적인 돈이 북한 지도부의 뒷주머니와 북한의 무기 개발에 투입될 텐데 공장 따위를 지을 리가 없지 않은가.
"다만 운을 띄워 놨으니 모든 시선이 우리에게 몰리겠지."
"아."
"타깃은?"
"지금 관내에 대기하고 있을 겁니다."
"모셔 와."
"예!"

"영순 동무! 밖에서 관리자 동무가 부릅네다!"
 러시아 대사관의 주방.
 설거지를 하던 영순이 다급히 주방 안으로 들어온 젊은 여성을 보며 의아해한다.
"나를?"
"아까 웬 사람들이 들어온 것을 보니 또 로씨아에 있는 순영이가 뭘 보낸 거 아니겠습네까?"
"……에휴. 또 뭘 보낸 기야. 알았다, 알아. 먹을 거 보낸 거이면 좀 나눠 주마."
"히힛! 감사합네다!"

여성의 어깨를 두드리며 주방을 나선 김영순은 관리자를 따라 어느 방으로 향했다.

그렇게 문을 열고 들어간 김영순은 창가에 서 있는 세르게이를 발견하곤 눈빛을 가라앉혔다.

'왔구나.'

본능적인 깨달음.

"김영순입네다."

김영순이 자신을 소개하자 몸을 돌린 세르게이가 푸근히 웃으며 다가와 고개를 숙인다.

"반갑습니다. SVR의 세르게이입니다. 김영순 씨와 리희동 씨를 탈출시키기 위해 왔습니다."

쿵!

'드디어!'

김영순의 심장이 거세게 뛰기 시작했다.

* * *

촤악! 촤악!

근육질의 거대한 몸체가 물을 가르며 빠르게 나아간다.

범고래가 이럴까. 상어가 이럴까.

수면 위로 튀어 오르며 넓게 펼쳐졌다 모여 찍는 팔이 다시 옆으로 휘저어지며 몸을 빠르게 전진시키고, 팔에서부터 시작되어 발끝까지 흐르는 흐름이 그것을 보조한다.

그 양옆에서도 탄탄한 몸체들이 뒤따른다.

이른 아침의 수영장을 가로지르는 세 명의 사내, 아니 종혁과 최재수, 현석.

종혁은 양옆에서 죽어라 자신의 페이스를 따라오려는 최재수와 현석의 모습에 피식 웃으며 페이스를 높이고, 도저히 종혁의 접영을 따라갈 수 없어 자유형으로 바꾼 최재수와 현석이 이를 악물며 팔다리를 더 빠르고 강하게 휘젓는다.

촤아악!

"허억! 헉! 헉!"

"끄허억! 커헉!"

수영장 타일 위로 엎어져 거친 숨을 몰아쉬는 최재수와 현석.

"먼저 간다. 천천히 스트레칭 좀 하고 나와."

'와, 저 괴물……'

'어떻게 삼십대인데도……'

그 어떤 스포츠 종목도 삼십대가 되면 육체적 기량이 감소할 수밖에 없는데, 종혁에게선 그딴 게 보이지 않는다.

아니, 오히려 나날이 더 강해지는 것 같다.

"에휴. 가자, 가."

고개를 저은 그들은 스트레칭으로 혹사된 근육을 푼 후 식당으로 향했다.

"푸흐."

"후아!"

빵빵하게 부풀어 오른 배를 두드리는 셋.

식후 커피를 마시던 최재수가 돌연 종혁을 보며 입을 연다.

"부국장님."

"왜?"

"저희가 할 일이 뭡니까?"

"응?"

의아해하는 종혁의 모습에 현석도 입을 연다.

"그 순영 씨를 탈출시켜야 한다 안 했습니꺼."

"아아."

종혁은 얼굴에 불만이 서린 그들의 모습에, 주위에서 일들이 착착 진행되고 있는 것 같은데 자신들은 그저 손가락만 빨고 있는 듯해 불만이 생겨 버린 그들의 모습에 피식 웃었다.

"어이구. 그게 그렇게 궁금했어?"

"부국장님."

"행님."

"너희가 해야 하는 일? 당연히 있지."

있다. 이들에게 순영과 그 가족의 탈출 계획에 대해 알렸을 때부터 최재수와 현석이 맡을 역할은 정해져 있었다.

"저, 정말입니꺼?!"

깜짝 놀라는 최재수와 현석을 본 종혁이 고개를 끄덕였다.

"응. 당연히 있지. 너희 쇼핑 좀 하고 와라."
"……예?"
종혁은 어리둥절해하는 그들을 보며 씩 웃었다.

　　　　　　＊　＊　＊

터벅! 터벅!
사람이 나른해지는 오후, 식당을 나선 북한 식당의 지배인이 옆 골목으로 들어가 담배를 문다.
찰칵! 치이익!
"후우…… 심심하구만."
러시아 사람들에겐 익숙하지 않은 북한 음식.
그렇다 보니 호기심에 찾아오는 손님들이 대부분인데, 그것도 이 시간이 되면 손님이 뚝 끊겨 버린다.
"공화국이 그립구나야."
이곳보다 더 조용하고 변화가 없는 공화국이지만, 그래도 고향이다. 가만히 바람을 맞고 있어도 절로 기분이 좋아지는 고향.
"얼른 승차해서 공화국으로 돌아가야 할 텐데…… 응?"
부우우웅!
고개를 돌린 지배인이 눈을 동그랗게 뜬다.
"어디 단체로 이사를 가는 건가……."
이쪽을 향해 달려오는 십여 대의 트럭. 대체 뭘 얼마나 실은 건지 운전석보다 더 높게 쌓인 박스들에 지배인이

호기심을 드러내는 순간이었다.
 끼이익! 끼이익!
 "뭐, 뭐이야?"
 식당 앞에 멈춰 서는 트럭들에 깜짝 놀란 지배인은 이내 첫 번째 차량에서 내리는 한 사람을 발견하곤 눈을 동그랗게 떴다.
 "왐마! 또 어떻게 알고 나와 계셨습니꺼!"
 현석이 그를 향해 환하게 웃어 주었다.

 후다닥!
 순영이 다급히 계단을 내려가 북한 식당 안으로 들어간다.
 딸랑!
 "오, 오셨습네까!"
 "무슨 일이네?"
 "기, 기거이……."
 아니, 지배인의 말은 듣지 않아도 될 것 같다.
 식당 안에 가득 쌓여 있는 박스들과 그 박스들을 보며 어쩔 줄 몰라 하는 종업원들.
 그리고 현석과 최재수가 그들의 앞에서 박스를 풀어 헤치며 무언가를 꺼내 들고 있다.
 '시작됐구나.'
 순영은 냉랭한 표정을 지으며 현석과 최재수에게 다가갔다.

"지금 이게 뭐하는 겁네까?"
"택배입니다."
"예?"
"발송인은 제 상사이신 최종혁 경무관님과 최재수 경사, 강현석 경위고요."
"기거이 무슨……."
"부국장님께서 순영 씨 체면 좀 세워 주라고 하셔서요."
"아……."
사람들의 눈빛이 돌변하고, 순영이 더욱 당황한다.
"아, 아니……."
"부국장님 스타일 아시죠? 이거 거부하시면 내일은 10배로 뻥튀기가 되어서 올 겁니다."
"아니이……. 하아. 알갔습네다."
"흐흐. 그러면 숙소는 어디세요?"
"예?"
"이걸 어떻게 옮기시게요. 들어오시면서 보셨죠?"
식당 안으로 들어온 건 겨우 트럭 2대 분량. 아직도 8대 분량이 더 남아 있었다.
순영과 사람들이 입을 떡 벌렸다.

* * *

"왁! 최, 최신형 손전화기가 아닙네까!"

"이, 이건 어케 읽는 기야. 노, 노스페이스?"
"아웃도어라고 적혀 있습네다!"
"등산할 때 쓰는 그거 말이가?"
"노, 노트콤도 있습네다!"

러시아에 파견된 모든 북한 인민들의 숙소가 뒤집어진다.

스마트폰에 두꺼운 점퍼를 비롯한 각종 의류들, 화장품 등 여태껏 그들이 쓰던 것과는 차원이 다른 사치품들에 정신을 차리지 못한다.

그건 순영이 머물고 있는 숙소도 마찬가지였다.

"가, 감사합네다, 총괄 동지."
"감사합니다! 총괄 동지!"

그제 그런 일이 있었음에도 자신들에게 이런 선물을 주는 순영의 커다란 배포에 그들은 미안함과 고마움을 동시에 느낀다.

"일없다. 감사 인사를 하려면 종혁 동지에게 하라. 그리고 안 쓸 것 같은 것들은 따로 모아 다시 포장하라. 공화국에 있는 가족에게 보내야 하지 않갔어?"
"헉! 가, 가족들까지⋯⋯!"
"예, 예! 알갔습네다! 뭐하네! 빨리 정리하라-!"
"예!"

가족까지 신경 써 주는 순영에 대한 존경심을 불태우며 빠르게 움직이는 사람들.

'착실히 진행되고 있구나.'

순영은 의미심장한 미소를 지었다.
그리고 다음 날…….
"우리 또 왔습니다!"
이번엔 트럭 20대가 나타나자 북한 사람들은 아예 정신을 놓아 버렸다.

* * *

SVR의 요원인 세르게이가 도착한 날.
김영순에게 탈출 계획을 설명한 세르게이가 연락을 하자 근처에서 대기하고 있던 림학철이 빠르게 달려왔다.
"호텔 말입네까?"
"예. 대사관 관사에 모두 머무를 수 없어서 말입니다."
"기건…… 길티요."
드바 로마노프에서 파견한 직원만 40명이 넘는다.
러시아 대사관 관사가 아무리 크다고 한들 모두 수용하기엔 무리가 있었다.
"콜록! 콜록!"
사람들의 시선이 기침을 하는 드바 로마노프의 직원들에게로 향한다.
"저래서 더 관사에 머물 수가 없어서 말입니다."
"괜찮습네까? 지금이라도 병원에 가는 것이……."
"저녁에 보드카와 약을 먹으면 나을 겁니다. 부탁드리겠습니다."

"하하. 아닙네다. 기럼 차에 오르시디요, 세르게이 동지."

고개를 끄덕인 세르게이는 뒤에 서 있는 동료들을 향해 손을 흔들었고, 그들은 이내 곧 캐리어를 끌며 차에 오르기 시작했다.

드르르르륵!

'뭔 이동 가방이 저렇게 크네?'

아까 공항에서도 봤지만, 여전히 익숙해지지 않는 성인 남자의 명치까지 오는 커다란 크기. 남성이 끄는 캐리어마저 그렇게 크니 림학철로서는 고개를 저을 수밖에 없다.

'무릇 사내라면 속옷 몇 장이면 충분할 거인데…… 쯧쯧쯧.'

아무래도 패션 기업의 직원들이라서 그런지 유난을 떠는 것 같다.

"다 탔습네까? 빠진 사람 없디요?"

"예. 다 탔습니다."

"알갔습네다. 출발하라."

"예!"

부르릉!

그들을 태운 차량들은 곧 평양에 있는 외국인 전용 관광호텔로 향했다.

"계시는 동안은 여기서 머무시면 될 겁네다."

"감사합니다. 짐을 풀고 바로……."

지이잉! 지이잉!

"아, 잠시만요."

림학철에게 양해를 구한 세르게이가 의아해하며 전화를 받는다.

'무슨 일이지?'

작전 중엔 보고를 제외하면 연락하지 않는 게 원칙.

"예, 세르게이입니다. 예, 예. 어? 뭐?"

깜짝 놀라는 세르게이의 모습에 림학철이 의아해한다.

"음. 알겠습니다. 예, 예."

통화를 종료한 세르게이는 림학철을 오묘한 눈으로 바라봤고, 림학철은 결국 궁금증을 참지 못하고 입을 열었다.

"무슨 일이 생기신 겁네까?"

"이걸 일이라고 한다면 일인데…… 혹시 로마노프 마켓이라고 들어 보셨습니까?"

"당연히 들어 봤디요."

러시아의 유명 체인 마트 아니던가. 북한의 고위층으로서 몇 번 러시아를 다녀온 적이 있는 림학철이 모를 리가 없는 이름이었다.

"로마노프 마켓, 아니 로마노프 유통에서 답사팀이 출발할 거라는군요."

쿵!

림학철은 그대로 굳어 버렸고, 세르게이는 볼을 긁적이며 복잡해진 머릿속을 정리하기 위해 애썼다.

'로마노프가 움직였다? 왜?'

빅토르 회장이 로마노프의 혈족이긴 하지만, 로마노프 유통과 드바 로마노프는 엄연히 다른 기업이다.

그런데 그 로마노프가 이번 작전에 함께하기로 한 것이다.

'대체 왜 갑자기······.'

"음. 그러면 저흰 일단 올라갔다 오겠습니다."

그렇게 그들은 호텔 안으로 들어갔고, 그제야 정신을 차린 림학철은 다급히 핸드폰을 들었다.

"리, 림학철 소장입네다!"

한편 심장이 멎어 버릴 것 같은 소식에 속사포처럼 떠드는 림학철을 바라보던 수행원 중 한 명이 옆 동료를 본다.

"담배 한 대 피우고 오갔어."

"참는 게 어떠십네까?"

"저 통화가 빨리 끝나겠네?"

"······얼른 다녀오시라요. 소장 동지 성격이 많이 힘드니 빨리 다녀오시는 게 좋을 겁네다."

"고맙다."

빠르게 걸어 멀리 떨어진 그는 담배를 물며 핸드폰을 들었다.

"김장옥 소좌입네다."

—어케 됐어?

"로씨아 동지들이 지금 막 호텔 안으로 들어갔습네다."

-대사관에선 얼마나 있었네?

"1시간 30분 정도 있었습네다."

-그 정도면 김영순과 충분히 접촉할 시간이군 기래.

"기랬다고 합네까?"

-그것까진 소좌가 알 필요 없다.

"……아, 그리고 로씨아 동지가 말하길, 로마노프 유통이라는 곳의 답사팀이 곧 공화국으로 출발한다고 합네다."

-……알갔다. 계속 감시하라.

"예."

통화를 종료한 사내는 담배를 깊게 빨았다.

"스으읍! 후우우."

'아무래도 헛다리를 짚는 것 같은데…….'

공화국에서 마음이 뜬 순영이 드바 로마노프를 이용해 리희동과 김영순을 공화국에서 탈출시키려 한다는 말도 안 되는 의심을 하는 그의 상사.

물론 이해가 가지 않는 건 아니었다. 중간에 종혁이, 드바 로마노프의 대주주이자 순철과 순희를 배신시킨 종혁이 끼어 있기 때문이었다.

'뭐 언제나 의심을 하는 게 우리 일이니…….'

확신이 생겨도 계속해서 의심하고 믿지 마라.

그것이 그가 소속된 부서의 행동 강령이자 지침이었다.

사내는 눈빛을 가라앉히며 세르게이들이 들어간 호텔

을 바라봤다.

　　　　　＊　＊　＊

 다음 날, 날이 밝자 평양의 거리가 다시 숨을 죽인다.
 아니, 이틀 전과는 그 양상이 좀 다르다.
 우르르!
 하얗고 까만 한복을 입고, 색색의 하늘하늘한 한복을 입고 양손에 꽃다발과 국기를 든 채 한 곳으로 향한다.
 오늘은 이 조선민주주의인민공화국을 세우신 위대하신 수령 동지께서 이 땅에 태어나신 지 100주년이 되는 날.
 나이가 지긋한 노인들은 벌써부터 눈물을 흘릴 듯 눈가가 촉촉이 젖어 있고, 그건 중장년인들도, 어린 학생들도 마찬가지다.
 옆에서 쿡 찌르기라도 한다면 금방이라도 대성통곡을 할 것 같은 그들의 행진.
 이런 기이한 모습을 보이는 건 평양뿐만이 아니었다.
 원산시, 남포시, 강계시 등 북한에 있는 모든 도시의 주민들이 명절에도 입지 않는 예쁜 옷을 차려입고 가장 큰 광장으로 몰려든다.
 그리고 북한의 현 지도자는 그런 그들의 모습을 가만히 내려다보며 입술을 비틀었다.
 '이거다.'
 이런 것이다. 그가 원한 권력이란 건.

수천만 인민을 손짓 하나로 움직일 수 있는 권력.
그 누구와도 나눌 수 없는 권력.
'아바디. 정말 감사합네다.'
"그렇게 급하게 가셔서 정말…… 감사합네다."
똑똑!
"큼. 들어오라."
"들어가겠습네다."
문을 열고 군복을 입은 군인과 한 여성이 들어온다.
"갈 시간이네?"
"가실 시간 입네다."
찌리릿!
온몸에 전율이 관통하며 그의 두 눈이 뜨겁게 달아오른다.
"알갔다. 먼저 나가 있으라."
군인들이 경례를 하고 나가자 그는 단아하게 양손을 모으고 서 있는 여성에게 다가갔다.
그가 앞에 서자 그의 여기저기를 훑어보며 먼지나 보푸라기를 털어 내는 여성.
"오늘 함께할 수 없어서 미안하다."
마음 같아선 함께하고 싶으나 그럴 수가 없다.
"일없습네다. 전 여보가 편하지 않다면 영원히 그림자 속에서 살아도 됩네다."
어쩜 하는 말 한마디, 한마디가 이렇게 남자의 가슴을 울릴까.

그는 조심스럽게 아내를 끌어안고는 방을 나섰다.
그러자 군인들이 그를 뜨거운 눈으로 응시한다.
"가자."
오늘은 조선민주주의인민공화국이 새롭게 태어나는 날, 아니 새로운 기치를 걸고 나아가는 날.
그리고 곳곳에 숨어 있는 적들에게 자신이 지도자임을 완벽히 선포하는 날이었다.
이를 악물며 걸음을 옮긴 그는 이내 수많은 당원이 객석에 자리한 단상에 올라 마이크 앞에 선다.
"위대하신 수령 동지께서 모든 인민이 행복하고 배불리 살 수 있는 나라, 공화국의 건국이란 천명을 받들고 이 땅에 태어나신 지 벌써 백 년이 흘렀다."
그는 카메라를 노려보며 말을 이어 갔다.

* * *

-새 세기 산업혁명은 최첨단 돌파전으로 우리 식의 지식경제강국을 위한 성스러운 투쟁이며······!
동네의 중앙에 모인 사람들이 높이 설치된 확성기를 뚫어져라 쳐다본다.
누군가는 어린 나이에 수천만 인민의 목숨을 어깨에 이게 됐음에도 단단하고 강단 있게 말을 하는 현 지도자의 모습에 눈물을 글썽거리고, 누군가는 그가 펼치려는 세상에 눈빛이 몽롱해진다.

―모든 인민이 힘을 합쳐 주체혁명위업 사회주의를 통한 강성국가 건설 위업을 수행할 수 있도록 하자!

쿠웅!

강성국가의 선포.

세상 그 누구도 무시할 수 없는, 아니 세상 전체를 내려다볼 수 있는 강력한 국가가 될 것임을 선포하는 우렁찬 외침에 심장이 크게 출렁인 사람들이 입을 크게 벌린다.

"으아아아! 위대한 수령 동지 만세!"

"만세―!"

"으허어어엉!"

결국 통곡하듯 눈물을 흘리는 그들.

누군가는 가슴을 치며 현 지도자의 이름을 울부짖고, 또 누군가는 다리에 힘이 풀려 주저앉아 확성기를 향해 절을 한다.

그렇게 얼마의 시간이 흘렀을까.

사람들이 흐느끼며 울음을 삼키자 인민반장이 박수를 치며 분위기를 환기시킨다.

"자! 자! 위대한 수령 동지께서 오늘은 모든 인민이 쉴 수 있도록 했다는 말은 다들 들었디?!"

"예!"

그제에 이어 오늘 역시 휴일.

하지만 그것뿐만이 아니다. 주민들의 눈이 인민반장의 옆에 높게 쌓인 박스들을 보며 초롱초롱 빛난다.

"기럼 뭐하네! 날래 움직여 잔치를 준비하디 않코! 위대한 수령 동지께서 이렇게 곡식과 괴기를 주셨는데 가만히 있을 기야?!"

"우와아아아아!"

"자자, 여자들은 모두 집에 가서 불을 가져오고, 남자들은…… 뭐 알아서 놀라. 윷이나 던지든지."

"으하하하핫!"

사람들은 웃으며 흩어졌고, 그건 리희동과 김영순도 마찬가지였다.

"으하하하하!"

아침부터 시작된 잔치에 사람들은 얼굴이 발갛게 달아오르고, 배가 터질 듯 빵빵하게 불렀음에도 언제 다시 이렇게 먹을지 모르기에 계속 음식을 입안으로 욱여넣었고, 어린아이들은 기념일이라고 부모님이 사 준 장난감을 들고 동네를 뛰어다닌다.

그러다…….

"아, 해가 지고 있습네다."

"이런……."

시작이 있으면 끝도 있는 법.

해가 저물며 하늘이 어두워지기 시작하자 사람들이 아쉬워하며 정리를 시작한다.

김영순도 멍하니 하늘을 보며 헤실헤실 웃고 있는 리희동에게 다가간다.

"어이구. 못 이길 술을 뭐 일케 마셨습네까? 남조선 말처럼 떡이 되고 싶은 겁네까?"

"사랑한다."

"일없습네다."

"사랑한다! 영순아-!"

"……으하하하핫!"

"휘이익! 아직도 금슬이 좋습네다?!"

"이, 이 인간이?! 술을 먹으려면 곱게 처먹으라 하지 않았습네까-!"

얼굴이 벌겋게 달아오른 김영순은 리희동의 등짝을 두드리며 집으로 끌고 갔고, 여성들은 이렇게 사람이 많은 곳에서 고백을 하는 리희동의 모습에 부럽다는 표정을 지으며 남편들을 바라본다.

그에 유부남들은 얼굴을 구기며 슬그머니 시선을 피했다. 아무래도 오늘은 의무방어전을 해야 할 것 같았다.

이렇게 유부남들의 가슴이 무너지는 걸 아는지 모르는지 해롱거리며 집 안으로 들어온 리희동은 등 뒤로 문이 닫히자 발을 멈춰 세운다.

언제 취했냐는 듯 초점이 또렷한 그의 눈.

김영순도 어느새 표정이 싸늘히 굳어 있다.

"어휴. 왜 이리 이기지 못할 술을 먹는 거인디."

"흐흐. 사랑해."

"일없습네다. 얼른 발 닦고 눕기나 하십시오."

"흐흐흐."

그들은 그렇게 더 안으로 들어갔다.

모든 것이 정리되고 어둠이 내려앉은 동네.
언제 잔치를 벌였냐는 듯 숨소리조차 나지 않는 동네의 골목에 숨은 두 남자가 담배를 물며 리희동의 집을 주시한다.
"귀때기, 어떻네?"
-잠이 든 것 같습네다. 코 고는 소리만 들립네다.
사십대 사내가 리희동의 집 앞에 세워진 전봇대, 그 위에 설치된 감청 장치를 본다.
"5조, 6조, 7조."
-지금까지 일없습네다.
-6조도 마찬가집네다.
이 동네로 들어서는 모든 길목에 잠복한 이들에게서 들려오는 무전에 사십대 사내가 고개를 끄덕인다.
오늘이다.
평양뿐만 아니라 공화국 전역의 인민이, 군인들이, 보위부원들이, 비밀경찰인 인민보안부원들마저도 술과 흥에 취해 풀어진 오늘.
만약 리희동과 김영순이 탈출을 감행한다면 오늘이 가장 적기였다.
"모두 긴장을 단단히 해야 할 거이야. 알갔네?"
-예!
"후우."

"저…… 조장 동지."

"와 그라네?"

"리순영 대좌가 충성심을 증명했는데도 이래야 하는 겁네…… 죄, 죄송합네다."

"……후우. 하사 동지."

"예, 조장 동지."

"볼모의 뜻이 뭐이가?"

"아…….."

"기래."

상대로 하여금 아무 짓도 할 수 없게 만들기에 볼모다.

그걸 바꿔 말하면 이 볼모란 족쇄만 풀어 버리면, 순영은 무슨 짓이든 할 수 있다는 뜻.

게다가 순영이 있는 곳은 이곳 공화국이 아니라 러시아다.

'그 한 몸 빼려면 얼마든지 뺄 수 있는 러시아.'

"아주 긴 밤이 되갔어."

그건 러시아에 있는 감시조들 역시 마찬가지일 거다.

그의 눈이 매섭게 빛나기 시작했다.

* * *

짹짹짹짹짹!

"……뭐이야."

조장이 리희동의 집을 보며 당황을 한다.

"저…… 조장 동지? 해가 뜨고 있습네다."
'정말 리순영이가…….'
공화국을 향한 순영의 충성이 진실이란 말인가.
"으음."
'이렇게 되면…….'
순영의 충성을 인정해 줘야 하지 않을까.
그런 마음이 조장의 마음속에 피어난다.
"조장 동지?"
"나도 눈이 있다."
조장은 혀를 차며 핸드폰을 들었다.
"리희동, 김영순 일없습네다. 리순영은 어떻습네까?"
-현재까지 리순영도 일없다고 전달됐다.
"알갔습네다. 철수하겠습네다."
-밤사이 많이 추웠다. 장마당에서 장국 한 사발 먹고 오라.
"감사합네다."
통화를 종료한 그는 무전기를 들었다.
"모두 철수하라."
-예!
그렇게 그들은 나타났던 것처럼 소리 없이 사라졌다.
오직 아무도 모르게 철수하는 것에만 집중한 그들은 몰랐다. 멀리서 자신들을 지켜보고 있는 시선이 있다는 것을 말이다.
"놈들이 철수하고 있습네다."

감시자들의 눈이 호선을 그리기 시작했다.

한편 종혁의 러시아 저택.
-모두 철수했어요.
자신들의 계획대로.
"예, 알겠습니다. 그럼…… 시작합시다."
대망의 마지막 단계를.
순영과 리희동, 김영순의 탈출을.
몸을 일으키는 종혁의 눈이 빛나기 시작했다.

* * *

덜컹!
대문이 열리며 리희동과 김영순이 걸어 나온다.
"어이구. 죽갔다."
"기러게 왜 이기지 못하는 술을……."
"쉿. 아무 말 하지 말라."
입술을 막는 리희동의 검지손가락에 얼굴을 구긴 김영순이 그의 손을 쳐 낸다.
"남조선 드라마 좀 작작 보라지 않았습네까."
"아니네?"
"아닙네다. 아침부터 힘 빼지 말고 출근이나 하시라요."
"끙."
"호호호! 아침부터 꿀이 뚝뚝 떨어집네다."

"아, 인민반장 동지. 밤사이 일없었습네까."
"일없었습네다. 철이네도 일없었습네까."
"없었습네다. 기럼 우린 이만 출근해 보갔시오. 아, 철이 아바디. 퇴근하면 대사관으로 오시라요. 순영이가 또 뭘 보냈다고 합네다."
"기래?"
리희동의 눈이 빛나고, 인민반장의 눈도 빛난다.
순영이 러시아에서 선물을 보내면 하나둘씩 찔러 넣어주었던 김영순. 인민반장의 입안에 군침이 돈다.
"리순영 대좌께서 또 뭘 보냈다고 합네까?"
"모르갔시오. 이번엔 좀 많다고 하던데…… 하여튼 내일 저녁엔 집에 들르시라요."
순영이 보낸 선물을 정리하고, 동네에 나눠 줄 것을 고르자면 시간이 걸릴 수밖에 없었다.
"호호! 기런 걸 바란 건 아니었는데……알갔습네다! 얼른 출근하셔서서 어제 수령 동지께서 명하신 강성국가의 혁명과업을 이룩하시오!"
"인민반장 동지도 꼭 그러시길 바랍네다."
'우리가 없어도.'
인민반장에게 고개를 숙인 김영순과 리희동은 몸을 돌려 동네를 빠져나갔고, 인민반장은 그걸 보며 핸드폰을 들었다.
"리순영 대좌가 선물을 보냈다고 합네다. 그 외엔 일없습네다."

-알갔어. 계속 수고하라.

통화를 종료한 인민반장은 멀어지는 리희동과 김영순을 바라보다 집으로 향했다.

"야, 이 한참 봐야 사람인 인간들아! 날래 일어나지 못하겠네-!"

남편과 자식을 향한 인민반장의 외침이 동네를 흔들어 깨웠다.

* * *

평양의 관광호텔 앞.

해가 막 뜨기 시작하는 이른 아침부터 대기하고 있던 림학철 소장이 세르게이들이 나오자 빠르게 다가간다.

"안녕히 주무셨습니까."

"림 동지도 잘 주무셨습니까."

"으하핫! 저야 잘 잤디요."

림학철 소장이 가슴을 쭉 펴며 세르게이를 본다.

중국의 주석뿐만 아니라 러시아 대통령도 축전을 보내온 어제의 강성국가 선포.

자신이 이런 나라의 군인이라는 자부심에 한껏 거만한 표정을 짓던 림학철이 순간 고개를 모로 기울였다.

"응? 어째 사람이 비는 것 같습네다?"

"아, 그제부터 기침을 하던 친구들이 결국 탈이 나 버렸습니다."

보드카를 양껏 마시고 잤는데도 탈이 나 버렸다. 아니, 아예 뻗어 버렸다.

"저런……. 기럼 병원에 가야 하는 거 아닙네까? 너, 너! 드바 로마노프 직원 동지들을 병원으로 이송할 준비를 하라!"

"괜찮습니다, 림 동지."

"예?"

"본국에서 치료를 받고 싶다고 해서……."

어색하게 웃으며 말하는 세르게이.

그것이 공화국의 의료 기술을 믿지 못하겠다는 뜻임을 알아차린 림학철이 순간 굳으려는 표정을 펴기 위해 애쓴다.

"하하. 기, 기렇습네까?"

"멍청한 놈들이 멍청한 결정을 한 거죠. 기분이 나쁘셨다면 대신 사과드리겠습니다."

"아, 아닙네다! 기럼 가시디요."

드바 로마노프가 입점할 곳을 살핀다는 명목으로 오늘 북한 전역으로 흩어지게 될 드바 로마노프의 직원들.

세르게이는 각 도시로 직원들의 어깨를 두드려 주며 눈을 빛냈다.

* * *

땡땡땡땡땡!

"어구구."

하늘이 조금씩 어두워지기 시작하는 오후, 작업 종료를 알리는 종소리가 울리자 오늘도 고된 노동에 하얗게 질린 리희동이 털썩 주저앉는다.

"일없네?"

그에게 다가온 친구의 얼굴에 걱정이 가득하다.

"일없디."

"대체 어제 얼마나 마신 거네?"

오늘 하루 영 집중을 하지 못한 리희동. 그래서인지 하마터면 사고를 당할 뻔도 했다.

그의 친구는 리희동의 팔에 난 긴 찰과상을 보며 혀를 찼고, 리희동은 코웃음을 쳤다.

"누가 술을 새어 가며 마시네? 그냥 취할 때까지 마시는 거이디."

"기건 길티. 기래도 기건 나처럼 간이 팔팔한 사람만이 할 수 있는 일이야. 희동이 너처럼 허약한 애미나이 들은 술을 생각해 가며 마셔야 하는 기야."

"누가 그랬디. 오는 건 순서 있어도 가는 건 순서 없다. 그리고 간은 내장 중에서 가장 둔한 장기다."

"……내 간을 걱정해 줘서 참 고맙다야, 이 간나 새끼야."

"쯧쯧. 또 싸우십네까?"

"주먹이 왔네? 아, 주먹아 미안타. 오늘 몸이 이래서 공부를 가르텨 주디 못했어."

"일없습네다. 저보다야 동무 몸이 더 먼저디요."

이렇게 노동을 해도 한 푼 받지 못하는데, 몸뚱이라도 간수해야지 않겠는가.

"기럼 전 먼저 가 보겠습네다."

"주먹아."

"예?"

"……넌 꼭 좋은 아바디가 될 기야."

"어, 어제 남조선 드라마 보셨습네까?"

"흐흐. 가 보라."

그렇게 주먹이 떠나자 리희동도 친구의 손을 잡고 몸을 일으킨다.

"오늘 어쩌네? 해장은 해야디 않갔어?"

"……난 내일 눈을 뜨고 싶다."

"에이. 허약한 애미나이."

"길코 오늘은 로씨아 대사관에 들러야 한다. 순영이가 뭘 또 보냈다고 한다."

"……일요일에 가면 되갔네?"

"술 많이 들고 오라."

"흐흐. 아, 도와주지 않아도 되갔어?"

"일없다. 간다. 낼 보자."

친구는 손을 흔들며 멀어지는 리희동을 보며 눈빛을 가라앉혔고, 그건 공사 현장을 나서는 리희동 역시 마찬가지였다.

하지만 그것도 잠시.

"어구구."

숙취에다 고된 노동의 피로가 겹쳐 거의 기다시피 러시아 대사관으로 향한 리희동.

"Стоп(멈춰)."

"또 뵙습네다. 주방에서 일하는 김영순의 남편 리희동입네다. 오늘 안사람이 들고 갈 짐이 있다고 해서 왔습네다."

"아, 오전에 전달받았습네다. 안으로 들어가시라요."

어눌한 북한말로 말한 경비는 안쪽을 보며 손을 크게 저었다.

"Пройти(통과)!"

"수고하시라요."

고개를 꾸벅 숙인 리희동은 대사관 경비가 열어 주는 쪽문을 통해 들어가 출입증을 작성하곤 대사관 건물로 향했고, 대사관 맞은편 골목에 숨은 사람이 무전기를 들었다.

"리희동. 로씨아 대사관 안으로 들어갔습네다."

-알았다. 계속 주시하라.

무전기를 내린 사람은 하품을 크게 하며 기지개를 켰다.

"주시는 무슨……."

어젯밤 리희동의 동네로 파견됐던 감시조가 아무런 소득 없이 복귀했다.

적기 중 적기였던 어젯밤 탈출을 하지 않은 리희동과

김영순. 이제 저들을 의심하는 건 시간 낭비일 뿐이었다.
"뭐, 그래도 일은 해야디……."
순영이 언제 변절을 할지 모르니 말이다.
찰칵! 치이익!
"후우. 맛이 좋구나."
어두워지는 하늘이 구름 한 점 없어 참 좋았다.

한편 힘든 몸을 이끌며 대사관 건물 안으로 들어온 리희동이 돌연 옆의 벽을 짚는다.
"후욱! 후욱!"
갑자기 땀을 비 오듯 흘리기 시작한 그.
힘들었다.
오늘 들뜬 심장을 달래느라 너무도 힘들었다.
티를 내지 않기 위해 정말 힘들었다.
뚜벅뚜벅!
"고생 많으셨습니다."
여기까지 무사히 오느라.
티를 내지 않느라.
"아."
낯선 사람이 다가왔지만, 리희동은 단숨에 그가 이번 계획에 참여한 사람임을 알아차렸다.
"아, 아닙네다."
"혹시나 들키진 않으셨죠?"
"……기런 행동은 하지 않았던 것 같습네다. 제 친구,

아니 친구였던 기봉이에게도 아무런 내색을 하지 않았습니다."

어려서부터 한동네에서 자란 친구 기봉이 자신의 감시자였다는 걸 알게 됐을 때 얼마나 놀랍고 배신감이 들었던가.

그래서 더 독하게 연기를 했는지도 모른다.

사내는 순간 눈빛이 흉흉해진 리희동의 모습에 고개를 끄덕였다.

"절 따라오십시오. 보는 눈이 많습니다."

"예."

사내가 안내한 곳은 대사관 건물 내의 어느 방이었다.

"여기서 기다리고 계시면 김영순 씨께서도 오실 겁니다. 필요한 게 있으십니까?"

"아, 아닙네다. 괜찮습네다."

"음료나 먹을 건 저기 있으니 그 외 필요한 것이 있으시면 저기 전화기를 들기만 해 주십시오."

"예!"

고개를 숙인 사내가 방을 나서자 리희동이 벽에 등을 기대며 무너지듯 주저앉는다.

'아니디. 아니야.'

아직 긴장을 풀어선 안 된다.

그는 풀려 버린 다리를 패듯 두드리며 일어서기 위해 애썼다.

그렇게 얼마의 시간이 흘렀을까.

1분이 하루 같은 길고 긴 기다림 끝에 문밖에서 익숙한 목소리가 희미하게 들린다.

"너흰 먼저 가라! 나는 대사관 동지들이 태워 주기로 했어!"

"도와드리지 않아도 되겠습네까?"

"일없다! 내일 보자!"

멀리서 동료들과 마지막 인사를 고한 김영순이 평소처럼 하지만 그보다 빠르게 이곳으로 다가오는 게 느껴진다.

방금 전보다 더 느려지는 시간.

이윽고 문이 열리며 김영순이 안으로 들어온다.

"여, 여……."

"여보!"

리희동의 얼굴을 보자마자 긴장이 풀리며 주저앉는 김영순.

리희동은 다급히 김영순을 끌어안았고, 김영순은 결국 눈물을 터트리고 말았다.

"참느라 수고했소. 정말…… 수고했소……."

"힘들었습네다."

"조금만 더 힘내 보자. 이제 우리 아이들을 만나러 가야디 않갔어?"

"……그래요. 그래야디요."

순영과 순철, 순희의 얼굴이 떠오르자 김영순이 이를 악물며 감정을 추스른다.

그렇다. 아직 공화국을 탈출한 게 아니다.

탈출 〈187〉

지금까지보다 지금부터가 중요했다.

둘의 표정이 단단해지자 김영순을 데려온, 리희동을 데리고 왔던 사내가 놀라워한다.

'그 씨들이 여기서 비롯된 것이었군.'

한 명, 한 명이 천재 중 천재인 순영과 순철, 순희.

그들의 천재성은 유전임이 분명했다.

"큼. 이제 어떻게 하면 되는 겁네까?"

러시아 대사관까지는 무사히 도착했다. 이제 러시아 대사관을 나서서 이 지긋지긋한 공화국을 탈출하는 게 문제였다.

이 부분에 대해선 아무것도 듣지 못한 그들.

사내는 무엇이든 시켜 달라는 듯 눈을 빛내는 그들을 보며 싱긋 웃었다.

"이제 두 분께서 할 일은 거의 없습니다."

드르르륵!

"아, 왔군요."

벌컥! 드르륵!

갑자기 열린 문을 바라본 리희동과 김영순은 눈을 부릅떴다.

"이, 이게 무슨……."

"맙소사……."

자신들과 똑같이 생긴 사람이 커다란 캐리어들을 끌며 들어오고 있었다.

* * *

부르릉!

승합차 한 대가 대사관을 나서자 대사관 맞은편에서 지루함에 떨던 사내가 눈을 빛내며 무전기를 든다.

"리희동과 김영순. 대사관 직원의 차량으로 이동합네다."

순영이 음식을 싸 들고 리희동을 만나러 가는 등 차량이 필요할 때 순영의 편의를 돕는 러시아 대사관 직원의 개인 차량.

-얼굴 확인은 했네?

"조수석에 앉은 김영순의 얼굴만 확인했고, 뒷좌석에 팔뚝에 붕대를 감은 남성이 앉아 있었습네다."

아직 남아 있는 햇빛이 김영순의 얼굴과 붕대를 확인시켜 줬다.

그 말에 무전기 너머에서 말이 흘러나온다.

-알았다. 퇴근하라.

"알갔습네다."

무전기를 내린 사내는 기지개를 켜며 몸을 돌렸다.

"끄으. 오늘 저녁 반찬 뭘까나……."

뭐든 옥수수밥만 아니면 됐다.

그는 대기를 하느라 굳었던 다리를 풀며 집으로 향했다.

그리고 잠시 후.

부르릉!
드바 로마노프의 직원들이 탄 수송 차량들이 대사관을 나섰다.

한편 평양 어딘가.
무전기를 내린 중년인이 눈을 가늘게 뜬다.
"문제가 없긴 한데……."
리순영도 별일이 없고, 김영순과 리희동도 별일이 없다.
"그런데……."
왜 이렇게 거슬리는 걸까.
마치 무언가를 까먹고 집을 나선 듯한 찝찝한 기분.
"흠."
그가 앞에 놓인 메모를 바라본다.

-감기? 폐렴? 병에 걸린 드바 로마노프 직원 두 명. 대사관 인계.
-오늘 하루 5번 관리자에게 불려 간 김영순.
-숙취에 괴로워하다가 팔을 다친 리희동.

톡! 톡톡!
검지로 메모지를 두드리던 중년인은 무전기를 들었다.
"나다. 보안원들에게 연락해 리희동과 김영순이 탄 대사관 직원 차량과 공항으로 향하는 수송 트럭들을 검문해 보라고 지시하라. 특히 드바 로마노프 직원들의 이동

가방을."

 사람이 들어가기 딱 좋은 그것을.

 '혹시 모르디. 닮은 사람을 구했을지.'

 쿵!

 ―알갔습네다.

 전화기를 내려놓은 중년인은 눈빛을 가라앉혔다.

 "이것도 통과한다면 인정을 해야겠디."

 아직 리희동과 김영순이 변절하지 않았음을.

 차후 리순영의 행동을 봐서 다시 감시의 단계를 올려도 됨을.

 중년인은 창가로 걸어가 어둠에 물드는 평양 시내를 응시했다.

* * *

 부르릉!

 이젠 너무 흐릿해져 버린 하늘, 수송 차량이 퇴근 시간임에도 한가로운 평양의 도로를 달린다.

 "콜록! 콜록!"

 조수석에 앉은 여성을 힐끔 본 운전수가 고개를 살짝 옆으로 돌리며 창문을 연다.

 그 순간이었다.

 "음?"

 삑! 삐익!

저 앞에서 경광등을 휘저으며 수송 차량을 갓길로 인도하려는 보안원의 모습에 운전수와 여성의 얼굴이 꿈틀거린다.

서로를 힐끔 본 그들.

혀를 찬 운전수는 어쩔 수 없다는 듯 갓길에 차를 세운다.

그에 빠르게 다가와 수송 차량들을 포위하는 보안원들.

심상치 않은 그들의 모습에 운전수와 여성의 표정이 더욱 굳는다.

"뭡니까?"

"아! 공화국 말을 하실 줄 아는 분이셨군요! 불시 검문입네다. 잠시 내려서 협조해 주시라요."

"난 러시아의 군인이요. 이런 짓을 벌이고도 감당할 자신 있소?"

"……긴급한 일이니 협조해 주시라요."

운전수가 살짝 반항하려는 모습을 보이자 보안원들이 허리춤의 권총에 손을 가져간다.

"후. 내릴 테니 그 빌어먹을 것들에서 손 떼시오."

운전수가 양팔을 들며 내리자 보안원이 조수석에 앉아있는 여성을 노려본다.

그에 어쩔 줄 몰라 하는 여성.

보안원들의 표정이 다시 굳어진다.

"내리시오! слезть(내려)! Поторопитесь(빨리)!"

"악!"

결국 총이 뽑히자 여성이 비명을 지르며 차에서 내린다.

"내, 내렸어요!"

"뭐이야…… 공화국 말을 할 줄 알잖네. 마스크 내리고 여권을 제시하라!"

"여, 여기요!"

여성은 순순히 마스크를 내리고 품을 뒤져 여권을 내밀었다.

여권과 여성의 얼굴을 번갈아 본 보안원은 고개를 끄덕이며 한 사람을 본다.

"일치합네다, 과장 동지."

"짐은 어디 있소?"

"뒤, 뒤에 지, 짐칸에 있는데…… 아, 안 돼요!"

"왜 안 되오?"

"그, 그게…… 콜록! 콜록!"

눈이 사정없이 흔들리고 땀이 흐르는 여성. 마치 상황을 모면하고자 기침을 하는 것 같은 모습에 과장의 눈빛이 서늘하게 가라앉는다.

"확인해 보라."

"예!"

"아, 안 되는데……."

계속된 의심스런 모습에 무언가를 깨닫고 다급히 짐칸으로 뛰어 올라가는 보안원들. 작은 박스들 앞에 눕혀진 캐리어를 발견한 그들의 눈이 빛난다.

탈출 〈193〉

쿵쿵쿵!

그들은 빠르게 달려가 캐리어를 열어젖혔다. 그리고 그들은 그대로 얼어붙었다.

잠시 후 짐칸에 올라갔음에도 소식이 없는 부하들에 과장이 얼굴을 구긴다.

"뭐하네! 뭐가 있는 거이네!"

"지, 지금 갑네다!"

후다닥 내려온 보안원들.

과장이 눈을 가늘게 뜬다.

"왜 이렇게 늦은 거이네? 정말 금지 품목이 발견된 기야?"

"그, 그게…… 금지 품목은 없었는데……."

"뭐인데 그러네! 에두르지 말고 직진하라!"

"이, 이런 게 있었습네다."

보안원이 등 뒤에서 굵고 길며 돌기들이 솟은 무언가를 내민다.

그에 과장뿐만 아니라 다른 보안원들까지 그대로 얼어붙는다.

"안 된다니까…… 콜록! 콜록!"

얼굴을 가리는 여성.

"이, 이런 색에 미친 애미나이……. 저딴 걸 어떻게…… 허흠. 뒤쪽은 일없네?"

"일없습네다!"

"큼. 검문에 응해 주셔서 감사합네다. 로씨아까지 무사히 돌아가시길 바라겠습네다."

만지기조차 꺼림칙한 걸 검지와 엄지로 잡아 여성에게 안긴 보안원들은 혹여 색귀라도 붙을까 다급히 물러났고, 여성은 도망치듯 수송 차량에 올랐다.

그런 그녀를 질린 눈으로 바라보던 운전수도 보안원들에게 인사를 하곤 차에 올랐고, 이내 곧 차량들은 다시 평양국제공항으로 이동을 시작했다.

그렇게 멀어지는 수송 차량들을 보던 과장은 핸드폰을 들었다.

"과장입네다. 검문 이상 없습네다."

-알았다. 수고했다.

"공화국의 위대한 과업을 이루기 위하여! 만세!"

통화를 종료한 과장은 한숨을 길게 내쉬며 가슴을 쓸어내렸고, 다른 보안원들은 의아해하며 그를 봤다.

"누구신데 그러십네까?"

"저승사자."

자신들 같은 보안원이라고 해도 목을 단번에 날려 버릴 수 있는 저승사자. 그 이름을 모르면 모를수록 인생에 도움이 되는 부서.

진저리를 친 과장은 보안원들을 다독이며 다시 원래의 자리로 복귀했다.

그렇게 약간의 시간이 더 흐르자 하늘에서 빛이 사라졌다.

탈출 〈195〉

* * *

"뒤로! 뒤로!"

부르릉!

수송 차량들이 굉음을 내며 군용기들 안으로 들어간다.

차량이 멈추자 군인들이 달려들며 바퀴를 고정시키고, 여성과 남성이 내려 바닥에 고정이 된 의자에 엉덩이를 붙인다.

그와 동시에 닫히기 시작하는 화물칸.

기이잉! 쿠궁!

순간 화물칸의 불이 꺼졌다가 다시 들어오자 마스크를 쓴 남성과 여성의 눈빛이 돌변한다.

어느새 그들의 전신을 들썩이게 하던 기침이 멎는다.

그와 동시에 울리기 시작한 군용기의 동체.

구우우웅!

이륙을 하려는 듯 시동이 걸린 군용기가 움직이기 시작하자 그들의 다리가 초조히 떨리기 시작한다.

언제나 이때가 가장 두렵다. 끝났다고 안심을 할 때 총알이 심장을 파고들기에.

1초가 하루 같은 긴 기다림 끝에 앞에 있는 군인이 크게 외친다.

"이륙합니다! 안전벨트 매세요!"

그 말이 떨어지자마자 군용기가 속도를 높이고, 옆으로

튕겨 나갈 듯했던 남성과 여성이 다급히 안전벨트를 맨다.
그리고…….
콰아아앙!
떴다.
"……푸하아!"
"후우. 심장 떨려 죽는 줄 알았네."
마치 뜯어내듯 마스크를 벗은 여성과 남성이 땀에 젖은 머리칼을 쓸어 올리며 서로 팔뚝을 맞댄다.
끝났다. 성공이었다.
"담배?"
"아직이지."
아직 할 일이 남아 있는데, 축포를 터트릴 순 없었다.
서로를 보며 눈을 끄덕인 그들은 바닥과 바퀴를 고정시킨 수송 차량의 짐칸으로 뛰어 올라갔다.
이륙하는 충격에 여기저기 널브러진, 러시아 대사관에서 러시아로 보내는 물품들로 위장한 박스들을 발로 치우며 나아가 짐칸 안쪽에 다다른 그들이 바닥의 한 부분을 뜯어낸다.
콰직!
그러자 드러나는 은색 손잡이.
여성은 그 손잡이를 잡아 비틀며 잡아당겼고, 이내 가스가 빠지는 소리가 나며 짐칸 바닥의 일부가 반으로 갈라져 열리기 시작한다.
그리고 그 안에는 리희동과 김영순이 누워 있었다.

끔뻑끔뻑!

이제 끝난 건가 눈을 감았다 뜨는 그들의 모습에 여성과 남성은, SVR의 요원들은 손을 내밀며 싱긋 웃었다.

"탈출을 축하드립니다. 리, 그리고 킴."

"아."

리희동과 김영순의 눈에서 눈물이 흘러내렸다.

* * *

"알았어. 수고했어."

통화를 종료한 나탈리아가 종혁을 본다.

"이륙에 성공했다고 해요."

"……푸하!"

참았던 숨을 토해 낸 종혁. 초조히 엉덩이를 들썩이던 최재수와 현석도 자리를 박차고 일어난다.

"그렇지-!"

"으랏챠!"

몸을 일으킨 종혁이 떨리는 손으로 나탈리아의 어깨를 잡는다.

"수고했습니다. 정말……."

수고해 줬다.

"하핫. 오랜만이네요. 최가 이렇게 긴장하는 모습을 보는 건."

"……긴장을 안 할 수가 없잖습니까."

만약 자신이 현장에서 직접 지휘를 했다면 달랐을까.

오랫동안 계획했다고 해도 언제 어떻게 어그러질지 모르는 게 이런 작전이다. 거기다 보고는 오직 나탈리아를 통해서만 들을 수 있으니 긴장감과 초조함은 배가될 수밖에 없었다.

물론 나탈리아와 SVR을 믿긴 하지만, 그것과 이것은 별개의 이야기였다.

'다행이다. 정말 다행이야……'

뒤늦게 북한에서 상황을 파악한다고 해도, 확실한 물증이 없는 이상 감히 러시아의 군용기를 위협할 순 없을 터.

정말 성공이었다.

찰칵! 치이익!

"후우우."

무너지듯 의자에 앉아 담배 연기를 길게 내뿜은 종혁은 나탈리아를 다시 봤다.

"리희동 씨와 김영순 씨로 위장한 대사관 직원, 아니 이 계획을 준비했을 때부터 러시아 대사관으로 침투시켰던 직원들은 내일 대사관으로 복귀할 거라고요?"

그랬다. 이 계획을 세우며 이날만을 위해 러시아 대사관에 파견시켰던 김영순과 리희동과 똑같은 체구를 지닌 SVR의 요원.

몸무게부터 신장, 피부톤, 목소리까지 같을 뿐만 아니라 평소 말투까지 모조리 똑같게 연습시켰기에 이들의 정체가 들통날 우려는 없었다.

"네. 미리 계획된 대로 그들은 내일 새벽 일찍 출근하는 척하면서 도망을 칠 거예요."

그렇게 감시자들을 뒤에 달고 차 한 대 돌아다니지 않는 거리를 돌아다니다 평양에 마련해 놓은 안가로 도망을 치는 거다.

그리고 분장을 제거하고, 아무 일 없다는 듯 대사관으로 복귀하는 것. 그것이 SVR의 계획이었다.

그러면 리희동과 김영순만 깔끔하게 증발해 버리는 것이다.

"그래도 리희동 씨와 김영순 씨가 사라진 사실을 알게 되는 건 시간문제고, 그러면 인민보안부에서 동네를 봉쇄할 텐데 그건 정말 문제없는 겁니까? 분명 그 부서도 움직일 테고요."

불심검문, 가택 수색, 체포, 구금, 심지어 사형 집행을 할 권한까지 가지고 있는 초법 기관인 인민보안부.

리희동과 김영순, 그리고 순영을 감시하고 있던 베일에 싸인 부서 역시도 곧장 추적에 나설 것이다.

"그 정도도 빠져나오지 못하면 SVR 요원 자격이 없죠."

자신만만한 그녀의 모습에 피식 웃은 종혁이 담배를 비벼 끄며 몸을 일으켰다.

"그럼 우리도 시작합시다."

순영의 탈출 작전을.

종혁의 눈이 사납게 빛나기 시작했다.

* * *

"수고하셨습네다."

새로운 비서가 고개를 숙이자 열린 문을 잡은 순영이 뒤를 돌아본다.

"내일 잊지 않았디? 늦지 말라."

"걱정 마시라요!"

내일은 블라디보스토크에 있는 사업체를 둘러보기 위해 새벽부터 움직여야 한다. 그리고 블라디보스토크부터 시작해 모스크바까지 육로로 이동하며 러시아에 있는 사업체들을 돌아봐야 한다.

한 달에 한 번씩 있는 정기 순찰.

절도가 가득하고 눈이 초롱초롱 빛나는 비서의 대답에 순영은 고개를 끄덕이며 방 안으로 들어간다.

달칵!

문이 닫히자 밖에 선 비서가 눈을 빛내고, 그 옆에 선 경호대장이 입을 연다.

"오늘 대좌 동지가 집중을 하지 못하는 것 같았습네다."

오늘 하루 다른 것에 정신이 팔린 것처럼 영 집중을 하지 못했던 순영. 실수 같은 건 하지 않았지만, 그녀답지 않은 모습임은 분명했다.

"어케 합네까?"

"……환절기 아니네. 감기라도 걸린 것 아니갔어?"

평소라면 이런 사소한 변화까지도 보고를 해야 할 테

지만, 이미 충성을 증명한 순영이다. 거기다 그녀 덕분에 얻은, 최종혁이 보낸 선물들이 너무 많다.

사계절 옷들부터 시작해 각종 전자 기기와 가전제품까지. 그중 하나만 팔아도 공화국에 있는 가족들이 최소 한 달은 풍족히 먹고 놀 수 있는 고가의 물건들이었다.

이런 사소한 변화까지 보고해서 순영의 업무에 지장을 주고 싶지 않았다.

"사람이 은혜를 입었으면 갚진 못해도 발은 걸디 말아야디. 됐다. 보고하디 말라."

"……알갔습네다."

"그보다 내일 몇 명이 가는 거네?"

"비서 동지랑 저, 그리고 운전기사 1명이 함께 움직입네다."

그리고 감시 및 경호팀 세 명은 오늘 저녁 비행기를 타고 먼저 블라디보스토크로 넘어간다.

"본래라면 함께 움직여야 하디만……."

저번 주부터 계속 알아보고 있음에도 블라디보스토크행 비행기 표가 없어서 오늘 먼저 출발하기로 했다.

"이마저도 표가 딱 세 장밖에 남지 않았기에 급히 예약했디요."

평소라면 있을 수 없는 일.

하지만 이 역시 순영이 공화국을 향한 충성심을 증명하고, 최종혁도 그녀의 탈출에 관심이 없는 것 같기에 이런 결정을 내린 것이다.

또 김단의 일도 있지 않은가.
"알았다. 우리도 쉬자."
고개를 끄덕인 그들은 아래층으로 향했다.

한편 방 안.
씻고 나와 창가에 선 순영이 초조하게 창밖을 바라본다.
"후우······."
'어떻게 됐을까?'
오늘 있을 부모님이 탈출 작전.
오늘 하루 인내심을 최대한 발휘해 평소처럼 행동하려고 했지만, 정말 그랬는지 모를 정도로 정신이 없었다.
'벌써 예정된 시간이 지났는데······.'
그녀의 심장이 더 옥죄어지고, 머릿속이 안 좋은 생각을 하기 시작한다.
그 순간이었다.
피유유융! 뻐어엉! 파바바바박!
저 멀리서 하늘로 솟구쳐 터지는 아름다운 폭죽.
"아!"
순영이 휘청거리며 창틀을 잡는다.
그녀의 얼굴이 일그러진다.
'성공했구나!'
됐다. 성공한 거다.
부모님께서 그 지긋지긋한 공화국을 탈출하신 거다.

뻐엉! 파바바박! 뻐어어엉! 파바바박!

'고맙습네다! 정말 고맙습네다, 종혁 동무!'

이 은혜를 어떻게 갚을 수 있을까.

아니, 갚을 수 있기는 한 걸까.

그녀의 눈에서 눈물이 흐른다.

똑똑!

"……후우."

문을 바라본 순영은 애써 감정을 수습하며 문을 향해 걸어갔다.

"무슨 일이네?"

날카롭기까지 한 물음에 문 앞에 서 있는 비서가 걱정스러운 표정을 지으며 약을 내민다.

"오늘 많이 안 좋아 보였습네다. 병원에 가디 않아도 되갔습네까?"

"……일없다. 기래도 성의를 봐도 잘 먹갔어."

"꼭 드셔야 됩네다. 푹 쉬시라요."

고개를 꾸벅 숙인 비서는 돌아갔고, 그 등을 빤히 바라보다 돌아선 순영은 문을 닫으며 헛웃음을 터트렸다.

'이젠 숨기지도 않는구나야.'

방 안에 감청 장치뿐만 아니라 감시 카메라까지 있음을.

'아니, 숨기지 않는 게 아닌가.'

숨길 생각이 없는 게 아니라, 긴장이 풀려 실수를 하는 거다.

자신에겐 잘된 일이었다.
'후우.'
마지막에 실수를 할 뻔했다.
소름이 돋은 심장을 쓰다듬은 순영은 방 중앙으로 걸어가 보란 듯이 약을 먹고는 불을 끄며 침대에 누웠다.
'내일이야.'
자신의 탈출이.
그녀는 천장을 노려보다 약 기운에 취해 까무룩 잠이 들었다.

* * *

달그락!
화장대에서 일어난 순영이 포장지조차 뜯지 않은 옷들이 놓여 있는 침대로 걸어간다.
스륵! 스르륵!
하얀 살결에 타고 흘러내리는 속옷.
검은색 속옷을 뜯어 입고, 종혁이 선물한 베이지색 바지에 새하얀 블라우스, 그리고 베이지색 코트를 걸친 그녀가 온몸에서 가득 풍기는 새 옷 냄새에 낯빛을 굳히며 버킨백을 집어 든다.
이 역시도 종혁이 선물한 것.
그렇게 버킨백을 만지작거리던 그녀가 잠시 방 안을 주욱 둘러본다.

"……."

똑똑똑!

문이 두드려지는 소리에 상념을 접고 돌아선 그녀.

문을 열고 나가니 밖에서 대기하고 있던 비서와 경호대장이 멍하니 순영을 바라본다.

핑크빛으로 촉촉이 젖은 입술에 발그레한 볼 터치.

렌즈를 낀 듯 밝은 갈색의 눈동자가 둘의 시선을 흡입하듯 빨아들인다.

"음. 이상하네? 그래도 선물해 준 것이라 좀 걸쳐 봤는데……."

"아, 아닙네다! 가시디요! 지, 짐은 이리 주시라요!"

둘은 헐레벌떡 앞장을 섰고, 눈빛을 가라앉힌 그녀는 다시 핸드백을 만지며 그들의 뒤를 따랐다.

그리고…….

"타깃 출발합니다."

-수신.

순영의 탈출 작전이 시작됐다.

부우웅!

달리는 차 안, 뒷좌석에 앉은 비서가 순영을 힐끔 본다.

'이 애미나이 이렇게 꾸며 놓으니…….'

"할 말 있네?"

"그, 그 손가방이 많이 귀한 것 같습네다."

마치 신줏단지를 모시듯 차에 올라탈 때부터 버킨백을

허벅지 위에 올려놓고 조심스럽게 만지다 화들짝 놀라며 손을 떼기를 반복하는 순영.

"큼. 그럴 수밖에 없디. 이거 하나에 3만 달라가 넘는다."

"컥!"

"쿨룩! 쿨룩!"

"무, 무슨 손가방이……."

"네들 같은 무심한 남정네들은 모르는 여자들만의 세계가 있디. 난 신경 쓰디 말고 운전이나 똑바로 하라."

"예, 예. 알갔습네다."

생각지도 못한 가격에 어색해진 분위기.

운전기사가 모스크바의 새벽 도로를 보며 애써 입을 연다.

"역시 새벽이라 그런디 차가 없습네다."

"로씨아 동무들 느긋한 거 아직도 모르네? 이따 해가 뜨기 시작하면 집에서들 기어 나올 기야. 그래도 신호는 모두 지키라. 돈 밝히는 아새끼들이 어디서 튀어나올지 모르니."

"보안원, 아니 경찰 동지들을 말하는 거디요? 예, 알갔습네다."

비행기 탑승 시간까지 3시간 가까이 남아 있다. 천천히 가도 충분했다.

"얼씨구?"

"와, 그라네?"

"앞에 보시라요. 음주운전입네다."

술에 취한 건지 앞차가 차선을 왔다 갔다 한다.

"쯧쯧. 저러니 로씨아 아새끼들 평균 수명이 60세가 안 되는 거이다. 사고 날 수 있으니 좀 떨어져서 가라."

"안 그래도 그러고 있습네다."

"속도를 좀 줄이갔습네다, 대좌 동지."

"……맘대로 하라. 급할 거 없다."

순영은 고개를 옆으로 돌리며 핸드백을 꽉 잡았다.

어둠이 내려앉은 도로, 듬성듬성 밝혀진 가로등들이 애써 빛을 밝히지만 그녀의 심장은 거세게 뛰기 시작한다.

'후우! 후!'

빨간 불로 바뀐 신호에 천천히 멈추는 차량.

운전기사는 경호대장에게 음악을 틀어도 되냐고 쳐다보고, 경호대장은 순영을 보곤 고개를 젓는다.

어제 약을 먹고 자는 것을 봤음에도 상태가 썩 좋아 보이지 않는 순영. 이럴 땐 신경을 거스르지 않는 게 좋았다.

그에 운전기사가 아쉬워하며 앞을 쳐다보는 순간이었다.

부우웅!

"응?"

무언가 빠르게 다가오는 소리. 고개를 돌린 사람들은 뒤에서 커져 가는 불빛에 눈을 부릅떴고, 순영은 다급히 옆에 있는 안전바를 꽉 잡았다.

그리고…….
꽈아앙!
막대한 충격이 그들을 덮쳤다.

　　　　　　　＊　＊　＊

"아으으."
"끄으윽!"
"괘, 괜찮습네까, 대좌 동지!"
"……일없다."
얼굴을 구기고 있는 순영을 빠르게 살피다 안심을 한 경호대장이 비서와 운전기사를 본다.
"비서 동지 괜찮습네까!"
경호대장의 외침에 비서와 운전기사가 몸을 편다.
"어으으. 이, 일없다."
"저, 저도 일없는 것 같습네다……이 개 같은 애미나이!"
"나도 같이 가자!"
쿵쿵!
차에서 내린 둘이 씩씩거리며 자신들을 들이받은 차량을 향해 다가간다.
"눈을 어떻게 뜨고 다니는 기야!"
"운전대에 대가리만 박고 있으면 다인 기야?! 나와 보라! 나와……."

'어?'

오싹!

차바퀴와 휠을 걷어차던 운전기사와 경호대장이 그대로 굳는다.

고개를 드는 운전석과 보조석에 앉은 사내들의 무심한 눈빛에 왠지 모를 위기감이 그들의 심장을 강타한다.

그 순간…….

펑! 펑!

무언가 터지는 소리가 어두운 하늘을 울리며 그들의 몸을 강타했다.

한편 차 안.

뒷목을 주무르며 순영을 살피던 비서가 차창을 내밀며 고개를 내민다.

방금 전보다 더 표정이 나빠진 순영.

"대충 하고 돌아오라! 시간 없……."

펑! 펑!

"응?"

무언가 터지는 소리와 함께 운전기사와 경호대장이 크게 휘청거리더니 그대로 주저앉는다.

섬뜩!

온몸을 내달리는 공포와 함께 모든 걸 깨달은 비서가 다급히 몸을 안으로 집어넣으며 순영을 향해 주먹을 휘두른다.

아니, 휘두르려고 했다.

턱!

끝까지 돌아가지 못한 채 멈춘 팔꿈치와 옆 가슴을 파고든 싸늘한 금속의 감촉.

고개를 돌린 비서는 가슴과 맞닿은 전기 충격기에 어이없다는 듯 웃었다.

"이건 또 어떻게……."

"잘 자라."

"이 쌍간나!"

파지지지지지직!

"으르르르르르!"

비서는 모든 혈관을 내달리는 끔찍한 고통에 눈을 뒤집었고, 그런 그를 싸늘히 쳐다본 순영은 다시 한번 전기 충격기를 켰다.

빠지지지지지지직!

전기가 지져지자 몸이 떨리는 비서.

순영은 고개를 푹 떨궜다.

길었다. 순철과 순희를 떠난 보낸 이후부터 너무도 긴 시간이었다.

'이렇게 순식간에 해낼 걸…… 난 왜…….'

똑똑똑!

움찔!

"안 가요?!"

깜짝 놀라 고개를 돌린 순영은 이쪽을 향해 짓궂게 웃

고 있는 종혁을 발견하곤 마주 웃었다.
"그래요. 가야디요."
엄마와 아빠를 만나러.
그녀는 벌써부터 솟구치는 눈물을 참아 내며 문을 열고 나갔다. 그녀를 구속한 모든 족쇄가 이 순간 풀렸다.

* * *

덜덜덜!
추위에 몸이 떨리는 게 아니다.
심장을 서늘히 찌르는 불길한 생각 때문이다.
실패를 했으면 어쩌지.
순영이 잘못됐으면 어쩌지.
도모데도보 국제공항의 활주로, 안절부절못하던 리희동과 김영순이 옆에 서 있는 요원들을 본다.
"저, 저기……."
"무슨 일입니까?"
"아, 아닙네다."
잘됐겠지. 공화국에서도 자신들을 탈출시켜 준 분들인데, 이 모스크바에서 사람 한 명 구해 내지 못할까 애써 마음을 다독이던 리희동과 김영순이 다시 요원들을 본다.
"아니, 순영이는 무사하갔디……."
"오마니! 아바디!"
쿵!

리희동과 김영순의 시간이 멈춘다.
소리가 들린 방향을 향해 천천히 돌아가는 고개.
"아……."
뛰어오고 있다.
예쁘고 고운 자신들의 큰딸이, 평소에도 거의 만날 수 없었던 큰딸이, 강제적으로 떨어져야 했던 큰딸이 이쪽을 향해 뛰어오고 있다.
어디 한 곳 다친 곳 없이.
그 어느 때보다 예쁜 모습으로.
"순영아-!"
그들은 눈물을 터트리며 순영을 향해 달려갔다.
그렇게 헤어졌던 가족들이 다시 만나게 됐다.

* * *

지이잉! 지이잉!
"끄으으!"
힘겹게 눈을 뜬 비서가 옆을 보곤 이를 악문다.
"예……."
-거긴 어떠네! 일없는기야?!
"……리희동과 김영순은 어케 됐슴까."
-……SVR 이 간나 새끼들-! 지금 당장 항공역과 철차, 지철역까지 전부 봉쇄하라!
"의미 있갔습네까?"

-지금 항명하는 기야?
"아닙네다. 그렇게 하갔습네다."
-목숨 걸고 잡으라! 알갔어?!
쾅!
거친 소리에 핸드폰을 귀에서 뗀 비서가 시간을 확인하곤 허무히 웃는다.
"잡을 수 있을 수가 있어야 잡디."
기절을 한 지 벌써 30분이 지났다. 지금쯤이면 이미 모스크바를 빠져나갔을 거다.
"최종혁 그 쌍간나 새끼의 전용기를 타고 날랐겠디."
종혁이 모스크바에 온 것부터가 순영과 리희동, 김영숙을 탈출시키기 위한 작전의 일환이었다.
그 작전에 SVR이 적극적으로 개입을 했을 터.
"아."
정신을 차린 비서가 힘겹게 차를 빠져나와 뒤로 향한다.
"여깁…… 네다, 비서 동지."
차도 옆 보도블록에 앉아 힘겹게 숨을 내쉬고 있는 운전기사와 경호대장.
비서가 안도의 한숨을 내쉰다.
"일없간?"
"가, 가슴뼈가 부러진 것 같습네다."
"특수 제작이 된 고무탄입네다."
경호대장이 절반 정도 깨진 검은색 탄환을 보여 준다.
"파괴력이 9미리 탄의 절반쯤 되는 것 같습네다."

"……목에 맞았다면 황천을 갔겠구나야."
"뼈만 부러진 것을 다행으로 여겨야디요."
끝이 뾰족했기에 코트가 1차 방어를 해 주지 않았다면 살이 뚫렸을지도 모른다.
'그래도 동료라고 자비를 베풀었구나.'
아니었다면 자신들은 눈을 뜨지 못했을 거다.
"의리 없는 새끼들. 일어났으면 날 깨워야디."
"곤히 주무시는데 어케 깨웁네까?"
피식 웃은 비서는 숙소로 전화를 걸었다.
"민족의 반역자 리순영이가 도주를 했어. 모스크바를 봉쇄하라."
-……예!
"봉쇄라…… 가능하갔습네까?"
"할 수 있는 데까디 해 봐야디."
교화소에 끌려가도 할 말이 있으려면.
낯빛이 어두워진 그들은 몸을 일으켰다.
뼈가 부러져 죽을 것 같아도 일단 순영을 찾는 시늉을 해야 했다.

* * *

인천공항의 활주로 인근.
찰칵! 치이익!
"그만 좀 피우시라요."

옆에서 들리는 싸늘한 질책에 순철이 서운한 표정을 짓는다.

"……희야. 오마니, 아바디 얼굴은 기억나네?"

"내가 오라바이처럼 멍청한 줄 아십네까? 맨날 사진으로 보는데 어케 잊겠습네까."

"아, 그렇구나야."

고개를 팩 돌리는 순희의 모습에 순철이 피식 웃는다.

언제나 제 오빠한테 틱틱거리던 순희.

제 오빠보다 종혁을 더 오빠처럼 따르던 순희.

그래서 많이 서운했는데, 가족을 잊진 않은 것 같다. 다시 북한 사투리를 쓰는 것을 보면 말이다.

그리고 자세히 보면 주먹을 꽉 쥐고, 이를 질근질근 씹고 있다.

순철로선 처음 보는 초조한 모습.

순철은 순희의 어깨를 감싸며 잡아당겼고, 잠시 반항했던 순희는 이내 순철에게 안기며 턱을 덜덜 떤다.

분명 무사히 탈출을 했다는 소식을 들었다.

하지만 안심이 되지 않는다.

아무리 돈이 있어도 고기 한 점조차 마음대로 먹을 수 없는 북한.

못 본 동안 밥은 잘 드셨는지, 고생은 하지 않으셨는지.

탈출을 하며 다치진 않으셨는지.

온갖 걱정이 든다.

"온다."
"어, 어디?! 어디 말입니까!"
"저기."

순철이 저 멀리 인천공항을 향해 내려오는 커다란 비행기를 가리킨다.

종혁의 전용기다.

끼긱!

"아."

무사히 착지한 비행기에 한 번 안심이 된다.

순철이 튀어 나가려는 순희를 꽉 잡으며 진정시킨다.

그러며 자신도 진정하려 애쓴다.

하지만 결코 진정되지 않은 마음.

벌써부터 어머니의 목소리가, 누나의 냄새가, 아버지의 손길이 느껴지는 듯하다.

그때 그 순간으로, 난방조차 제대로 되지 않는 허름한 집에 다섯 가족이 옹기종기 모여 구운 감자를 까먹던 그 시절로 돌아가는 듯하다.

기이이잉!

멀리 돌며 그들의 애간장을 태우다 결국 멈춰 선 비행기.

그리고 이내 문이 열리며 그리운 얼굴이, 꿈에서도 결코 잊을 수 없었던 얼굴들이 모습을 드러낸다.

"오마니-!"
"……희야!"

타다다당!

끝내 눈물을 터트리며 계단을 달려 올라가는 순희와 그런 순희를 발견하곤 주저앉아 버리는 김영순.

침착하려 애쓰던 순철도 날 듯 계단을 올라가 아버지와 누나의 품으로 뛰어든다.

그들은 그렇게 몇 년 동안 쌓이고 쌓였던 눈물을 쏟아냈다.

"우리 희야. 정말 아가씨 다 됐구나야."
"이이잉."

몇 년 전 태국으로 일을 하러 갔다가 사라져 버린 순영.

순철은 그런 누나를 찾겠다며 탈북을 결심했고, 순철이 그렇게 탈북을 해 버리면 순희마저 모진 고초를 겪을 수 있기에 리희동과 김영순은 찢어지는 가슴을 부여잡으며 순철의 손에 순희를 들려 보내야 했다.

그때가 고작 6살이었다.

허벅지도 오지 않을 만큼 작고 애교가 많았던 순희.

아무리 일이 고되고 힘들어도 말 한마디로 모든 피로를 녹게 만들었던 우리 귀염둥이 막내. 내 새끼.

그 이후부터 보지 못한 내 새끼가 너무 커 버렸다.

몰라볼 정도로 커 버렸다.

그것이 너무 서운하고 섭섭해 김영순은 다시 눈물을 흘렸고, 리희동도 순희를 조심스럽게 쓸어내리며 눈물을 참았다.
 찰칵! 치이익!
 애써 담배로 마음을 진정시키려던 순철이 종혁을 본다.
 "고, 고맙습네다. 정말······."
 "됐어, 인마."
 당연히 해야 할 일을 했을 뿐이다.
 오히려 늦어서 미안할 뿐이었다.
 "아닙네다! 늦긴······!"
 "알아."
 종혁은 다 안다는 듯 순철의 머리를 헤집었고, 고개를 푹 숙인 순철의 눈에서 다시 눈물이 쏟아진다.
 "고맙습네다, 종혁 동무."
 "아이고, 됐습니다. 비행기에서 많이 들었어요."
 "아무리 고맙다고 말해도 이 은혜를 갚을 수 없디요."
 "예, 예. 알겠으니까 그만하세요. 또 아버님이 제 손 잡고 우십니다."
 종혁은 더 이상 말하지 말라는 듯 고개를 휙 돌렸고, 아버지를 보곤 피식 웃은 순영이 고개를 끄덕인다.
 '이 은혜 천천히 갚아 나가면 되갔디.'
 평생을 갚아도 갚을 수 없는 은혜다.
 순영이 굳게 다짐하는 순간이었다.
 뚜벅! 뚜벅!
 그들에게 검은 양복을 입은 국정원 요원들이 다가온다.
 "일단 한국에 오신 걸 환영합니다, 리순영 대좌. 해우를 끝마치시려면 오늘 하루로 부족하시겠지만…….."
"……공화국 인민이 탈출을 하면 일정 기간 국정원에서 있어야 한다는 말은 들었습네다. 알갔습네다."
"죄송합니다. 나머진 국정원에 가셔서 푸시죠."
"그러시지요."
고개를 끄덕인 순영이 종혁을 보고, 종혁이 싱긋 웃는다.
"잠시 이별이네요. 몇 달 걸리지 않을 테니 푹 쉬다가 나오세요. 저도 종종 찾아뵐 거고요."
"나는 매일 찾아가갔시오."
순철의 머리를 쓰다듬은 순영이 종혁을 향해 고개를 숙인다.
"기럼 몇 달 뒤에 보갔습네다."
"거 종종 찾아뵌다니까 그러네……. 내가 그렇게 신용이 없나?"
"종혁 동무야 신용 백 프로디요. 알갔습네다. 그래도 오시는 길엔 손 가볍게 오시라요."
"하핫!"
웃을 터트리는 종혁을 한참 동안 바라보다 고개를 꾸벅 숙인 순영은 순철과 함께 가족에게로 다가갔고, 국정원 요원들은 그런 그들을 철두철미하게 경호하며 근처에 세워진 차량으로 향했다.
국정원이 가장 귀화시키고 싶었던 인물 중 한 명인 리순영 대좌.
지금부턴 털끝 하나라도 다치게 둘 순 없었다.

"하아아. 고마워, 최 경무관. 우리 국정원이 해야 될 일을 최 경무관이 했네."

"북한이 지랄하지 않던가요?"

"안 하긴. 최 경무관까지 내놓으라고 지랄염병을 했지."

그것도 대통령 핫라인으로 항의를 해 왔다.

그 말에 종혁의 눈빛이 가라앉는다.

"그래서 정부의 방침은요?"

"당연히 모르쇠지. 오늘 누구 데려왔어?"

"하핫!"

"그러니까 앞으로 이런 일 있으면 우리에게 연락해. 너무 그쪽들과 짝짜꿍하면 보기 안 좋아."

"오? 국정원이 북한 내부에서도 작전을 펼칠 수 있었던가요?"

"그건……!"

할 말이 울컥 튀어나왔지만, 그건 국가 기밀이기에 차장은 입을 다물 수밖에 없었다.

"에휴. 그러면 이제 어떡할 거야? 다음 스케줄 있어?"

"저도 에휴입니다. 바로 미국으로 가야 해요."

"응?"

"학회입니다. 내일 열리는 거라 지금 출발해야 해요."

"아…….".

이런 큰일을 성공해 놓고도 곧바로 일을 하려는 종혁의 모습에 대북 파트 차장은 웃어 버리고 만다.

"알았어. 그럼 술은 다음에 먹자고."
"북한이 압박한다고 쪼르르 넘겨주지 마시고요."
"그럴 리가 있나."
순영과 리희동, 김영순은 귀화 절차가 완벽하게 끝날 때까지 대통령에게도 정보가 오픈되지 않을 거다. 공식적으론 말이다.
"뭐, 우리 VIP께서야 최 경무관을 아끼시니 모른 척하시겠만……."
"무리죠."
나중에 친북 성향의 대통령이 정권을 잡고 국정원을 압박한다면, 국정원도 정보를 토해 낼 수밖에 없을 거다.
'뭐 그때가 되면 북한도 어쩔 수 없을 테지만…….'
"알겠습니다. 그럼 수고하세요."
"그래. 다시 한번 말하지만, 수고했어. 간다."
멀어지는 차장을 향해 손을 흔들어 준 종혁은 한숨을 푹 내쉬었다.
"정말 다 끝났네……."
작전은 짧았지만, 준비 기간은 참으로 길었던 이번 탈출 작전.
무거웠던 어깨가 가벼워진 종혁은 몸을 돌리다 깜짝 놀랐다.
눈물과 콧물로 범벅이 된 현석과 최재수.
'에라이.'
"뭐해! 안 가?"

"예, 예! 가요!"
"행님! 이 뱅기 타고 가는 겁니꺼?"
"아니? 일반 항공 퍼스트!"

타고 온 전용기는 격납고에 들어가 점검을 받아야 한다. 점검이 아니더라도 긴장을 한 채 운행을 한 기장을 쉬게 해 줘야 했다.

"빨리 움직여! 1시간 뒤에 출발이야!"
"옙!"

그들은 그렇게 학회가 열리는 미국으로 향했다.

* * *

"쿨룩!"
"대통령님!"

사레가 들린 박명후 대통령이 다급히 다가오는 국정원장을 향해 손을 젓는다.

한참을 고생하다 겨우 진정한 박명후 대통령.

그가 불신 가득한 표정으로 국정원장을 본다.

"이게…… 정말입니까?"
"예. 그 서류에 나와 있는 그대로의 천재입니다."

북한이 어떻게든 숨기려 했던 천재, 리순영 대좌.

박명후가 다시 서류를 본다.

"북한 사이버 보안 시스템의 설계자이자 총괄이었으며, 전대 정권의 비자금 일부를 관리했다니……. 고작 이런 나이에…….."
"조사한 바에 따르면 북한이 비밀리에 양성했던 컴퓨터 혁명전사 1세대의 리더기도 합니다."
"……허허허."
웃음을 흘린 박명후 대통령의 눈빛이 낮아진다.
"최 경무관이 이번에도 이 나라에 너무 큰 선물을 안겨줬군요."
"컴퓨터의 발달로 인해 사이버 보안 시스템 역시 새롭게 구축돼서 그쪽으로는 별다른 정보를 얻을 순 없겠지만……."
그래도 함께 북한의 사이버 보안 시스템을 구축한 동료들의 신원 정도는 알아낼 수 있을 거다.
"거기다 북한의 비자금 파일 역시도 말입니다."
비록 일부라고 해도 북한의 비자금을, 북한의 목을 죌 수 있는 약점을 추적할 수 있는 단서다.
앞으로의 남북 관계에서 한국이 유리해질 수밖에 없었다.
"최소 5년 정도 보고 있습니다."
북한이 머리를 숙일 기간이.
순영의 머릿속에 든 정보를 모두 알아낼 기간이.
"하긴 그렇겠죠. 이 리순영 대좌라는 사람도 이 나라의 지원과 보호를 계속 받으려면 그럴 수밖에 없겠죠. 알겠습니다. 그럼 이 정보는 보고받지 않은 걸로 하겠습니다."
"충성."

경례를 한 국정원장은 대통령 집무실을 나섰고, 박명후는 창가로 걸어가 저 멀리 날아가는 비행기를 바라봤다.
"정말……."
고개를 저은 그는 지금쯤 미국으로 향하고 있을 종혁을 떠올리며 푸근히 웃었다.
'고맙습니다, 최 경무관.'
종혁이 이 나라에 있어 줘서 정말 고마웠다.

* * *

"……."
"……."
리희동과 김순영이 음식이 푸짐하게 올려진 스탠리스 식판을, 국정원 요원이 가져다준 아침 식사를 보며 입을 다문다.
순영도 흔들리는 눈으로 식판을 바라본다.
북한에선 나라의 기념일이라도 감히 먹을 수조차 없는 야들야들한 소불고기에 빨간 양념과 조갯살이 꽉꽉 들어간 김치, 그리고 달콤한 멸치볶음에 소시지와 따끈하다 못해 강렬한 육개장.
"영아, 이거…… 먹으면 안 되는 거이디?"
"기래. 남조선 아새끼들이 네게 바라는 것이 있기에 이런 대접을 해 주는 거 아니갔어? 기런 것 같으니 먹지 말자."

어제 줬던 닭죽과는 차원이 다른 식단.

물론 어제 먹었던 닭죽도 공화국에서와 달리 닭살들과 녹두, 인삼이 팍팍 들어간, 여태껏 먹어 본 적조차 없는 그런 죽이었지만 오늘은 더 심하다.

이건 무조건 빚. 국정원이 자신들에게, 순영에게 강제로 씌우는 빚이었다.

'설마……'

종혁을 떠올린 순영은 고개를 저었다.

"일단 먹디요. 남조선 속담에 먹고 죽은 귀것이 때깔도 좋다는 말이 있잖습네까."

순영은 한 젓가락 크게 소불고기를 집어 들었다.

그녀의 눈빛이 무겁게 가라앉았다.

덜컹!

커다란 통창문을 통해 봄의 따사로운 햇빛이 내리쬐는 제법 넓은 공간.

순영이 안으로 들어오자 국정원 대북 파트 요원이 몸을 일으킨다.

"좋은 아침입니다, 대좌."

"그냥 순영이라고 불러 주시라요. 요원 동지."

"하하. 예, 그렇게 하겠습니다. 그런데 어떻게 아침 식사는 입에 맞으시던가요?"

"아……"

"음?"

갑자기 눈을 가늘게 뜨는 순영의 모습에 의아해했던 요원은 이내 웃음을 터트렸다. 국정원에서 하룻밤을 지낸 탈북민들이 꼭 보이는 모습이었기 때문이다.

"평소에 나오는 식단이고, 순영 씨와 부모님을 위해 특별히 만든 음식은 없습니다."

순영에게 바라는 건 많지만, 그렇다고 먹는 음식 가지고 치졸하게 굴진 않는다.

"……정말입네까?"

"곧 들통날 거짓말을 해서 뭐하겠습니까."

가만히 요원의 눈을 응시하던 순영은 헛웃음을 터트렸다.

"역시 남조선, 아니 한국은 천국이구나야."

쌀밥에 고깃국을 마음껏 먹을 수 있는 나라를 만들겠다는 거짓말이나 늘어놓는 김씨들과는 완전히 다른 나라, 한국.

이러면 자신도 진심으로 대할 수 있을 것 같다.

종혁 때문에라도 그러려고 했지만 말이다.

"하하핫! 입에 맞으셨다니 다행입니다. 그러면 일단 커피부터……."

"공화국 사이버 보안 씨스템의 백도어."

쿵!

"전대 장군님의 비자금 파일과 현 수령동지의 비자금 내역, 숨겨진 사업체의 위치와 돈자리."

쿠웅!

"남파 간첩 명단과 잠입 루트. 그리고 남파 간첩들과 접촉한 중국 간첩들의 명단과 위치."

쿠우우웅!

"자, 잠깐! 잠깐만요, 순영씨!"

하얗게 질린 그가 벌떡 일어나고 대북 파트 차장이 기겁하며 문을 열고 들어오자 순영은 입술을 비틀었다.

"뭐부터 들으시갔습네까?"

이외에도 이날을 위해 알아낸 정보들이 수두룩하다.

그리고 그 모든 정보는 그녀의 머릿속에 있었다.

"사이버 보안 씨스템의 경우 제가 만든 것에서 갱신만 한 것뿐이니 백도어 역시 살아 있습네다."

그 누구도 모르게.

어린 시절 부모님과 강제로 떨어뜨려 놓았던 공화국이 싫어 그렇게 설계한 것이기에.

대북파트 요원과 차장이 입을 떡 벌리자 그녀는 종혁을 떠올렸다.

'일단 이렇게부터 갚겠습네다, 종혁 동무.'

그녀는 쏟아지는 햇살처럼 푸근히 웃었다.

3장. 인터넷의 이면

인터넷의 이면

웅성웅성!

"와!"

LA 국제공항의 입국 게이트를 나선 최재수와 현석이 발갛게 달아오른 얼굴로 주변을 두리번거린다.

그들로선 난생처음 와 본 LA. 모스크바와는 완전히 다른 냄새가 나는 것만 같다.

이번에 펼친 작전 때문인지 모스크바에선 음울한 눈 냄새가 났다면, 이곳 LA는 짭짤한 바다 냄새와 모래 냄새가 나는 듯하다.

그렇게 최재수와 현석이 주변을 두리번거리고 있는 사이, 종혁은 입국 게이트 앞에서 커다란 피켓을 들고 있는 검은 양복의 사내들에게 다가갔다.

"랭리에서 나오셨습니까?"

"하핫! LA에 오신 걸 환영합니다, 최."

CIA의 본부가 있는 랭리. 그들은 CIA 요원이었다.

부우웅!

"예. 헨리. 지금 막 도착했고, 보내 주신 분들을 만나 이동 중입니다."

-미국에 다시 온 걸 환영합니다, 최!

"파견 온 게 아닌데요……."

-하핫! 그게 무슨 상관입니까! LAX는 좀 어떻던가요.

LA 국제공항(Los Angeles International Airport), 통칭 LAX.

"확실히 미국을 대표하는 공항 중 하나답더군요."

공항을 가득 채운 사람들.

세계에 모르는 사람이 없는 도시답게 입국하는 이들의 얼굴엔 기쁨과 설렘이 가득했고, 출국하는 이들의 표정에서 감출 수 없는 아쉬움은 그저 보고만 있어도 미소가 지어지게 만들었다.

"마이애미와는 비슷하면서도 다른 느낌이에요."

1년 내내 덥거나 따뜻한 기온을 자랑하는 휴양 도시 마이애미.

뉴욕에서 FBI 연수를 받던 시절 들렀던 마이애미를 떠올린 종혁이 잠시 창밖을 바라본다.

도로 높이 솟은 야자수들과 강렬하게 내리쬐는 햇빛, 그리고 그 아래 지나는 사람들의 건강하게 탄 피부들.

벌써부터 비키니 상의와 바지를 입은 채 돌아다니는 사람들도 보인다.

그들에게서 풍겨 오는 여유는 정말 마이애미를 연상케 한다.

하지만 마이애미와 다른 점이 있다.

'바로 LA가 마굴이라는 거지.'

미국 내에서도 갱단이 많기로 유명한 도시, LA.

겉으로 보이는 것만이 전부가 아니다.

그저 도시의 화려함이 그걸 애써 외면하게 만들 뿐이었다.

"적당한 긴장감이 있는 도시인 것 같습니다."

-꽤 의미심장한 말이군요. 알겠습니다. 그럼 시간이 나면 뵙도록 하겠습니다. 그때까지 LA를 마음껏 즐기시길.

"예, 뭐. 즐길 수 있다면요······."

-하하핫!

통화를 종료한 종혁은 창문을 내리며 잠시 말없이 LA의 여유로움과 자유로움을 감상했다.

그건 현석과 최재수도 마찬가지였다.

그렇게 얼마의 시간이 흘렀을까.

차츰 도로에서 높다란 빌딩들과 사람들이 사라지고, 그 자리를 자연과 고요함이 대신하기 시작한다.

"와따 마, 풍경 죽이네."

높다란 나무들 사이, 줄줄이 늘어서 있는 범상치 않은

크기의 주택들.

그리고 그 사이를 느릿하게 뛰거나 강아지와 함께 산책을 하는 사람들. 낮은 담벼락과 열린 대문들은 이곳이 치안이 좋은 곳임을 말해 주고 있기에 저들의 여유로움이 더 크게 다가온다.

그들은 그곳을 지나 더 안쪽으로 향한다.

"행님, 이거 계속 가믄 호텔이 있겠심꺼? 있다 캐도……."

저녁에 술 마실 곳도 없을 것 같다.

그 말에 종혁이 피식 웃는다.

"미국의 대도시에서 굳이 숙소를 잡을 필요는 없지."

"예?"

"도착했습니다, 최."

스르륵!

차가 커다란 새하얀 창살 대문 앞에 멈춰 서자 종혁이 잠시 내리고, 어리둥절해하던 현석과 최재수도 황급히 내린다.

대문 창살 사이로 보이는 널찍한 정원 너머의 커다란 저택.

"더 좋은 곳으로 모시지 못해 죄송합니다, 최."

엄청난 넓이의 정원까지 갖춘 대저택임에도 CIA 요원은 고개를 숙여 사죄를 표했다.

"아닙니다. 이 정도도 훌륭한걸요."

그런 두 사람의 대화에 입을 떡 벌리는 최재수와 현석을 외면하며 종혁은 요원이 내미는 스마트키를 받아 들었다.

주인의 첫 입성이니만큼 직접 문을 열어 기분을 내기 위함이었다.

종혁이 천천히 문 앞으로 다가가던 그때였다.

"응?"

등 뒤에서 웅성거리는 소리가 들려오자 고개를 돌린 종혁은 카메라를 들고 한쪽을 바라보고 있는 이들을 발견하곤 의아해했다.

그리고 카메라 렌즈가 향하는 방향에서 선글라스를 쓴 채 편한 차림으로 이쪽으로 천천히 뛰어오는 여성을 발견하곤 눈을 동그랗게 떴다.

그건 여성도 마찬가지다.

믿지 못하겠다는 듯 선글라스를 벗으며 종혁을 쳐다보는 그녀.

"⋯⋯최?"

"에이미?"

세계 최고의 팝 가수 에이미 스피너, 바로 그녀였다.

"최!"

타다닥! 와락!

갑자기 품 안을 가득 채우는 여성의 향기.

'⋯⋯이야, 좆됐네.'

달려든 에이미 스피너를 받아 든 종혁은 이쪽을 향해 잔뜩 흥분한 얼굴로 카메라를 들이미는 파파라치들을 발견하곤 푸근히 웃었다.

아무래도 집 안으로 들어가면 여자친구 홍시연에게 전화부터 해야 할 것 같다.

웰컴 투 로스앤젤레스였다.

* * *

"그럼 저흰 이만 가 보겠습니다."
"수고하셨습니다."

CIA 요원들이 떠나자 종혁이 드넓은 거실의 소파에 털썩 앉는다.

"진 빠지네……."

파파라치의 존재를 깨닫곤 나중에 보자는 말을 남기며 떠난 에이미 스피너.

그러나 이미 먹잇감을 포착한 하이에나들 중 일부는 녹음기와 핸드폰을 들이밀었고, 종혁은 관계를 설명하느라 진땀을 빼야 했다.

때마침 최재수가 눈치 좋게 나서서 아는 척을 하지 않았다면, 또 에이미 스피너가 눈치 빠르게 최재수에게도 안겨 기뻐하지 않았다면 정말 스캔들이 터졌을지도 모를 오싹한 상황이었다.

'아니, 이것도 안심할 수 없구나.'

그저 연예인이 눈길을 줬다는 이유만으로도 스캔들이 터지는 나라, 미국. 어떻게 될지 몰랐다.

종혁은 고개를 저으며 담배를 물었다. 저택 탐방보다

마음부터 다스려야 할 듯싶었다.

삐끔삐끔!

"세계경찰태권도 대회 알지?"

"……아! 맞네! 그때 에이미 스피너가 미국 쪽 응원 단장이었지예?!"

종혁은 그 세계경찰태권도 대회의 총괄이었다.

그제야 이해를 한 현석은 감탄사를 토하며 신기해했고, 종혁은 몸에 힘을 빼며 고개를 뒤로 젖혔다.

"부, 부국장님-! 여기 좀 와 보십시오!"

"……또 뭔데 저러는 거야?"

한숨을 내쉬며 최재수의 목소리가 들리는 곳으로 향한, 저택 옆에 따로 지어진 건물로 향한 종혁은 안에 펼쳐진 풍경에 의아해했고, 현석은 입을 떡 벌렸다.

"……미쳤네."

람보르기니, 포르쉐, 페라리, 머스탱 등 눈이 화려한 스포츠카와 세단들이 차고 안에 가득하다.

'흠. 제법 가져다 놓았네.'

차고 안에 있는 20대의 차량을 보며 고개를 끄덕이던 종혁은 눈을 빛내며 잔뜩 기대하고 있는 최재수와 현석을 보며 피식 웃었다.

"국제면허증은 발급받았지?"

"와아아아아!"

'저렇게 좋을까.'

종혁은 고개를 저으며 다시 저택 안으로 들어갔다.

일단 쉬고 싶었다.

* * *

웅성웅성.
LA의 한 컨벤션 센터.
정장과 와이셔츠를 입은 장년인, 노인들이 서로를 향해 인사를 하고 악수를 나눈다.
"하, 이놈의 포럼은 왜 이리 많은지……."
"어쩌겠어. 우리가 부지런히 움직여야 일선 경찰들이 진화하는 범죄 수법을 따라잡지."
언제나 범죄자보다 한발 늦는 일선의 현장.
"그게 아니라 몇 달 전에 본 인간들을 또 보게 되니 내가 정말 다른 나라에 온 건지, 아니면 타임 리프를 한 건지 구분이 안 가서 그래. 젊은이들과 어울리며 젊어져도 모자랄 판에 곧 관짝에 들어갈 늙은이들과 함께 있으니 나도 함께 늙어지는 기분이잖아!"
"글쎄…… 젊은이들이 자넬 좋아하지 않을 텐데……."
"왜 이래! 모두 내가 농담이라도 하면 뒤집어진단 말이야!"
"대학원생들?"
"그, 그게 뭐!"
"에휴. 오, 안드레 교수다."
"어디?"

오늘 포럼에 참석하는 사람들의 눈이 학계의 권위자들을 쫓아 움직인다.

그 순간이었다.

콰르릉!

정적이라고 할 수 있는 분위기를 찢어발기는 몬스터의 굉음.

고개를 돌린 사람들은 컨벤션 센터 앞에 멈춰 서는 세대의 스포츠카에서 내리는 동양인의 모습에, 쏟아지는 LA의 햇살을 선글라스로 막으며 한껏 멋을 부리는 사람들에 눈을 빛냈다.

"최가 왔군."

명실상부 학계의 권위자 중 권위자.

종혁의 등장에 사람들이 걸음을 옮기기 시작했다.

이제 종혁은 그들에게 있어 아이돌이나 다름이 없었다.

-그럼 2시까지 식사를 마친 후 다시 발표를 이어 가도록 하겠습니다.

"끄으으!"

아침부터 거의 쉬는 시간 없이 앉아 있었던 사람들이 배를 문지르며 일어선다.

케이스를 발표하는 사람만큼 심력을 소모하는 청취자들.

종혁도 안드레 교수에게 다가간다.

"교수님."

"드릉. 컥! 어으. 벌써 끝난 거야?"
"괜찮으세요?"
"괜찮아, 괜찮아."
손을 젓던 안드레 교수가 계속된 걱정에 얼굴을 구긴다.
"아직 관짝에 들어가려면 멀었으니 그 거지 같은 눈은 치우라고, 최. 나 아직 현역이야?"
큼직한 주먹을 들어 올리는 그의 모습에 피식 웃은 종혁이 손을 내밀고, 안드레가 그 손을 잡고 몸을 일으킨다.
"그나저나 좀 아쉽게 됐어."
"그러니까요."
캘리 그레이스나 해리 가드너 교수, 뤼옹 드 몽 교수 등 종혁과 친분이 깊은 사람들이 모두 저마다의 이유들로 인해 이번 포럼에 참가하지 못하게 됐다.
"아쉽지만 어쩔 수 있겠습니까. 다음에 보면 되는 거죠. 그럼 이동하시죠! LA는 뭐가 맛있습니까?"
다양한 국가의 사람들이 모여 사는 LA. 따뜻한 도시 LA.
분명 LA만의 특별한 요리들이 있을 거다.
종혁은 벌써부터 도는 듯한 군침에 눈을 빛냈고, 안드레 교수는 콧방귀를 뀌며 일어섰다.
"무슨 소리! LA이 하면 당연히 한식이지!"
"……뭐요?"
"삼겹살! 불고기! 떡볶이! 크으! 얼른 가자고, 최!"

종혁은 먼저 걸음을 옮기는 안드레 교수를 멍하니 바라봤다.

* * *

안드레 교수는 마치 익숙하다는 듯 근처에 위치한 코리아타운으로 걸음을 옮겼고, 현석이 슬그머니 종혁에게 달라붙었다.
"행님, 이거 맞습니꺼?"
"몰라. 그냥 가."
저렇게 자신만만하니 분명 특별한 뭔가가 있을 거다.
"게다가 한국인으로서, 한 명의 경찰로서 와 볼 만한 곳이기도 하고."
"코리아타운이예?"
"92년에 발생한 LA 폭동 사건 몰라?"
"……?"
최재수도 눈을 껌뻑이자 종혁이 입을 떡 벌린다.
1992년, 음주운전을 했다는 이유로 무저항한 한 흑인을 백인 경찰들이 집단 구타를 하며 발생한 LA 흑인 폭동.
폭동이 발생하자 흑인 시위대가 한인타운으로 몰려가 약탈과 방화를 일삼으면서 한인 사회에 막대한 피해를 입힌 사건이다.
"당시 미국 사법당국과 지역 언론들은 경찰의 과잉 대

응과 빈부 격차, 인종 차별과 같은 미국 사회에 뿌리 깊게 잠식한 근본적인 문제를 지적하기보다는 한흑(韓黑) 갈등에 초점을 맞춰 몰아가 진실을 흐렸고, 그로 인해 한인과 흑인들 사이의 관계는 더욱 악화되어 버리고 말았지."

종혁의 표정이 진지해지자 안드레 교수가 다가온다.

"무슨 대화를 그렇게 심각하게 하는 거야?"

"아."

종혁은 LA 폭동에 대해 설명했고, 안드레 교수의 낯빛이 어두워졌다.

"그 사건을 말하는 것이군. 한 명의 미국인으로서 언제나 사과를 할 수밖에 없는 사건이야. 미안하네, 최. 이 자리를 빌어 사과하지."

"아닙니다. 전 당사자가 아닌걸요."

고개를 저은 종혁은 최재수와 현석을 보며 말을 덧붙였다.

"그렇게 경찰의 도움을 받지 못한 한인들은 자체적으로 무장을 하며 흑인들을 막아섰지."

"경찰이 도움을 안 줬다고요? 왜요?! 그들 탓에 벌어진 일이었잖습니까!"

"모든 지역을 보호하기엔 거리로 뛰쳐나온 흑인들의 숫자가 너무 많았거든. 그래서 당시 미국 경찰은 베벌리 힐스와 할리우드 등 백인 밀집 지역의 부촌들을 지키는 걸 택했지."

그에 한인들은 어떻게든 스스로를 지키기 위해 직접 무기를 들 수밖에 없었다.

"다행이라면 한국이 국방의 의무가 있는 나라라는 점이었지."

한국에서 살다가 LA로 이주해 왔던 남성들 대부분은 군대를 다녀온 이들이었고, 해병대, 특전사 출신 예비역들을 비롯하여 심지어 베트남전 등 참전 경험까지 있는 분들이 교민들을 진두지휘하여 한인타운을 지키기 위해 나섰다.

"하지만 그래도 엄청난 사상자가 발생했고, 물적 피해도 엄청 났지."

이 코리아타운은 그런 피의 역사가 있는 곳이었다.

"미친 거 아입니꺼! 어떻게 그럴 수 있는 겁니꺼!"

"말했잖냐. 동양인, 그중에서도 한국인은 당시 미국에서 제일 밑에 있는 약자였어."

"……와따 마, 허파 디비지겠네! 이 시벌놈의 흑인 새끼들! 이래 놓고 지들이 뭐? 인종 차별을 당한다꼬? 에라이, 이 염병할 것들!"

종혁은 길길이 날뛰는 현석과 최재수를 다독이며 안드레 교수를 봤고, 씁쓸히 웃은 그는 걸음을 더 옮겨 한 식당 앞에 섰다.

"여기야!"

"수라간? 오? 유명한 곳인가 본데요?"

아무리 점심시간이라지만, 가게 안쪽의 테이블이 거의

인터넷의 이면 〈243〉

꽉 차 있다. 테이블이 대충 봐도 60개는 넘어 보이는 커다란 식당임에도 말이다.

"맛은 더 죽이지. 뭐해? 어서 안으로 들어가자고!"

"예, 예…… 음?"

안으로 들어가자고 한 사람이 안으로 들어갈 생각은 하지 않고 옷매무새를 가다듬자 종혁은 의아해했고, 그 시선을 눈치챈 안드레 교수는 헛기침을 하며 문을 열고 들어갔다.

"크흠."

딸랑!

"어머! 또 오셨네요! 어서 오세요!"

"예. 잘 있었습니까, 리. 음식 맛이 너무 좋아서 또 오고 말았습니다."

카운터에서 맞이하는 장년 여성을 향해 푸근히 웃는 안드레 교수.

"호호. 또 찾아와 주셔서 감사해요. 자리로 안내해 드릴게요."

"감사합니다. 하하하!"

안드레 교수는 앞장서는 여성의 뒤를 마치 꽃향기를 쫓아 날아가는 꿀벌처럼 뒤따랐고, 종혁은 그런 그의 모습에 눈을 가늘게 뜨며 귓속말을 했다.

"사모님은요?"

"몰랐어? 나 작년에 이혼했잖아."

"……에라이."

종혁은 얼굴을 구겼다.

안드레 교수가 이곳에 온 이유가 있었다.

종혁은 바삐 움직이는 장년 여성을, 사장으로 보이는 여성을 가만히 응시했다.

작은 체구에 살아온 인생이 결코 쉽지 않았다는 듯 주름진 얼굴. 그러나 손님들을 향해 짓는 미소는 어머니의 그것과 같으면서도 햇살처럼 포근하다.

거기에 깔끔하게 틀어 올린 머리와 미국 특유의 색조화장이 아니라 한 듯 안 한 듯 네츄럴한 화장을 한 그녀.

개량 한복까지 입음으로써 동양의 멋을 한껏 끌어올린 그녀는 외국인이 봤을 때 일견 신비해 보이기까지 했다.

'이 양반이 빠진 이유가 있네.'

그러면서도 쉽게 잘 이해가 되지 않는다.

안드레 교수는 일견 즉흥적이면서도 성급해 보이지만, 미국 범죄학의 권위자로서 굉장히 냉철한 인물이다.

물론 이성에게 호감을 느끼는 건 어쩔 수 없는 운명이라지만, 외적인 면모만으로는 쉽게 설득이 되지 않는다.

'뭐 이따가 물어보면 되겠지.'

남의 연애사에 감 놔라, 배 놔라 할 순 없지만, 남의 로맨스에 관심이 가는 건 어쩔 수 없는 인간의 본성이었다.

"흠. 그나저나 신기하네."

"뭐가예?"

"종업원들 대부분이 나이가 있으신 분들이잖아."

"어?"

그제야 개량 한복을 입고 돌아다니는 종업원들을 확인한 최재수와 현석이 깜짝 놀란다.

일부 젊은 사람들을 제외하면, 모두 중장년인이다. 심지어 육십대 이상의 노인도 더러 보인다.

"그러게요. 확실히 신기하네요. 이렇게 바쁜 곳은 빠릿빠릿한 젊은 사람을 쓰지 않나요?"

"맞심더. 늦으면 손님들이 화를 낼 건데예."

"음식 나왔습니다."

"오!"

안드레 교수가 푹 빠진 여성이 트레이에 끌고 온 음식들을 테이블 위에 올려놓는다.

떡볶이와 순대, 삼계탕에 LA갈비, 거기다 멸치육수가 베이스인 샤브샤브와 푸짐한 밑반찬까지.

테이블이 한가득 차자 여기가 한국인지 미국인지 구분이 안 갈 정도다.

"와. 손님이 많은 이유가 있네요. 아, 사장님."

"네."

"돌아보니 종업원분들 대부분이 연세가 있으신 분들이신 거 같던데, 혹시 무슨 이유가 있을까요?"

"혹시 저희 직원이 무슨 실수라도 했나요?"

장년 여성의 눈에 서리는 걱정에 종혁은 고개를 저었다.

"아니요. 보기 좋아서요."

한국의 국밥집을 보는 듯한 풍경. 약간 부담이 되긴 하지만, 이 먼 타국에서 고국의 냄새가 맡아지는 것 같다.

"아아."

장년 여성이 테이블 사이를 바쁘게 돌아다니는 종업원들을 보며 푸근히 웃는다.

다양한 인종의 직원들이 한자리에 모여 밝은 미소로 손님들에게 서비스를 제공하는 모습을 보면 그저 웃음만 나온다.

"다들 나이에 비해 건강하시거든요."

노동 시장에서 고령자들이 기피되는 이유는 단순하다.

나이가 들면 허리가 아프고, 다리가 불편해지는 등 육체가 쇠약해지는 것이 자연의 섭리.

똑같은 돈을 준다면, 고용주 입장에서는 몸 건강한 사람을 고용하고 싶은 게 당연했다.

또한 분야에 따라서는 시장의 트렌드를 따라오지 못하는 등 감각적인 부분에서도 젊은 사람들에 비해 뒤처지는 경우가 대부분이기에 정년퇴직이라는 것도 존재하는 것이었다.

하지만 음식 조리나 서빙 등 단순 업무에 한해서라면, 고령자들도 몸만 성하다면 젊은 사람들 못지않은 능력을 발휘할 수 있었다.

"제 이모님이 퇴직하신 후에 하루하루 공허하게 보내시다가 돌아가셨거든요. 그때 안타까웠던 기억이 있어서, 아직 정정하신데 일이 없으신 분들을 채용하고 있는 거예요."

이제 답이 됐냐는 듯한 그녀의 눈빛에 종혁은 박수를 칠 수밖에 없었다.

"와…… 이거였구나."

"네?"

"이런 천사 같은 마음 때문에 여기 안드레 교수님이 사장님께 반하셨던 거네요. 정말 최고십니다."

"최!"

"어머머! 호호! 그, 그럼 맛있게 드세요!"

후다닥!

종혁은 안드레 교수를 힐끔 보곤 마치 봄바람에 어쩔 줄 몰라 하는 소녀처럼 도망치듯 멀어지는 여성에게서 시선을 떼며 얼굴이 시뻘겋게 달아올라 있는 안드레 교수를 봤다.

"나 잘했죠?"

"……훌륭해."

덕분에 그녀가 자신에게 조금이라도 호감이 있다는 걸 알아차리게 됐다.

역시 연애는 직진이고, 동조자가 있다면 금상첨화였다.

종혁에게 엄지를 치켜든 안드레 교수는 웃음을 터트렸다.

"으하핫! 오늘은 내가 살 테니까 먹자고! 아, 오후 포럼에 참가해야 하니까 술은 가볍게! 오케이?"

"……노케이."

"응?"

"낮부터 좋아하는 사람에게 술 마시는 모습을 보여 주려는 거예요? 라고 말하고 싶지만……."

종혁은 등 뒤에서 느껴지는 시선에 눈살을 찌푸렸다.

포럼에서부터 따라붙었던 파파라치 한 명이 식당 안까지 따라 들어와 있었다.

"와, 오랜만에 제대로 먹은 것 같십더."

달큰하면서도 매콤한 떡볶이, 연하면서도 깊었던 멸치 육수는 얇은 소고기의 맛을 한껏 끌어올렸고, 마지막에 말아 먹은 칼국수와 죽은 환상 그 자체였다.

정갈하고 짭짤했던 밑반찬들은 말할 것도 없었다.

특히 김치가 죽였다.

"저 사는 동네에도 이런 곳이 있다면 단골이 될 것 같십더."

"그러게. 괜히 식당 이름이 수라간이 아니네."

임금의 식사를, 조선 팔도의 음식을 수라상에 담아냈던 수라간.

과연 그 이름을 내걸기에 부족함이 없을 정도로, 그 시절의 임금의 기분을 만끽할 수 있는 수준의 맛들이었다.

"어머, 가시게요. 식사는 맛있게 하셨어요?"

안드레 교수를 힐끔 보곤 일부러 한국어로 말하는 장년 여성.

종혁은 미소를 지었다.

"LA에서 식도락을 즐길 줄 몰랐습니다."

"어머. 호호호."
"잘 먹고 갑니다. 계산은 이분이 하실 거예요."
"네, 또 오세요!"
딸랑!
식당을 나선 종혁은 차도 쪽으로 걸어가 담배를 물었다.
찰칵! 치이익!
"후우우."
'좋네.'
바람은 서늘한데 햇빛은 따뜻하고, 배도 적당히 부르니 천국이 따로 없다.
가게를 나서자마자 다시 슬그머니 뒤따라 나온 파파라치만 없었다면 말이다.
"부국장님, 가만두실 겁니까?"
"그러면 뭐? 스토킹을 당한다고 신고라도 할까?"
무엇보다 종혁이 반응을 보이면, 역시 에이미와 무슨 특별한 관계였다며 루머가 더 양산될 것이 불 보듯 뻔했다.
딸랑!
"어흠. 기다렸지?"
"뭘 이렇게 빨리 나오십니까? 이·기회에 눈빛 교환도 좀 하고, 느끼한 멘트도 좀 날리고, 어?"
"아마추어야? 근무 중엔 방해하면 안 되는 거 몰라?"
"오?"

맞는 말이긴 한데, 결혼을 세 번이나 한 사람이라서 그런지 더 신빙성 있게 느껴진다.

"흐흐. 그럼 나머지 발표를 들으러 가 보실까! 아, 일단 담배부터."

"하핫! 아, 잘 먹었습니다."

"잘 먹었습니다!"

"그래, 그래. 그러니까 얼른 가자고. 담배 피우는 남자를 좋아하는 여자는 없으니까!"

"푸하핫!"

그들은 웃음을 터트리며 다시 포럼이 열리는 장소로 향했다.

* * *

"푸후!"

"와!"

저택으로 복귀한 종혁과 최재수, 현석이 소파 위로 드러눕는다.

오늘 일정이 끝나고 간단히 한잔을 해서가 아니다.

"아이고, 머리야."

죄다 영어로 발표하기에 뇌가 오버히팅이 된 최재수와 현석.

그런데 그보다 그들의 머리를 더 아프게 하는 게 있었다.

"고작 몇 달 아입니꺼?"

스페인에서의 포럼 이후 고작 몇 달밖에 지나지 않았는데, 상상을 초월하는 독특한 범죄 사례들이 새로이 공개됐다.

그런데 그들을 더 암울하게 만드는 건 오늘이 고작 포럼 1일 차라는 점이었다.

"이러다 인간 불신이 생기겠심더. 뭐, 이미 생겼지만······."

인간이 아닌 놈들을 겪다 보니 이미 생겨 버린 인간 불신.

그러면서도 어렵고 힘들고 억울한 사람을 보면 몸부터 나서는 걸 보면 역시 형사가 천직인 것 같다.

"뭐야. 자기 자랑이야?"

"놔두십시오. 저땐 저렇지 않습니까."

"얼씨구?"

종혁이 어이없다는 듯 최재수를 보고, 과거 일이 생각난 최재수는 슬그머니 고개를 돌렸다.

"어흠."

"에라이."

고개를 저은 종혁은 몸을 일으켰다.

"그럼 얼른 씻고 다시 모이는 걸로 하자. 오늘 들은 케이스들을 정리해야 내일 또 다른 케이스들을 머릿속에 온전히 집어넣지."

"예······."

-봄바람 휘날리며-! 흩날리는 벚꽃잎이!

"응? 이 양반이 왜?"

국정원 대북 파트 차장의 전화.

종혁은 정원으로 향하며 전화를 받았다.

"예, 최종혁입니다."

-고마워, 최 경무관!

"예?"

-진짜 고마워! 진짜! 진짜로-!

순간 뭔가를 눈치챈 종혁이 의미심장하게 웃는다.

"어떡할래요. 순영 씨 평생 보호할래요, 아니면 단물 빨아먹고 팽 하실래요?"

-무슨 말을 그렇게 섭섭하게 해! 마음 같아선 사비로라도 성형을 시켜 주고 싶을 정도인데!

순영뿐만 아니라 리희동, 김영순, 순철, 순희 모두 성형을 시킨 뒤 새로운 신분을 만들어 주고 싶다.

'오. 얼마나 좋은 정보를 제공했기에 이런 반응이지?'

러시아에서 한국으로 오는 내내 잠을 잤던 순영. 긴장이 풀려서 그런지 미열까지 났기에 차마 물어보진 못했다.

그런데 아무래도 상상을 초월하는 정보를 제공한 것 같다.

-아니, 잔말 말고 이번 포럼 끝나고 귀국하면 특수본부터 조직해. 믿을 수 있는 사람들로만!

멈칫!

종혁이 담배를 물던 손을 멈춘다.

'간첩?'

-마음 단단히 먹어. 이번 거 진짜 크다.

"……그렇게 많습니까?"

-이 개새끼들, 어디 하나 파고들지 않은 곳이 없더라!

'간첩 맞구나!'

국정원에 간첩 검거를 경찰에 맡기려는 것 같다.

'드디어!'

회귀 전 기억 덕분에 간첩들의 존재를, 그들의 위장된 신분까지도 이미 알고 있었지만 직접적으로 나설 수가 없는 탓에 명분을 쌓으며 때를 기다려 왔던 종혁.

벼르고 벼려 왔던 그놈들을 드디어 일망타진할 때가 온 것 같다.

"알겠습니다. 귀국하는 즉시 특수본을 조직하겠습니다. 그리고 청장님께도 제가 말씀드리겠습니다."

-오케이! 그럼 그때 봐! 수고!

통화가 종료된 핸드폰을 귀에서 뗀 종혁이 인중을 훑으며 눈빛을 가라앉힌다.

"어떤 새끼부터 모가지를 따야 하려나……."

지이잉! 지이잉!

"뭘 깜빡하셨나? 예, 여보……."

-최! 동쪽 담벼락에 설치한 동작감지센서에 반응이 생겼습니다! 최의 현 위치에서 가장 가까운 화기는 거실 소파 아래 있고, 저흰 도착까지 30초 걸릴 겁니다!

"……알겠습니다."

-저희가 도착하기 전까지 저택에서 나오시면…… 아니 그냥 패닉룸에 들어가 계십시오! 가장 큰 방에 있는 책장 맨 윗줄의 첫 번째 책을 잡아당기면 열립니다!

탁!

전화를 끊은 종혁이 몸을 돌려 거실 안으로 뛰어 들어간다.

'도둑? 아니면 놈들?'

뭐든 총기의 나라인 미국이기에 위험한 상황이다.

아니, 지금 당장은 그게 문제가 아니다.

"최재수-! 강현석-!"

휙! 쿵!

소파들을 뒤집으며 최재수와 현석을 부르는 종혁.

후다닥!

"뭐, 뭡니꺼!"

"무슨 일이세요!"

"일단 이것부터 받아!"

소파 아래 고정되어 있는 방탄복과 권총, 그리고 소총을 꺼내 둘에게 던진 종혁.

엉겁결에 받아 든 최재수와 현석의 눈빛이 차갑게 가라앉는다.

"놈들입니까?"

"몰라."

몇 명인지도 모른다.

"하지만 앞으로 20초만 버티면 돼."

이쪽에서 엄폐를 하고 시선을 끌면, CIA가 뒤를 칠 거다.

"얼른 방탄복 입어."

"예!"

그들이 얼른 방탄복을 입고, 약실을 확인하는 순간이었다.

지이잉! 지이잉!

"미안합니다, 에이미. 지금은 통화를 할 수……."

-최, 혹시 지금 최의 집에 가도 실례가 안 될까요?

-아으! 이 겁쟁이!

-조용히 해! 이건 예의가 아니라고, 이 멍청아!

귓가에 들리는 소리, 그녀가 지금 실내가 아닌 실외에 있는 것 같은 느낌이 들자 종혁이 눈을 껌뻑인다.

"혹시, 정말 혹시나 해서 하는 말인데…… 옆집에 계십니까? 곁에 일행도 있고요?"

-힉! 경보 울렸어요?! 미, 미안해요! 친구들이 술에 취해서 그냥 넘어가면 된다고…… 다행히 아직 넘어가진 않았는데! 내가 무슨 말을 하는 거야!

'어이구, 이 아가씨야.'

"하아…… 알겠습니다. 거기 계세요. 마중 나가겠습니다."

-아, 아니에요! 오늘은 너무 늦었으니까 내일 다시 연락할게요!

"아닙니다. 괜찮습니다."

통화를 종료한 종혁은 CIA에게 전화를 걸었다.
"상황 해제. 제가 아는 분들입니다."
-……알겠습니다.
"늦은 시간에 미안합니다."
-아닙니다. 별일이 아니라서 다행입니다. 즐거운 밤 되십시오.
통화를 종료한 종혁은 머리를 쓸어 올리며 최재수와 현석을 봤다. 씻다 달려 나와서 그런지 비눗물만이 소중한 곳을 겨우 가리고 있는 둘.
"비눗물부터 씻고 나와. 손님 오셨다."
"이 시간에? 이 난리를 치면서?"
"그러니까."
참 골치 아픈 말괄량이 손님들이었다.

* * *

"미, 미안해요, 최."
종혁이 들고 온 사다리를 타고 넘어온 에이미 스피너가 꾸벅 고개를 숙였다가, 자신의 친구들을 노려본다.
종혁이, 자신을 구해 준 종혁이 이곳에 왔다는 소리에 감사 인사를 전하고 싶다며 대뜸 담벼락부터 넘으려고 했던 말썽쟁이 친구들.
에이미 스피너의 친구들이 휘파람을 불며 고개를 돌린다.

하지만 그것도 잠시. 그녀들이 눈을 빛내며 종혁을 응시한다.

최종혁. 에이미 스피너의 백마 탄 왕자님.

'얼굴 오케이! 몸 오케이! 재력 오케이! 직업도 오케이!'

자신들에게 다가오는 놈팡이들과는 차원이 다른 존재였다.

"반가워요! 당신이 그 사람이군요?! 에이미 스피너의 친구이자, 당신의 이웃인 스테파니 조앤이에요! 혹시 날 아나요?"

"모를 리가요."

전에도, 그리고 후에도 없을 거라 여겨지는 빌보드의 행위 예술가, 싱어송라이터 스테파니 조앤.

"이달 말에 한국에서 공연을 여시죠? 그때 저희 외사국 형사들도 지원을 나갈 테니 잘 부탁드리겠습니다. 아, 대한민국 경찰청 외사국 소속 최종혁입니다."

"와우! 정말 한국 사람이 날 알잖아!"

종혁은 옆에서 눈만 초롱초롱 빛내는 흑인 여성을 봤다.

"반갑습니다. 최종혁입니다. 그 빌어먹을 자식과 헤어진 건 백번 잘하신 일입니다, 펜지 씨."

"맙소사!"

도를 넘어선 남자친구의 폭력에 견디지 못하고 결국 결별을 택한 빌보드 팝스타 로빈 펜지.

"큼. 이럴 게 일단 제 저택으로 가시죠. 벌레가 많습니다."

"아뇨. 아니요! 이 늦은 시간에 더 이상 실례를 끼칠 순 없죠!"

옆에 있는 에이미 스피너도 자신들을 가만두지 않을 거다.

일련의 소동으로 거나하게 올라왔던 술이 깬 그녀들은 자책하며 종혁에게 고개를 숙였다.

"오늘 일은 정말 미안해요. 다음에 정식으로 사과할게요. 아니, 내일 시간 괜찮으신가요?"

"스테파니!"

깜짝 놀라는 에이미 스피너에 스테파니 조앤은 종혁을 보며 윙크를 했고, 종혁은 피식 웃었다.

"음…… 12시에 잠깐 시간이 나긴 합니다."

저녁엔 다른 이들과 약속이 있다.

정중한 사과에 마음이 풀린 종혁이 긍정적인 답변을 하자 그녀들은 활짝 웃었다.

"잘됐네요! 그럼 저희 점심 함께 먹어요! 저희가 살게요! 한국 사람이시니 한식 괜찮죠?"

"한식이요? 예, 뭐……."

'흠. 이러다 다른 음식은 못 먹는 거 아니야?'

LA까지 왔음에도 한식만 먹다 귀국을 할 것 같은 불길한 예감.

"알겠습니다. 그럼 12시 30분에 뵙도록 하겠습니다. 만날 장소는 에이미 핸드폰에 남겨 놓겠습니다."

"알았어요! 그럼 내일 봐요!"

스테파니와 로빈은 재빨리 사다리를 타고 넘어갔고, 에이미 스피너는 종혁을 보며 어쩔 줄 몰라 했다.
"미안해요, 최. 정말 제 의지가 아니었어요."
"알고 있습니다. 밤공기가 찹니다. 어서 들어가 보세요."
"……내일 봐요."
그렇게 에이미 스피너도 넘어가자, 사다리를 바라보던 종혁은 고개를 저으며 그냥 저택으로 돌아왔다.
'놔두면 쉽게 넘어오겠지.'
이런 걸 보면 연예인도 참 할 만한 일이 아니었다.
"잉? 에이미 씨는요?"
"돌아갔어. 그런데……."
어느새 정장을 입고, 머리까지 다듬은 최재수와 현석.
"됐다. 옷이나 갈아입고 와."
"예……."
"에이."
둘은 자신들의 방으로 돌아갔다.

* * *

"빨리 가시죠!"
차량을 이용해 파파라치를 따돌리고 코리아타운의 공용주차장에 차를 세운 종혁이 마치 오랜만의 산책에 어쩔 줄 몰라 하는 강아지처럼 앞장서는 최재수와 현석을 보며 고개를 젓는다.

"오늘 만난다는 사람들이 여성인 거지?"

안드레 교수가 눈을 가늘게 뜨자 종혁이 피식 웃는다.

"여성은 여성이죠. 괜찮으시죠?"

"물론이지!"

한 살이라도 젊은 사람과 함께하면, 자신도 한 살 더 어려지는 기분이다. 이런 만남은 백 번이고, 천 번이고 환영이었다.

"그런데 대체 누구야?"

"그건 가서 보시면 압니다."

어제 일에 대한 작은 복수.

종혁은 곧 있으면 놀랄 안드레 교수를 떠올리며 걸음을 옮겼고, 이내 곧 수라간 근처에 서 있는 에이미 스피너들을 발견할 수 있었다.

그런데 그녀들의 행동이 좀 이상하다.

수라간을 바라보며 어쩔 줄 몰라 하는 그녀들.

그녀들뿐만 아니다. 수라간 앞에 여러 명이 모여 그녀들처럼 어쩔 줄 몰라 하고 있다.

"······빌어먹을!"

서로를 바라본 종혁과 안드레 교수는 다급히 수라간을 향해 몸을 날렸고, 이내 굳어 버렸다.

눈을 비벼도 사라지지 않는 광경.

"이건 또 뭐야······."

종혁은 유리벽이 깨진 수라간을 보며 눈을 부릅떴다.

마치 외벽처럼 바람을 막으며 손님들로 하여금 안과 밖을 보게 만드는 여섯 장의 통유리벽.
　그중 하나가 박살 나 있고, 유리벽의 파편들이 가게 안쪽으로 널려 있다.
　'밖에서 전해진 충격이 유리벽을 박살 냈어.'
　"리!"
　안드레 교수가 다급히 안으로 뛰어 들어가자, 수라간 안을 훑어본 종혁이 에이미들에게 다가간다.
　'사람이 다쳤어.'
　가게 안, 반창고와 소독약을 바르는 사람들이 있다.
　단순한 사고일 수도 있고, 누군가의 테러일 수도 있지만 일단 형사로서 해야 할 일을 해야 했다.
　"에이미."
　"최!"
　"어떻게 된 일입니까?"
　"모, 모르겠어요."
　차량을 이용해 파파라치들을 따돌린 후 공용주차장에서 걸어온 그녀들이 수라간에 도착했을 땐 이미 이런 모습이 펼쳐져 있었다.
　그래서 그녀들도 당황하는 중이었다.
　"아! 오는 길에 이쯤에서 뭔가 깨지는 소리가 들리긴 했는데……."
　"그게 언제였습니까?"
　"음. 5분 전?"

"알겠습니다. 에이미, 미안하지만…….."
"저흰 근처에 있을게요. 곧 경찰이 올 거잖아요."
"……미안합니다."
스테파니와 로빈에게도 고개를 숙인 종혁은 옆에 있는 사람들에게, 이미 최재수가 탐문을 하고 있는 사람을 제외한 사람들에게 다가갔다.
"경찰입니다."
"아, 예!"
"혹시 무슨 일인지 목격하신 게 있으신가요?"

뚜벅뚜벅!
탐문을 마치고 수라간 안으로 들어온 종혁이 안드레가 손을 꼭 잡고 있는 장년 여성, 사장인 이미애에게 다가간다.
안드레가 달래고 있지만, 놀람이 가시지 않는지 눈이 흔들리고 있는 그녀.
"사장님."
"아, 오셨어요."
"어떻게 된 일인지 기억하십니까?"
"모, 모르겠어요."
평소처럼 몰려드는 손님에 정신이 없던 와중에 갑자기 유리벽이 깨졌다. 그때부터 정신이 없어졌기에 어떻게 된 일인지 파악조차 할 수가 없었다.
"최, 뭔가 알아낸 것 있어?"

종혁은 고개를 저었다.
"모두 당시 상황을 목격하지 못한 것 같습니다."
"끙. 이게 대체 무슨 일이야……."
'그러게 말입니다.'
한숨을 내쉰 종혁은 이미애를 안드레에게 맡기곤 사건 현장으로 다가갔다.
밖에서 봤던 것처럼 안으로 비산한 유리 파편들.
유리벽 앞에 있던 테이블들 위, 음식 위에도 유리 파편들이 널브러져 있다.
'일반 유리가 아니라서 다행이야.'
아니었다면 끔찍한 참상이 벌어졌을 거다.
날카로운 눈으로 파편들을 훑어본 종혁은 현석에게 다가갔다.
피해를 입고 치료 중인 사람들에게 탐문을 하고 있는 현석.
"현석아, 뭐 나온 거 있어?"
"있슴더!"
"있어?"
종혁의 눈이 번쩍 떠진다.
"여기 이분께서 어떻게 된 일인지 목격하셨심더!"
종혁은 얼굴에 많은 찰과상을 입은 오십대 동양인 여성, 아니 한국인 여성을 봤다.
"그, 그게 흑인이었어요."
"예?"

"흑인이요, 흑인!"

후드티를 입고 마스크를 쓴 흑인이었다. 체구는 호리호리했다.

"그놈이 갑자기 가게에 돌을 던졌어요!"

종혁은 미간을 좁혔다.

"갑자기 돌을 던졌다고요?"

"그래요, 돌! 저기 저 벽돌!"

여성이 멀지 않은 곳의 테이블 아래 널브러져 있는 벽돌을 가리키자 종혁이 눈을 크게 뜬다.

새하얀 종이에 감싸여 있는 벽돌.

외투를 벗어 장갑처럼 이용해 종이를 벗겨 낸 종혁은 이내 낯빛이 굳어졌다.

"인종차별주의자는 죽어라……?"

순간 눈앞이 아득해지는 글귀.

"미친……?"

테러다.

종혁의 얼굴이 흉악하게 일그러지는 순간이었다.

콰장창!

"꺅!"

"으악!"

"인종차별주의자는 죽어 버려! 이 예비 살인자들!"

후다닥!

"최재수! 강현석! 멈춰!"

"부국장님!"

여긴 미국이다. 총기의 소지가 자유로운 미국.

권총 한 자루 없는 상황에서 무리하게 범인을 뒤쫓다가는 비명에 갈 수 있었다.

최재수와 현석이 반발할 때, 저 멀리서 사이렌 소리가 들려오기 시작했다.

삐요오오옹!

종혁의 얼굴은 더 심하게 구겼다.

"빨리도 온다, 씨발."

사건이 발생한 지 거의 15분이 흐르고 나서야 도착을 한 경찰들.

갑자기 LA란 도시가 거지 같아지기 시작했다.

* * *

느릿하게 안으로 들어온 두 명의 경찰이 가게 안의 풍경을 보며 혀를 내두른다.

그 모습을 본 종혁은 그들에게 다가갔다.

"대한민국 경찰청 외사국 소속 최종혁입니다."

"……?"

"그렇게 말해도 모를 거야. 여긴 내가 설명하지."

안드레 교수가 앞으로 나서며 누군가와 통화를 하던 핸드폰을 내민다. 그에 의아해하며 받아 든 둘은 기겁하며 경례를 했다.

"마, 만나 뵙게 되어 영광입니다, 교수님!"

"이쪽의 최 역시 나 못지않은, 아니 나보다 더 대단한 권위자이자 한 명의 경찰이니 무시하지 않는 게 좋을 거야. 참고로 FBI와도 깊은 관계지."

"그, 그럴 리가요."

땀을 삐질 흘리는 경찰들을 일견한 안드레 교수는 다시 이미애에게로 향했고, 종혁은 눈빛이 달라진 두 경찰을 봤다.

"제가 경찰이란 건 방금 들으셨죠?"

"아, 예. 어떻게 된 일입니까?"

"저도 사건이 발생한 이후 도착한 것이라 정확한 내용은 파악하지 못했지만, 지금까지 파악한 내용을 설명해 드리겠습니다."

종혁은 탐문 조사를 한 내용과 벽돌에 감싸여 있던 협박 메시지를 보여 줬고, 둘의 얼굴이 와락 구겨졌다.

미국인들이 가장 끔찍이 싫어하는 인종증오범죄. 그것도 동양인을 향한 흑인의 인종증오범죄다.

이번 사건은 단순히 동양인을 싫어하는 수준이 아니라 증오를 하기에 벌어진 사건이었다.

흑인 경찰은 얼굴을 구기며 종혁에게 고개를 숙였다.

"제가 흑인들을 대표할 순 없지만, 그래도 대신 사과드립니다."

"사과를 받을 대상은 제가 아닙니다."

"······저분들에겐 곧 사과드리도록 하겠습니다."

고개를 끄덕인 종혁은 입을 열었다.

인터넷의 이면 〈267〉

"오늘처럼 동양인을 향한 흑인의 인종증오범죄가 많이 발생하고 있는 겁니까?"

일단 감식반부터 호출한 경찰들은 고개를 저었다.

"많은 수준은 아닙니다."

"그래도 종종 일어나고 있죠. 하지만 이번처럼 가게를 직접적으로 공격하는 행위는 거의 발생하지 않다고 보셔도 무방합니다."

대부분 개인이나 무리를 공격하고 위협하는 수준이다. 이렇게 가게를 습격할 정도는 아니다.

게다가 이곳은 한국인들이 모여 사는 코리아타운이다.

여길 봐도, 저길 봐도 죄다 한국인뿐인 코리아타운.

자신의 편이 한 명도 없을 이곳에서 이런 짓을 벌인다는 건 정신이 나간 게 아니고서야 하기 힘든 일이었다.

그 말에 종혁이 눈을 가늘게 뜨며 고개를 끄덕인다.

"어떤 정신 나간 놈이 벌인 짓인지는 CCTV를 확인해 보면 금방 알 수 있겠죠."

"당신이 넘겨준 종이와 벽돌에서도 놈들의 DNA와 지문을 발견할 수 있을 겁니다."

"부디 그러길 바라야죠. 아, 그리고 두 번째로 테러를 저지른 놈의 얼굴과 옷차림은 제가 직접 봤습니다. 손등의 문신이 있는 놈이었습니다."

처음 테러를 저지른 놈은 마스크와 후드로 얼굴을 가리고 있었지만, 두 번째 놈은 무슨 배짱인지 얼굴을 훤히 드러내 놓고 있었다.

"오!"

"하지만 제가 지금 포럼에 참가하고 있는 중이라 오후 6시 이후에나 시간을 낼 수 있을 것 같습니다. 괜찮겠습니까?"

"그럼 그때 뵙도록 하겠습니다. 저희에게 더 말해 주실 부분은 없으십니까?"

종혁은 현석과 최재수를 불렀다.

"예!"

"여기 이분들에게 탐문한 내용을 알려 드려."

"예, 알겠심더. 그게…… 일단 첫 번째 범인은 이십대에서 삼십대 사이로 보이고, 후드엔 어떤 문양이……."

현석과 최재수는 빠르게 알아낸 내용들을 말하기 시작했고, 경찰들은 그걸 수첩에 빠르게 적어 갔다.

그 모습을 바라보던 종혁은 안드레 교수와 이미애에게 다가갔다.

"괜찮으십니까?"

"대체 이게 무슨 일인지 모르겠네요……."

그동안 흑인들을 무시했다면 억울하지라도 않을 거다. 그러나 그녀는 여태까지 그 어떤 인종을 가리지 않고 두루두루 잘 지내 왔다고 자부할 수 있었다.

그렇기에 지금 이 모든 게 혼란스럽기만 할 뿐이다.

"아무래도 놈들이 목표를 착각한 걸 겁니다, 리."

"……정말 그럴까요?"

"예. 그럴 겁니다."

"그래도……."

종혁은 위로를 하는 안드레 교수와 위로를 받는 이미애를 바라보다 가게를 나섰다.

찰칵! 치이익!

'대체 어떤 새끼들이 이런 짓을 저지른 걸까.'

그보다 의문인 건 이런 짓을 저지른 이유다.

거기다 두 번째 범인이 외친 예비 살인자라는 말.

그것이 못내 마음에 걸린다.

"인종 차별에 무슨 이유가 있겠냐마는……."

좆같은 인종차별주의자들이 좆같은 마음에 벌이는 게 바로 인종증오범죄다. 인종차별주의자들을 정상인의 시선에서 판단하면 안 된다.

"뭐 경찰이 조사하면 곧 밝혀지겠……."

지이잉! 지이잉!

"아차! 네, 에이미. 지금 어디세요?"

종혁이 다급히 걸음을 옮기려던 순간이었다.

"예?"

갑자기 그의 발을 멈춰 세운 에이미의 말.

"……알겠습니다. 지금 바로 가겠습니다."

종혁은 이를 악물며 그녀들이 있는 근처의 카페로 달려갔다.

딸랑!

"일행 있습니다."

카페의 문을 열고 들어간 종혁이 안쪽으로 향한다.
"최!"
"커뮤니티 사이트에 이상한 글이 올라와 있다고요? 아, 일단 크게 다치신 분은 없으니 안심하셔도 될 겁니다."
"휴."
안도의 한숨을 내쉰 에이미와 스테파니가 로빈을 본다.
그에 로빈이 입술을 깨물다 한숨을 내쉰다.
"일단 확실한 건 아니에요."
"괜찮으니 말해 주시겠습니까?"
종혁은 자리에 앉았고, 로빈은 흔들리는 눈으로 종혁을 봤다.
"혹시 흑인들에게 흑인들만의 커뮤니티 사이트가 있는 걸 아시나요?"
"예전에 들어 본 기억은 있습니다."
피부가 검다는 공통점 하나만으로 모르는 사이라도 서슴없이 형제라고 말하는 게 바로 흑인들.
그런 흑인들만의 커뮤니티 사이트가 있다는 말은 예전에 FBI 뉴욕 지국에서 근무할 때 들어 봤다.
단순한 일상부터 누군가를 향한 욕, 그리고 유용하게 써먹을 수 있는 팁 같은 걸 공유하는 커뮤니티 사이트.
뉴욕에 개설된 그런 커뮤니티 사이트만 수십, 아니 수백 개였던 걸로 기억한다.

그 말에 로빈이 고개를 끄덕인다.
"그럼 말하기가 편하겠네요. 그런 커뮤니티 사이트들이 여기 LA에도 있어요."
정확한 개수는 흑인인 그녀도 잘 모른다. 다만 대표적이라고 말 할 수 있는 몇 개의 사이트를 알고 있고, 그녀도 자주 접속을 하고 있을 뿐이다.
"방금 전에도 그 사이트들에 접속을 해 봤는데……."
일행의 가장 연장자인 에이미 스피너가 종혁 때문에 정신을 딴 곳에 팔고 있고, 스테파니도 매니저와 통화를 하고 있어서 잠시 무료해진 김에 접속을 했던 커뮤니티 사이트.
그곳에 이상한 글들이 올라와 있었다.
"이 글들이에요. 오늘의 베스트들이요."
"잠시 실례하겠습니다."
로빈이 넘겨준 핸드폰을 본 종혁이 미간을 좁힌다.
'우리 아이가 코리아타운에서 화상을 입었어요'라는 제목으로 시작을 한 게시글.
"코리아타운의 한 식당에서 일하는 서버가 자신의 아이의 얼굴에 뜨거운 수프를 엎었는데, 별다른 사과조차 하지 않았다?"
"보상금은커녕 구급차도 불러 주지 않았고, 가게에서 소란을 피우지 말라며 내쫓았대요. 그래서 씩씩거리며 집에 돌아와 보니 자신의 아이의 얼굴과 몸에 화상을 입었는데, 현재 치료 중이라는 내용이에요."

그리고 마지막으로 이걸 어떻게 해야 하냐며 커뮤니티 사이트 유저들에게 도움을 구하고 있었다.

'이게 말이 돼?'

제아무리 정신없는 상황이었더라도 이런 건 말이 안 된다. 분명 비명이 터졌을 것이고, 사람들의 이목은 집중됐을 테니 말이다.

무엇보다 집에 도착해서야 아이의 화상 사실을 알아차렸다는 건 이상한 일이었다.

'뭐 일단 이건 넘어가고…….'

계속 글을 읽어 가던 종혁은 왜 로빈이 이상하다고 말했는지 알 것 같은 부분을 찾아냈다.

"나이 든 유색인종 서버들이 서빙을 하는 코리아타운의 식당……."

"아까 보니까 가게 유니폼으로 보이는 독특한 옷을 입고 있는 사람들 모두 나이가 많이 드셨더라고요."

"관찰력이 좋으시군요."

"흐흠. 칭찬 고마워요. 그런데 그 게시글이 끝이 아니에요. 다른 글도 있어요."

종혁의 옆으로 간 로빈이 핸드폰을 조작해 다른 글을 보여 주었다.

이번 건 제목부터 뒤통수를 후려쳤다.

"임산부인데 코리아타운의 식당에서 직원에게 배를 걷어차였다……?"

보자마자 오늘 테러를 저지른 두 번째 범인의 말이 이

해되어 버리고 마는 제목.

종혁은 다급히 글을 읽어 내렸다.

자신은 한국전쟁에 참여한 할아버지의 영향으로 한식을 좋아하게 된 흑인이라는 말로 시작한 글을 읽어 내리던 종혁은 얼마 읽지도 못하고 눈을 껌뻑였다.

다른 음식을 시키고자 종업원을 불렀다는 게시글의 작성자.

'메뉴판을 달라고 했는데, 다 먹었으면 꺼지라고 했다고?'

그런 뉘앙스로 말했다고 적혀 있다.

"미친 건가?"

정신 이상자가 아닌 이상 보일 수 없는 모습.

"그래도 좋은 날이라 애써 참고 그냥 식당을 나왔는데, 종업원이 쫓아와 팁을 주지 않냐며 머리를 잡아당겨 넘어트리고 배를 걷어찼다는 거예요."

정신이 아찔해지는 로빈의 말.

죽여라, 식당을 폭파시켜라, 그 식당 어디냐, 한국인을 모두 죽여야 한다는 원색적인, 아니 그보다 더 지독한 비난들이 쏟아지고 있었다.

"이걸 믿는…… 아니……."

이 말이 진실인지 아닌지는, 이들이 말하는 식당이 수라간이 맞는지 아닌지조차도 확신을 할 수가 없다.

다만 확실한 건 이 불타오르는 커뮤니티 사이트 속 흑인들에게 수라간의 좌표가 찍혔다는 것이다.

"후우. 감사합니다."

로빈에게 핸드폰을 내민 종혁은 에이미를 봤고, 에이미는 걱정 말라는 듯 미소를 지어 주었다.

"상황이 정리되면 연락 주세요."

"……미안합니다. 곧 연락드리겠습니다."

고개를 깊이 숙인 종혁은 몸을 돌렸고, 빠르게 카페를 빠져나갔다.

* * *

웅성웅성!

수라간으로 돌아오니 감식반이 폴리스라인을 치고 있었고, 이미애와 직원들이 막 옷을 챙겨 들고 밖으로 나오고 있었다.

"최?"

다시 돌아온 종혁에 안드레 교수가 의아해하며 다가온다.

"지인들에게 간다고 하지 않았어?"

"그렇긴 했는데…… 잠시만요."

종혁은 이미애에게 다가갔다.

"사장님."

"아, 감사해요."

자신들이 정신없던 상황에서 사람들의 증언을 모으고 경찰에게도 알려 준 종혁. 감사함을 이루 말할 수 없다.

인터넷의 이면 〈275〉

"아닙니다. 한 명의 경찰로서 해야 할 일을 했을 뿐입니다. 그보다 여쭙고 싶은 게 있습니다."
"네? 네. 어떤 게 궁금하신 거죠?"
"혹시 이곳 코리아타운에 사장님 식당처럼 연세가 지긋하신 분들을 종업원으로 고용하는 식당이 있습니까?"
"아…… 니요?"
대부분 젊은 사람을 종업원으로 고용한다.
"제 기억에는 없어요. 그런 곳이 있다 한들 코리아타운에서 오랫동안 장사한 곳일 거예요."
처음 가게가 생겼을 때부터 함께했거나 사장과 직원의 합이 잘 맞아 10년, 15년 함께 일하지 않는 이상 나이 많은 사람이 서버로 있는 곳은 드물다고 봐야 했다.
"그렇게 일을 한다고 해도 한두 명 정도가 전부일 거고요. 왜 그러시죠?"
"그러면 혹시 어제 어린아이에게 뜨거운 국물을 엎었거나 불쾌해하며 가게를 나가시는 손님과 싸운 적이 있습니까?"
"어?!"
그걸 어떻게 아냐는 듯한 이미애의 모습에 종혁은 이마를 잡았다.
"여기가 맞았네."
"네?"
"아무래도 어제 그런 피해를 입은 손님들께서 화가 많이 나신 것 같습니다."

종혁은 흑인 커뮤니티 사이트의 게시글에 대해 말했고, 이미애는 경악했다.
 "자, 잠깐 그러면?"
 그녀 자신도 모르게 어제 사고를 친 종업원들을 바라보는 이미애.
 "뭐야. 무슨 말을 했기에 리가 이런 반응인 거야?"
 종혁은 예민해지는 안드레 교수의 모습에 사정을 설명했고, 안드레 교수는 다급히 이미애가 바라본 종업원들을 바라봤다.
 그렇게 그와 그녀의 시선을 받은 종업원들은 손으로 입을 가렸다.
 "맙소사……."
 종업원들의 얼굴이 하얗게 질렸다.

* * *

 딸랑!
 음식이 담긴 트레이를 끌고 가던 노년의 여성이, 카운터에 서서 식당을 빠져나가는 백인 남성을 빤히 바라보는 이미래를 보며 푸근히 웃는다.
 '하긴, 혼자 된 지 오래되긴 했지.'
 젊은 나이에 남편과 사별한 이후, LA로 건너와 식당을 차린 이미애. 이후 식당을 성공시키기 위해 밤낮없이 일했고, 당연히 새로운 남자를 만날 시간은 없었다.

그렇게 20년 가까이 오직 일만 하며 살아온 그녀다.

수라간도 이 정도면 충분히 성공했다고 볼 수 있으니 이젠 본인의 인생을 찾아야 했다. 20년을 독수공방했으면 먼저 간 남편분도 분명 이해해 줄 것이었다.

'응원할게요, 우리 귀여운 사장님.'

마치 사랑 고백을 처음 받은 소녀처럼 어쩔 줄 몰라 하던 사랑스런 모습.

몽실몽실해지는 가슴 때문인지 평소보다 더 환한 미소를 지은 그녀는 음식을 기다리는 손님들에게 다가갔다.

"음식 나왔습니다."

"와우!"

트레이에 가득 놓인 음식들에 놀라는 사람들을 보니 가슴이 절로 뿌듯해진다. 언제나 이런 모습을 볼 때마다 이 수라간에서 일하는 게 자랑스러워진다.

'이게 한국인의 정이에요, 손님들.'

"소고기뭇국은 어느 분이 시키셨나요?"

"아, 가운데 놔주세요."

"네, 알겠습니다."

집게로 뚝배기를 옮기는 순간이었다.

후다닥! 퍼억!

"악?!"

순간 무언가 허리를 들이받은 충격과 함께 손등을 덮치는 뜨거운 국물.

'뜨, 뜨거워!'

손등이 타들어 가는 것 같다.

하지만 고통스러워할 틈조차 그녀에겐 없었다.

"으아아앙!"

가게를 꿰뚫는 비명과 아이의 울음소리.

반사적으로 고개를 돌렸던 그녀는 그제야 갑작스레 자신의 허리를 들이받은 것이 꼬마임을 알아차렸다.

방금 전부터 뛰어다녔던 아이. 이미 한 번 부모에게 주의를 줬지만, 일행과 대화를 나누느라 방치됐던 아이였다.

그리고…….

"꺄아아악! 잭-!"

"헉?!"

아이의 얼굴 반쪽이 빨갛다.

'서, 설마?!'

"어떡해! 어떡해!"

눈앞이 아찔해진 그녀는 찬물을 찾아 주위를 두리번거렸고, 그런 그녀에게 이미애가 다급히 뛰어온다.

"뭐예요! 무슨 일이에요?!"

뭔가 심상치 않은 그녀의 모습에 이미애의 얼굴이 딱딱하게 굳는다.

"당신이 사장이야? 이거! 이거 어떡할 거야-!"

아이 엄마의 분노가 가게를 뒤흔들었다.

"죄송합니다. 죄송합니다! 사례는 할 테니…… 아니,

일단 병원부터 가시죠! 911부터 연락해요! 수건도 찬물에 적셔 오고요!"

"네, 네!"

정신이 없어진 식당 안.

종업원들은 정신없이 뛰어다녔고. 손님들도 무슨 일인가 하며 쳐다본다.

그 순간 눈을 데구루루 굴린 한 여성이 일행을 보곤 고개를 끄덕이며 몸을 일으킨다.

혼란스러운 분위기였기에 누구도 식당을 나서려는 그녀를 신경 쓰지 않았다.

콩닥콩닥 뛰는 심장.

그녀가 문을 잡고 미는 순간이었다.

"잠시만요, 손님."

움찔!

등 뒤에서 부르는 소리가 들렸지만, 그녀들은 모른 척 문을 밀었다. 그에 그들을 부른 젊은 종업원이 빠르게 다가와 그녀들을 향해 빙긋 웃어 준다.

"식사는 맛있게 하셨을까요?"

"예, 뭐……."

"휴. 다행이네요. 그러면 계산을 하셨을까요?"

"아, 했어요."

"그러세요?"

'안 했을 텐데?'

이 손님들이 일어서자마자 주시를 하고 있던 종업원은

여전히 미소를 지으며 입을 열었다.

"음. 죄송합니다, 손님. 지금 가게가 정신이 없어서 제가 착각을 하는 것일 수도 있으니 영수증 좀 보여 주실 수 있을까요? 만약 계산을 하셨다면 제가 깊이 사과드리겠습니다."

"지, 지금 내가 거짓말을 했다는 거야?! 너 내가 누군지 알아?! 너 따위 검둥이 년은 상상도 못할 사람이야! 너 따위가 프로파일러가 뭔지는 알아?! 비켜!"

퍽!

종업원을 밀친 그들은 밖으로 나가려고 했지만, 젊은 종업원은 그럴 수 없다는 듯 그들의 손을 잡아당겼다.

"죄송하지만 계산을 하지 않으셨다면 나가실 수 없습니다."

"이년이 진짜!"

짜악!

'어?'

종업원이 화끈거리는 볼에 잠시 멍해지고, 주위 사람들과 근처를 지나던 나이 든 종업원이 경악하며 달려온다.

"무슨 일이야! 저 무슨 일일까요, 손님?"

"내가 계산을 안 했다잖아! 여긴 손님을 도둑으로 몰아도 되는 거야?! 어?!"

"그, 그러세요? 저, 정말 그랬다면 저희 직원을 대신해서 사과드리겠습니다."

"흥! 배운 게 없어서 이딴 곳에서 일하는 년 따위가 어딜. 아니, 부모가 없어서 못 배운 건가?"

젊은 종업원과 나이 든 종업원이 하얗게 질린다.

"소, 손님!"

경악하며 나서는 나이 든 종업원의 얼굴에 분노가 서리자 그들이 주춤 물러선다.

"이, 이딴 거지 같은 식당도 식당이라고! 다신 여기 오나 봐라! 카악, 퉤!"

'아?'

누런 가래침이 옷에 뱉어지자 종업원의 시간이 멈춘다.

'거지 같은?'

가슴 깊은 곳에서부터 분노가 부글부글 끓기 시작한다.

옷에 침이 뱉어진 것 때문이 아니다. 이곳에서 서버를 하면서 진상 손님을 한두 번 봤을까.

부모가 없다는 말 때문도 아니다. 그건 진실이었으니까.

그녀를 분노케 하는 건 이 식당, 수라간이 욕을 먹어서다.

부모님이 돌아가시면서 하이스쿨을 관둬야 했던 그녀.

어린 동생들을 키우기 위해선 돈이 필요했지만, 하이스쿨도 나오지 못한 미성년자가 일할 수 있는 곳은 불법적인 곳 말고는 없었다.

그런 와중에, 정말 몸을 팔아야 하는 걸까 눈물을 흘리던 와중에 이미애 사장님이 자신의 사정을 딱히 여기며 고용해 주셨다.

변호사를 선임해 사회활동을 할 수 있게 해 주셨고, 덕분에 동생들은 배를 곯지 않을 수 있었고, 무사히 대학에 입학할 수 있게 됐다.

그때부터 이미애 사장님은 자신의 또 다른 어머니셨고, 이곳 수라간은 그녀의 자부심이었다.

그런 수라간이 폄하를 받은 거다. 저딴 범죄자 따위에게.

눈이 돌아간 종업원 애나는 가게를 나선 그들을 따라가 머리를 향해 손을 뻗었다.

"이 빌어먹을 검둥이 년이!"

"악?!"

"어디 가! 밥을 먹었으면 돈을 내란 말이야! 그 음식을 만들기 위해 얼마나 많은 사람이 노력을 하는지 알아-?!"

동이 트지 않은 새벽부터 일어난 사장님께서 시장에 가서 직접 식재료를 고르고, 아침부터 출근한 주방 직원들이 하나하나 세심하게 다듬어 손님께 내놓는 거다.

오직 손님께 맛있는 식사를 대접하고 싶다는 일념 하나로 그렇게 노력을 하시는 거다.

"이, 이 미친년이 진짜!"

퍼억!

"사과해! 사과하라고-!"

애나는 머리채가 잡히고 복부가 걷어차였지만, 아랑곳하지 않고 그들을 잡고 늘어졌다.
그렇게 셋은 땅바닥을 구르며 악을 질렀다.

* * *

"저, 저는 가는 병원이 따로 있다고 해서 치료비와 사례금만 드려야 했어요."
의도적이진 않았어도 아이에게 화상을 입혔던 직원이 울먹이며 항변한다.
911을 부르려고 했으나, 자신이 계속 다니는 병원 있다며 극구 거절한 탓에 어쩔 수 없이 피해자가 요구한 피해 보상금만 주고 떠나보냈다.
계좌번호를 까먹었다는 둥, 그 병원은 현금을 내야 할인을 받는다는 둥 여러 이유를 대며 현금으로 요구했던 그들.
미간을 좁힌 종혁은 고개를 끄덕이고는 어제 트러블이 있었던 애나라는 직원을 돌아봤다.
"전 절대 배를 때리지 않았어요!"
"맞아요! 애나는 계속 머리만 잡고 있었어요!"
"저희가 떼어 낼 때도 배를 건드리지 않았고요!"
"음. 그렇습니까. 알겠으니까 일단 진정하시죠."
"대체 무슨 생각으로……!"
억울함을 표출하는 애나의 모습에 종혁도 답답해진다.

얼굴에 화상을 입은 아이의 부모는 그나마 이해할 수 있다.

아이가 뛰어다니다 종업원에게 부딪쳐 일이 벌어진 것이지만, 아이가 자리를 벗어나 뛰어다니는 것을 부모가 만류하지 못해 벌어진 일이지만 이해할 수 있었다.

아무리 훈육을 해도 아이들이 전부 부모의 뜻대로 움직여 주는 것은 아니고, 찰나의 방심으로 아이를 놓쳤을 수도 있으니까.

이미 한 번 주의를 줬다고 해도 일행과 중요한 이야기를 나누고 있었기에 잠시 방심한 것일 수 있다.

또한 다른 곳도 아닌 얼굴에 화상을 입었으니 그 부모의 심정이 오죽할까.

그러니 그런 글을 썼을 거다.

종업원에겐 아무런 잘못도 없기에 이해하기 싫지만, 어떻게든 이해를 할 수 있었다.

그런데 이 사람보다 더한 악질은 무전취식을 하려다가 도망치다 잡힌 이들이었다.

그저 많은 사람 앞에서 드잡이질까지 했으니 쪽팔림에 그 짜증과 화를 인터넷에 풀어낸 것이 분명한 이들.

악의밖에 존재하지 않는 이들의 행위는 도무지 이해할 수 없었다.

'이해를 하고 싶지도 않고. 언제나.'

종혁은 심란한 표정을 짓고 있는 이미애를 향해 고개를 돌렸다.

"혹시 CCTV를 확인할 수…… 아니, 이미 수거해 갔겠군요."

아쉽지만 범인들의 얼굴을 확인하는 건 오늘 저녁에 경찰서에 들른 이후여야 할 것 같다.

"음……."

"응?"

종혁은 어색해하는 이미애의 모습에 의아해했다.

"저희 식당에 CCTV가 몇 개 없어서요……."

"예?"

"가게 전체를 비추는 것 하나와…… 카운터를 비추는 것밖에 없어요. 그것도 화질이 나쁘고요."

아마 어제 그 사람들의 얼굴을 식별할 순 없을 거다.

"……아이고."

종혁이 이마를 잡는다.

"죄, 죄송해요."

"사장님께서 죄송하실 건 없죠. 그래도 앞으론 돈이 좀 들어도 CCTV를 많이 설치하시는 게 좋을 겁니다. 또다시 이런 일이 벌어졌을 때 증거로 쓰셔야 하잖아요."

"네……."

"그래도 경찰들이 가져갔죠?"

"아, 아뇨……."

예상치 못한 대답에 종혁은 순간 두통이 밀려옴을 느꼈다.

"후. 혹시 제가 확인해 봐도 괜찮을까요? 혹시나 범인의 얼굴이 찍혀 있을 수도 있으니까요."

"네. 이쪽으로……."

"안드레 교수님?"

"알았어."

감식반이 폴리스라인을 쳤기에 경찰이 아니면 가게 안으로 들어갈 수 없는 상황이다. 안드레 교수의 도움이 필요했다.

그렇게 그들은 안드레 교수를 앞세워 수라간 안으로 들어갔다.

"……하아."

종혁과 안드레 교수를 비롯한 사람들이 탄식을 내뱉는다.

"혹시나 했는데……."

찍히긴 찍혔다.

그런데 카운터의 맞은편, 식당 출입구 위에 설치된 CCTV라서 임산부라고 자칭하는 여성이나 화상 입은 아이와 그 부모의 얼굴이 옆모습만 겨우 찍혔을 뿐이다.

심지어 밖에서 싸우는 모습은 찍히지도 않았다.

"이런 CCTV는 계산을 하거나 가게를 출입하는 사람들 얼굴이 정면으로 찍히도록 설치했어야 하는데……."

"죄, 죄송합니다. 아는 분께 믿고 맡긴 거라서……."

종혁이 상황을 설명해 함께 영상을 확인한 감식반의 탄식에 이미애는 더 어쩔 줄 몰라 했고, 종혁은 그만하라는 듯 감식반을 응시했다.

"큼."

"일단 이 영상들은 이번 사건을 담당할 형사분들에게 넘겨주시길 부탁드리겠습니다."

"예, 알겠습니다."

"그럼."

다시 수라간을 빠져나온 종혁이 머리를 긁적인다.

'이거 골치 아프게 됐네.'

만약 결제를 하며 카드라도 썼다면 그걸 통해 추적할 수 있었겠지만, 둘 모두 아예 결제조차 하지 않았다.

결국 남은 건 거리의 CCTV를 모두 뒤져 그들의 동선을 쫓는 것이었는데, 과연 그렇게까지 할 거냐는 것이었다.

그런데 여기서 가장 큰 문제는 바로 2차 피해다.

'이번 일이 기사화된다면……'

흑인들이 죄다 수라간으로 몰려들지도 몰랐다.

'한국에서도 이런 커뮤니티 사이트의 글들이 기사화되는데, 미국이라고 다를까.'

아니, 오히려 한국보다 더 심했다. 미국은 삼류 가십지만 찾아보는 사람들도 많기 때문이다.

그 순간이었다.

"사, 사장님!"

모두의 시선이 한 직원에게로 향한다.

무슨 일인지 낯빛이 하얗게 질린 직원. 그녀는 떨리는

손으로 핸드폰을 들어 모두에게 보여 주었다.

-흑인 임산부의 배를 걷어찬 코리아타운의 식당!

"……돌아 버리겠네."
종혁은 눈을 질끈 감았다.
"이, 이러면 안 되는데?"
"리! 정신 차려요, 리!"
안드레 교수가 파랗게 질리는 이미애의 어깨를 잡아 흔든다.
정신을 놓으면 안 된다. 이런 상황일수록 냉정하게 상황을 파악해야 한다.
"일단…… 가게 문부터 닫으시죠."
"안 돼요!"
이미애가 반사적으로 외친다.
식당 장사는 신뢰와 성실이다. 단 하루라도 말없이 가게를 쉬게 된다면 손님이 급감하게 될 거다.
"영업을 하고 있을 때 테러를 당한다면, 그 피해는 식당뿐만 아니라 직원분들과 손님들까지 입게 될 겁니다."
"흡?!"
스마트폰의 보급률과 SNS 이용률이 기하급수적으로 상승하며, 그에 비례하여 정보의 확산도 옛날과 비교할 수도 없이 빨라지게 되었다.
기사가 얼마나 반응을 얻게 될지는 장담할 수 없는 문

제지만, 불이 붙기 시작한다면 무슨 방법으로도 진화하는 게 불가능할 만큼 퍼져 나가는 것이 현대의 언론.

당장 내일에라도 흑인들이 거리로 쏟아져 나와 수라간을 테러할지도 몰랐다.

만약 그로 인해 손님이 다치게 된다면?

손님이 급감하는 게 문제가 아니라, 더 이상 영업을 할 수 없는 지경까지 이를지도 몰랐다.

"……빌어먹을."

반박을 하고 싶은데 반박을 할 수가 없다.

안드레 교수는 금방이라도 무너질 듯한 이미애의 어깨를 꽉 끌어안았고, 종혁은 눈빛을 가라앉혔다.

"그러니 우리도 언론을 이용해야죠."

"언론?"

"막을 순 없어도 최대한 발악은 해야지 않겠습니까."

종혁은 이번 사건의 관련자인 직원들을 돌아봤다.

'이걸 다행이라고 해야 하나……'

이번 사건의 관련자인 직원 둘 모두 흑인이었다. 이 사실까지 알려진다면 흑인들의 분노를 잠재울 수 있을지도 몰랐다.

"하, 할게요!"

"애나!"

"하게 해 주세요!"

자신이 욱하지만 않았더라면 벌어지지 않았을 일이다.

그녀는 이미애에게 고개를 들 수 없을 만큼 미안했다.

"죄송해요, 사장님!"

"……네 잘못이 아니야, 애나."

입술을 깨문 이미애가 눈물을 보이는 애나를 다독인다.

"사, 사장님…… 흑!"

이를 악문 애나는 종혁을 향해 무엇이든 하겠다는 눈빛을 보냈고, 종혁은 고개를 끄덕였다.

"안드레 교수님."

"말해!"

"LAPD 국장을 만나 주십시오."

"그러지!"

최대한 빠르게 수사에 착수해, 오늘이 가기 전 자칭 임산부와 화상을 입은 아이의 부모를 찾아야 한다.

'언제 화상을 입은 아이에 대한 뉴스가 터질지 몰라.'

종혁은 이미애를 봤다.

"사장님은 LA 코리아타운 번영회에 연락해 주십시오."

상황을 설명하고 대책을 강구해야 한다.

테러를 하러 왔는데 수라간이 문을 닫았다면, 흑인들은 그 분노를 주위 상가에 쏟아 낼지도 몰랐다.

"헉! 아, 알았어요!"

"그리고 애나 씨와 제이다 씨는 LA에 있는 모든 흑인 커뮤니티 사이트에 이번 사건에 대한 글을 올려 주십시오. 인터뷰도 준비해 주시고요."

"네!"

"맡겨만 주세요!"

고개를 끄덕인 종혁은 핸드폰을 들며 몸을 돌렸다.

"예, 헨리. LA에서 흑인들에게 인기가 많은 신문사, 언론사들과 연결시켜 주실 수 있겠습니까?"

'어떻게든 이번 사건을 흑인 대 한인 식당이 아니라, 철저히 흑인 대 흑인 사건으로 몰고 가야 해. 사건을 키우는 한이 있더라도!'

그래야 수라간과 이미애, 그리고 수라간의 직원들이 산다.

'문제는…… 아니야. 아직 거기까진 생각하지 말자.'

종혁은 주먹을 꽉 쥐었다.

* * *

미국 동부 범죄학계의 권위자인 안드레 교수의 갑작스러운 등장에 LAPD 국장이 화들짝 놀라 맞이한다.

"흠. 그런 일이 있었군요."

"자칫 92년도에 발생한 흑인 폭동이 다시 발생할 수 있습니다."

움찔!

LAPD 국장의 낯빛이 딱딱하게 굳는다.

아직도 LAPD에게 있어선 부끄러운 역사인 LA 폭동 사건.

무려 2천여 명의 부상자가 발생했던, 결국 당시 LAPD

국장이 책임을 지고 사임할 수밖에 없었던 사건이 언급되자 국장은 상체를 세우며 낯빛을 굳혔다.

"알겠습니다. 빠르게 수사팀을 꾸리도록 하겠습니다."

"······감사합니다. 혹시 파티 좋아합니까?"

"으하핫! 좋은 결과가 있을 테니 걱정 마십시오!"

안드레 교수는 손을 꽉 잡는 국장의 모습에 한시름 놓을 수 있었고, 그런 안드레 교수를 떠나보낸 국장은 소파에 털썩 주저앉으며 담배를 물었다.

찰칵! 치이익!

"후, 후우우."

그저 떠올리기만 해도 심장이 떨리는 말인 92년도 LA 폭동.

입술에 침을 바르던 국장이 돌연 피식 웃는다.

"폭동은 무슨."

몇몇 멍청한 경찰들이 한 흑인을 과잉 진압한 것이 알려지며 발생한 LA 폭동.

그러나 그것은 그저 계기에 불과할 뿐, 오랜 시간 흑인이라는 이유 하나만으로 억압과 핍박을 받으며 쌓이고 쌓였던 설움과 분노가 터져 나온 것이 LA 폭동의 본질이었다.

즉, 커뮤니티에 작성되었다는 사건 정도는 이전에도 얼마든지 있었고, 그때마다 번번이 폭동이 일어나지는 않았다는 말이다.

고작 이 정도 일에 흑인들이 결집할 리도 없고, 귀중한 인력을 낭비할 이유도 없었다.

'그래도 수사는 해야겠지.'

노력하고 있다는 모습은 보여야 했다.

혀를 찬 국장은 전화기를 들었다.

"나야. 쓸 만한 형사 네 명, 아니 여섯 명만 올려 보내."

통화를 종료한 국장은 담배 연기를 길게 뿜었다.

* * *

"흠. 그랬군요. 어디로 갔는지 모른다는 말이시죠?"

"네, 네!"

'안드레 교수를 움직인 보람이 있네.'

LAPD에서 형사 여섯 명을 보내왔다.

여섯 명이면 한 팀을 지원해 준 수준. 이 정도면 만족스럽진 않지만, 부족하진 않은 지원이라고 볼 수 있었다.

고개를 끄덕인 종혁은 기자들을 둘러봤다.

특종을 반박할 특종이라는 말에 쪼르르 달려온 신문사의 기자들.

'연락한 곳의 절반도 안 오긴 했지만, 이것도 여기서 만족해야겠지.'

그래도 이 정도라면 내일 있을 공세를 막아설 방패 정도는 된다.

'일단 여론이 한쪽으로 치우치게 놔두는 것보다는 나을

테니까.'

 어느 쪽 말이 맞냐로 여론이 싸우기만 해도, 흑인들이나 흑인의 편에 서 있는 인권운동가들은 쉽게 움직이지 못할 거다.

 그렇게 시간을 벌고, 사건을 해결하면 된다.

"안드레 교수님."

"오후 포럼에는 참석하지 못하겠지?"

"지금 달려가 봤자 겨우 케이스 하나 정도밖에 못 듣겠죠. 그것도 집중을 못할 테고요."

 그럴 바에는 차라리 주최 측에 부탁해 발표 자료를 얻어 내는 게 나았다. 어차피 영상으로도 남기는 것이니 이해하긴 어렵지 않을 것이다.

"쯧. 수고했어. 아니 고마워, 최."

 종혁이 아니었다면 흑인 커뮤니티를 이용할 생각도 못했을 것이고, 신문사를 부를 생각도 못했을 거다.

 아니, 신문사를 부를 생각은 했어도 겨우 한 곳이나 불렀을 거다.

"뭘요. 사장님이나 잘 다독여 주세요. 많이 놀라셨을 겁니다."

"큼."

 씩 웃으며 안드레 교수의 어깨를 두드린 종혁은 한숨을 쉬며 저택으로 향했다.

"수고하셨습니데이."

"수고하셨습니다."

"그래. 너희도 수고했다."
최재수와 현석이 눈치 빠르게 움직여 준 덕분에 탐문 조사가 빠르게 이뤄질 수 있었다.
"아입니더. 저희가 한 게……."
"그놈들도 잡아야지."
이상한 게시글을 싸지른 놈들도 놈들이지만, 그런 글들을 믿고 테러를 저지를 정신 나간 놈들도 잡아야 한다.
만약 탐문 조사를 제대로 하지 않았다면 그놈들에 대한 건 유야무야 묻히게 됐을 거다.
"일단 좀 씻으면서 머리 좀 식히자."
"예."
"아이고. 이게 대체 무슨 일이고……. 아주 해외만 나왔다 하면…… 행님."
"굿 안 한다."
종혁은 재빨리 화장실로 향했다.
'아차.'
"예, 에이미."
-어떻게 됐나요, 최!
종혁은 마치 기다렸다는 듯 물어 오는 그녀의 모습에 상황을 설명해 줬고, 에이미는 한숨을 길게 내쉬었다.
-잘됐네요. 정말…….
잘됐다. 역시 종혁이었다.
"아니요. 덕분이죠."
에이미와 로빈 펜지 덕분이다.

로빈이 흑인 커뮤니티 사이트의 글들을 읽고 제보해 주지 않았다면, 관련 글이 기사화되어 퍼질 만큼 퍼진 뒤에야 상황을 파악하게 됐을 거다.
 그랬다면 어떤 인명, 재산 피해가 발생했을지 모른다.
 -제가 한 게 있나요…….
 "음. 솔직히 그렇죠?"
 -칫?
 "하핫. 농담입니다. 지금 어디십니까? 혹시 집이라면 넘어오실래요?"
 자신이 넘어가는 것보다는 에이미 스피너가 넘어오는 게, 어제처럼 스테파니 조앤의 집을 통해 넘어오면 파파라치의 시선을 피할 수 있으니 나았다.
 "제 집 구경도 하시고요."
 -정말요? 그래도 돼요?
 당연했다. 이번에 입은 은혜의 일부분이라도 갚아야 했다.
 종혁은 기뻐하는 그녀의 모습에 미소를 지었다.

　　　　　　＊　＊　＊

 "와우!"
 에이미 스피너와 스테파니 조앤, 로빈 펜지가 집 안뿐만 아니라 차고 등 이곳저곳을 둘러보며 눈을 빛낸다.
 '남자의 집은 맞는데…….'

뭔가가 있지만, 뭔가가 없는 남자의 집.

꼭 있어야 할 것만 있는 듯한 느낌과 농구장이나 과할 정도의 피트니스 시설 등 여자의 집엔 딱히 필요가 없는 공간이 있는 것을 보면 딱 그녀들이 제법 봐 온 할리우드와 빌보드 남자들의 저택과 비슷하지만 다른 점이 있다.

'여자를 꼬시기 위해 꾸며 놓은 공간이나 물건이 없어.'

'그런데 냄새가 좋아.'

코끝을 자극하는 시원한 방향제의 냄새.

담배 냄새나 술 냄새, 땀 냄새도 안 나고 정리 정돈도 잘되어 있다.

그것이 그녀들로서는 꽤 신기하게 느껴졌다.

"그동안 대체 어떤 남자들을 만나고 다닌 겁니까……."

"마초요."

"마초이고 싶은 찌질이들이요."

그리고 제 손으론 할 줄 아는 게 하나도 없는 애새끼들.

"자기 분야를 열심히 하고 잘하는 모습이 멋지긴 하지만, 그 외적인 것은 아무것도 못하는 한심한 인간들이죠."

"그런 주제에 입은 잘 놀리는 놈들이에요."

자신들의 남자 형제들도 마찬가지다.

"저런……."

다들 남자 복이 어지간히 없는 것 같다.

"저흰 그런 남자들과 다르다고 말하고 싶지만, 그동안은 관리인이 관리를 해서요. 어제 처음 왔습니다. 하하."

"그걸 말하는 게 아니에요. 당신들은 형사잖아요."
"……확실히 형사 이미지가 좋지 않기는 하죠."
더럽고 험하고. 그건 만국 공통인 것 같았다.
그 말에 여성들은 검지를 까딱였다.
"그게 아니라 그저께까진 전문가의 손길로 관리가 됐더라도 어제부터는 아니었죠?"
기본적으로 셋 모두 깔끔하다는 뜻이다.
"아……."
'관찰력들이 대단하네.'
더 듣다가는 얼굴이 터질 것 같아진 종혁은 싱긋 웃었다.
"아직 식사 안 하셨죠? 아까 못 드신 한식은 어떠십니까?"
"와우! 설마 저희를 위해 음식을 포장해 오신 거예요?"
'그럴 리가.'
그럴 정신도 없었다.
"남자들이 만든 음식도 괜찮으시죠?"
"……와우."
그녀들의 눈이 이 집에 들어온 그 어떤 순간보다 빛나기 시작했다.

"브라보……."
한식을 만드는 모습을 보고 싶다며 부엌에 들어와 음식을 만드는 모든 과정을 지켜보며 이런저런 질문도 던졌던 여성들이 완성된 결과물들을 보며 박수를 친다.

그녀들은 장담할 수 있었다. 눈앞의 이 남자들은 지금 당장이라고 결혼을 할 수 있는 준비된 남자들이라는 걸 말이다.

에이미 스피너는 두 친구의 은근한 눈빛에 아니라는 듯 눈을 부라렸지만, 스테파니와 로빈은 키득키득 웃으며 다시 정원 테이블에 펼쳐진 요리들을 둘러봤다.

"……주위 사람들에게 듣긴 했지만, 한식은 생각했던 것보다 더 건강식이네요."

"맞아. 야채도 많이 들어가고, 소금이나 설탕도 별로 안 넣고."

'별로 안 넣었다고?'

평소 짜게 먹는다고 생각한 최재수와 현석은 깜짝 놀랐지만, 종혁은 푸근히 웃었다.

"확실히 한식이 미국 음식들에 비하면 건강하긴 하죠."

짜고, 달고, 느끼한 미국 음식들.

미국에 놀러 온 한국 사람들이 가장 놀라는 건 바로 미국의 과한 짠맛과 단맛, 느끼함이라고 할 수 있었다.

무엇을 상상하든 그 이상을 느끼게 하는 것이 바로 미국 음식이었다.

"그래서 다이어트 식단으로도 추천할 만하고요."

"오오!"

"자, 음식들 식으니 얼른 먹죠! 오늘 감사했습니다! 건배!"

"건배!"

맥주캔을 부딪친 뒤 음식을 입에 넣은 여성들의 입가에 미소가 맺힌다.

예상한 것보다 더 심심하지만, 너무도 오랜만인 것 같은 소박하면서도 따뜻한 식사.

여성들은 종혁들을 향해 엄지를 치켜세워 줬고, 종혁들도 안심하며 이 자리를 즐기기 시작했다.

그렇게 술이 한두 잔 들어가서일까. 오늘 있었던 일이 자연스럽게 흘러나온다.

"그러면 완전히 해결된 거예요?"

"현재 할 수 있는 일들은 다 했다고 봐야죠."

형사들도 한 팀이 붙었고, 언론이나 흑인 커뮤니티 사이트에도 대처를 해 놓았다.

"별다른 일이 없으면 늦어도 보름 안에 사건이……."

말을 하던 종혁이 에이미 스피너와 스테파니, 로빈을 보며 미간을 좁힌다.

"왜 그러시죠?"

"그게……."

우물쭈물한 그들이 한숨을 내쉰다.

"이쪽 언론들을 너무 믿지 말아요, 최."

"예? 그게 무슨……."

"언론사들에게 가장 중요한 건 결국 매출이니까요."

그렇기에 종혁이 건넨 내용을 곧바로 보도하지 않은 채 사건이 더욱 달아오르기를 기다릴 확률이 높았다.

과실이 더욱 달콤해질 때까지 말이다.
"연예인인 우리들이라서 확신할 수 있어요."
"……빌어먹을!"
종혁은 다급히 핸드폰을 들었다.

* * *

어두운 밤, LA의 한 낡은 아파트의 화장실.
"아!"
살집이 제법 있는 흑인 여성이 긴 생머리를 손가락으로 훑어 내리다 눈을 크게 뜬다.
"또 빠졌어!"
이게 얼마를 주고 한 머린데 또 빠진단 말인가.
어제 머리채를 잡히고 흔들린 이후 계속 빠지기 시작한 머리칼.
흑인 특유의 지독한 곱슬머리를 스트레이트로 편 결과였지만, 그녀에겐 그딴 건 중요하지 않았다.
비싼 돈을 주고 스트레이트로 폈는데, 끊기고 빠지기 시작한 것에 대한 원망을 쏟아 낼 상대가 필요할 뿐이었다.
거기다 얼굴에 여기저기에 난 상처까지.
까득!
"개 같은 년!"
비싼 돈을 주고 머리를 편 김에 기분을 내기 위해 친구와 찾았던 코리아타운의 식당.

 소란이 일어나기에 돈도 아낄 겸 슬그머니 나오려다 종업원에게 머리채를 잡히고 바닥을 구르며 싸우고 말았다.

 "지도 검둥이면 스트레이트 펌이 얼마나 비싼 줄 알 거면서!"

 같은 흑인이면서 왜 자신의 주머니 사정을 이해하지 못한단 말인가.

 "머리털을 다 뽑아 버렸어야 했는데!"

 흑인 여성이 몸보다 더 중요하게 여기는 머리카락을 싹 다 뽑아 버려야 했다. 그랬으면 이 화가 조금이나마 풀렸을지도 몰랐다.

 그녀는 이를 뿌득뿌득 갈며 얼굴에 난 상처에 연고를 발랐다.

 쿵쿵쿵!

 "엔지, 살아 있어?"

 "……쯧."

 문을 열고 나가니 덩치 큰 흑인이 환하게 웃는다.

 "뭐야. 무슨 일이라도 생긴 줄 알고 걱정했잖아. 우리 샤이닝스타는 괜찮……."

 "꺼져."

 배로 향하는 손을 탁 쳐 내는 여성, 엔지의 행동에 그녀의 남자친구가 양손을 들며 물러난다.

 "오우. 오늘은 기분이 안 좋나 보네. 설거지는 내가 할까?"

"흥!"

엔지는 싸늘히 몸을 돌렸고, 남자친구는 볼을 긁적이다 아차 했다.

"아, 맞아. 엔지, 오늘 인터넷이 좀 시끄럽더라. 코리아 타운의 어느 식당 종업원이 흑인 임산부의 배를 걷어찼나 봐!"

움찔!

"⋯⋯그래? 그래서?"

"그래서는 무슨 그래서야! 지금 그 한인 식당을 찾아가겠다고 난리지! 아니, 이게 대체 무슨 일이야?"

"넌?"

"응? 뭐가?"

"넌 아무렇지 않아?"

"당연히 화가 나지. 하지만⋯⋯."

일단은 중립이라는 게 남자친구의 생각이다.

"미국 언론이 거지 같은 건 너도 잘 알잖아."

"흑인 같지도 않은 놈."

"뭐? 언제는 그게 멋지다며!"

쾅!

중지를 치켜든 엔지는 방문을 닫고는 얼른 핸드폰을 들었다.

"정말이네."

순간 꿈틀거리는 엔지의 입술.

솔직히 겁이 나질 않는 건 아니다. 너무 화가 난 마음에 커뮤니티 사이트에 글을 싸질렀던 것이 이렇게 커져 버렸으니 겁이 나지 않을 순 없다.
하지만…….

-응원합니다.
-미친 한인 새끼들!
-어떻게 임산부의 배를! 미친 새끼들 아니야?! 누구야!

엔지의 입술이 다시 꿈틀거리기 시작한다.
'그래. 내가 잘못한 게 아니야.'
자신이 잘못한 거라면 흑인들이 이렇게 동조해 줄 리가 없다.
비록 꾸며 낸 이야기라고 해도 말이다.
그렇게 입술을 비틀던 그녀는 순간 어떤 기사를 클릭하곤 눈살을 찌푸렸다.
"뭐야, 이건 또?"
이를 악문 그녀는 빠르게 타이핑을 하기 시작했다.

* * *

흑인 임산부의 배를 걷어찬 코리아타운의 식당!
한국을 좋아한 임산부! 배를 걷어차이다?
만연한 인종 차별! 결국 임산부의 배를 두드렸다!

은혜를 원수로 갚은 한국! 우린 왜 한국전쟁에 참가했나?

미국은 한국인을 받으면 안 됐다!

팁으로 인해 불거진 폭행! 어느새 변질된 팁 문화!

무전취식범을 막으려 한 한인 식당의 흑인 직원! 한낮의 난투극!

임산부인지 몰랐다. 사과하고파!

뻔뻔한 무전취식범, 대체 무엇을 자랑하려는 것일까.

"이건 또 뭔 일이야?"
"진짜 이 빌어먹을 미국은 조용할 날이 없네."
"이런 개 같은? 나 신문 한 부 줘 봐!"
이른 아침의 거리.
차에 앉은 종혁이 북적이는 신문 가판대를 보며 담배를 문다.
찰칵! 치이익!
"인터넷 반응은 좀 어때?"
종혁의 말에 최재수와 현석이 핸드폰을 내민다.

-나 거기 있었던 사람인데, 흑인이 흑인 임산부를 잡은 게 아니야. 동양인이 머리채를 잡고 넘어트리더니 배를 걷어차더라고!
ㄴ미친! 그게 정말이야?! 대체 어떻게 임산부의 배를!
ㄴ한국인을 죽여! 한국인을 죽이자!

ㄴ여기 한인 식당 테러할 사람 구함.
　ㄴ개 같은 한국인들! 너흰 역시 우리 흑인들의 적이야!
　ㄴ빌어먹을 검둥이들아! 진실 좀 알고 말하자!

　-그러니까 한인 식당에서 무전취식을 하려는 흑인 임산부를 흑인 종업원이 막은 거 맞지?
　ㄴ그걸 믿어? 한국인들이 돈으로 기사를 쓴 거겠지!
　ㄴ겨우 식당이? 이 많은 신문사를?
　ㄴ흑인들아! 다시 코리아타운으로 가자!
　ㄴ선동질에 휘둘리지 마라, 이 멍청한 검둥이들아!

"그 흑인 커뮤니티 사이트는 훨씬 심합니다. 그 개 같은 글에 몰려가 응원하고, 위로하고……."
"돈 받고 글 쓰지 말라고, 넌 흑인의 수치라며 애나 씨를 공격하고 있습니다."
"지랄 났네."
어제 다급히 흑인 직원들과 인터뷰를 한 신문사에 연락해 기부금 명목으로 돈을, 이번 사건으로 인해 발생할 매출을 넘어선 돈을 지불해 기사를 내게 했음에도 이 정도다.
'안일했지.'
한국처럼 생각만 하고 있었다면 뒤통수를 맞았을 테고, 아마 오늘 거리엔 분노에 찬 흑인들로 넘쳐 났을 거다.

솔직히 지금도 거리의 분위기가 썩 좋지 않다.

"퉤!"

"꺼져, 칭챙총들!"

"저 새끼들이!"

"참아. 너만 다쳐."

출근 시간, 동양인들을 향해 이를 드러내는 몇몇 흑인들과 그런 흑인들의 위협에 억울해하며 고개를 숙이는 동양인들.

거리를 지나는 모든 흑인이 그러는 건 아니지만, 또 누군가는 무작정 분노를 드러내는 같은 흑인들을 말리지만 결코 좋은 모습이라고 볼 수 없었다.

"저 씨발! 미친 거 아입니꺼! 저 얼라들은 눈까리가 없는 겁니꺼!"

욕지거리를 쏟아 내는 현석과 달리 최재수는 조용했지만, 그 또한 표정이 좋지 않은 건 마찬가지였다.

종혁은 담배 연기를 길게 뿜었다.

"일부에겐 진실이 딱히 중요한 게 아니니까."

"……예?"

"개중엔 언론을 아예 안 믿는 사람들도 있지만, 그저 화풀이 상대가 필요한 것뿐인 이들도 있으니까."

학교, 직장, 가정 등에서 받은 스트레스를 풀 상대가 필요한 이들.

자신들이 보고, 들은 게 사실이든 아니든 그들에겐 중요하지 않았다. 그들에겐 당장의 스트레스 해소가 중요할 뿐이다.

그리고 이런 이들로 인해 또 일부의 사람들이 선동되는 거다.

"연예인 스캔들에 몰려가 물어뜯는 사람들을 보면 알잖아."

이들에겐 진실 따윈 중요하지 않다.

그냥 싫은 거고, 그 순간 필요한 감정의 쓰레기통을 찾는 것이 중요할 뿐이다.

"그리고 처음 자신이 본 게 진실이라고 굳게 믿는 사람들도 있고."

"그, 그러다 정말 사람이 죽으면예."

"누군가는 회개하고, 누군가는 그냥 외면하고, 또 누군가는 다른 쓰레기통을 찾겠지."

선동을 당한 사람들도.

아무런 죄책감 없이.

그리고 다시 평범한 일상을 살아가게 될 거다.

"진짜 지랄 났네예. 세상이 우예 돌아갈라꼬 이러는……."

콰장창!

뭔가 부서지는 소리에 고개를 돌린 최재수와 현석이 입을 떡 벌린다.

죽어라. 동양인 앞잡이는 죽어라. 넌 흑인의 수치다.

혹시나 하는 마음에 들른 코리아타운. 수라간의 유리벽, 벽이 스프레이 낙서로 가득 차 있다.

수라간뿐만 아니라 그 양옆의 식당과 건물 벽까지.

"해, 행님?"

"쫓지 마. 그냥 경찰들에게 맡겨."

삐요오오오옹!

종혁은 유리벽을 깨트리고 도망치는 흑인들과 그들의 뒤를 쫓는 경찰차를 가리켰고, 최재수와 현석은 들썩이던 엉덩이를 겨우 다시 자리에 붙일 수 있었다.

"그래도 일이 터질 것 같으니까 순찰을 많이 도는 것 같네요."

"그래야지."

'어젯밤부터 받아 처먹은 게 있으면.'

코리아타운 번영회에 말하여 경찰들에게 커피와 도넛을 무상으로 제공하라고, 그걸 경찰서에 알리라고 말한 종혁.

아니었다면 코리아타운을 관할로 두고 있는 경찰서의 일반 경찰들은 아직도 상황 파악을 못했거나 그저 의무적으로 띄엄띄엄 순찰을 돌았을 거다.

한숨을 내쉰 종혁은 핸드폰을 들었다.

"이번 코리아타운 사건 담당 형사님 되십니까? 안드레 교수님을 대신해 연락드렸습니다. 임산부와 화상을 입은 아이의 부모는 찾았습니까?"

이번 사태가 진정이 되려면 둘의 수배가 최우선시되어

야 한다. 그렇지 않으면 절대 안심할 수 없었다.

"예? 아, 예……. 후, 알겠습니다. 이른 시간에 연락드려 죄송합니다. 예, 예. 수고하십시오."

"뭐라고 합니까?"

"뭐라긴. 아직 못 찾았다고 하지."

"아직도예?!"

"여기 한국 아니야."

"……아따 마. 그래도 너무 늦는 거 아입니꺼! CCTV로 못 찾겠으믄 그 흑인 커뮤니티 사이트에 문의를 하거나 협조를 요청하면 되는 거 아입니꺼! IP 따고, 으이?!"

맞는 말이다.

"그쪽도 알고 있겠지."

하지만 아직도 못 찾았다는 건 어떤 문제가 발생한 것일 수도 있다.

'단순히 흑인 커뮤니티 사이트 운영자가 연락을 받지 않는 것일 수도 있고.'

단순히 연락이 안 되는 것일 수도 있지만, 그쪽에서 일부러 연락을 피하는 것일 수도 있다.

"와예?"

"그들에게 같은 흑인을 향한 배신은 용납할 수 없는 일이거든"

단일민족국가에 가까운 한국과는 달리 다민족국가인 미국에서, 특히 잔혹했던 역사 탓에 자신들의 뿌리를 알기 어려운 미국의 흑인들은 국적이 아닌 인종에서 유대감을 느끼는 경향이 있었다.

또한 그 흑인이라는 인종 하나만으로 오랜 세월 핍박을 받아 왔기에, 그들로서는 자연스레 유대감이 생기는 것이 당연한 일이었다.

그런데 만약 흑인이 흑인을 찾으려는 경찰에 협조를 했다?

그 사실이 드러난다면 커뮤니티 사이트가 폭발할 것이 분명했다.

그 부분을 무서워하는 것일 수도 있었다.

"왐마야. 뭐 이런 놈들이 다 있노?"

그래서 문제였다.

'화상을 입은 아이의 부모가 쓴 글이 남아 있어.'

그것이 후속타로 언론을 탄다면 선동을 당하는 사람이 지금보다 더 늘어날 거다.

'그 전에 임산부, 그 여자부터 확보해서 찬물을 더 끼얹어야 하는데……'

"쯧."

이번 일, 참 복잡하게 얽혀 있었다.

혀를 찬 종혁은 운전대를 잡은 최재수를 봤다.

"출발하자. 밥 먹고 포럼에 참가해야지."

"예……"

그들이 한숨을 내쉬는 순간이었다.

지이잉! 지이잉!

"예. 최종혁입……"

말을 하던 종혁의 눈이 번쩍 떠진다.
"예. 바로 가겠습니다!"
통화를 종료한 종혁은 최재수를 봤다.
"가자. 영상 찾았단다."
"아, 예!"

* * *

"여깁니다, 최!"
아침에 출근하는 사람들을 위해 일찍 문을 여는 베이글 가게, 안에서 베이글을 씹고 있던 삼십대 남성 세 명이 종혁을 향해 손을 들고, 최재수가 미간을 좁힌다.
"저 인간들, 어제 그 기자들 아닙니까?"
애나들과 인터뷰를 했던 기자들 중 세 명.
"어제 부탁을 좀 했지."
신문사 사장들에게 돈을 쥐어 주는 한편, 인터뷰를 했던 기자들에게도 당시 상황을 찍은 영상을 확보해 달라고 부탁을 했다. 소정의 현상금을 걸면서.
"글을 쓴 임산부를 찾기 힘들면 영상이라도 내보내기 위해서요?"
"그렇지."
"이래서 선동은 참……."
이래서 선동이 무서운 거다.
선동은 한마디면 되지만, 그걸 반박하기 위해선 그 몇

배, 몇 십 배의 증거가 필요하니 말이다.

"부국장님, 그런데 그런 건 기자들이 먼저 나서서 해야 하는 일 아닙니까?"

조회수를 급상승시킬 수 있는 그날의 영상. 종혁이 굳이 돈을 주지 않아도 기자들이 알아서 찾았어야 했다.

"나도 그건 알고 있지. 기자들도 가장 먼저 그걸 찾고 있었을 거고. 그런데 어쩌겠냐. 일단 사람부터 최대한 빠르게 구하고 봐야지."

어제 에이미 스피너들을 통해 본인의 안일함을 깨달은 종혁은 그냥 기자들에게도 돈을 주기로 했다.

"봐. 보너스를 약속하니까 저렇게 빠르게 움직였잖아."

아니었다면 아마 내일쯤에나 겨우 찾았을 거다.

"……아이고. 난 이제 모르겠심더."

안 그래도 믿지 못할 족속인 기자들.

그나마 참된 언론인들이 제법 많은 한국에서도 믿지 못할 족속이 기자들이지만, 이 미국은 그게 더 심한 것 같다.

종혁은 고개를 저으며 카운터로 걸어가는 현석과 최재수를 일견하며 기자들에게 다가갔다.

"찾으셨다고요."

"하하. 예. 정말 어렵게 찾았습니다!"

종혁은 은근히 눈을 빛내는 그들의 모습에 속으로 혀를 차며 입을 열었다.

"일단 영상부터 확인하죠."

"그러시겠습니까?"

그들이 앞에 놓인 노트북들을 종혁에게 보인다.

그리고…….

-사과해! 사과하라고!

사람과 사람들 사이 머리채를 붙잡고 바닥을 뒹구는 애나와 한 여성.

'아니, 애나 씨가…… 맞나?'

핸드폰이 썩 좋지 않은 모델인 듯 화질이 너무 안 좋고, 그마저도 찍는 사람이 많이 놀란 듯 초점이 계속 흔들리고 있다.

마치 찍고 있는 걸 잊은 채 싸움에 정신이 팔린 것 같은 영상.

-와우.

-무슨 일인 거야?

-애나, 잠깐만!

-진정해, 애나!

'수라간에서 다른 직원들이 나왔나 보군.'

그나마 이건 잘 보인다.

하지만 이후부턴 다시 영상이 이리저리 흔들린다.

그리고 소란이 일어나더니 잠시 후 이 영상을 찍은 카메라의 주인이 바닥을 찍는 것을 마지막으로 끝이 난 영상.

종혁이 미간을 좁히며 다른 영상을 확인했다.

잠시 후 영상들을 모두 확인한 종혁이 기자들을 본다.

기자들은 이게 최선이냐는 종혁의 눈빛에 그제야 어색하게 웃는다.

"큼. 그래도 흑인과 흑인이 싸우는 모습은 찍혀 있습니다."

"그 임산부가 여길 다신 오나 보자며 도망가는 모습도 찍혀 있고요."

"하지만 중요한 모습이 찍혀 있지 않잖습니까."

세 명의 기자가 보여 준 다섯 개 영상 모두 싸우는 모습이 제대로 찍혀 있지가 않다.

그런 종혁의 말에 기자들은 고개를 저었다.

"최, 이번 사건의 초점은 한인 식당의 동양인 직원이 흑인 임산부의 배를 걷어찼느냐……."

"아니면 흑인 직원이 무전취식 범죄자를 잡았느냐입니다."

"인종 간의 범죄이냐, 아니면 정의로운 흑인이냐. 그것이 문제……."

"개소리 마시고요."

그거야 논점을 흐리면 그만이다.

어제오늘 쓴 기사만큼의 파괴력은 없겠지만, 이상하게 꼬아 버리면 상황이 어떻게 변할지 장담할 수 없다.

"큼."

"그, 그래도 저희가 주장하는 여론에 힘을 실어 줄 순 있습니다."

그건 맞다.
'후. 현재로선 이 정도로 만족해야 하나.'
하지만 방금 말한 것처럼 저쪽에서 논조를 이상하게 꼬아 버리면 상황이 어떻게 튈지 모른다.
'그러기 위해선 그 자칭 임산부부터 찾아야 할 텐데…….'
한국과 달리 수사가 지지부진하니 가슴이 답답해진다.
혀를 찬 종혁은 지갑에서 돈을 꺼내 그들의 앞에 내려놓았다.
"그러면 좋은 기사 부탁드리겠습니다."
"하하. 그건 걱정 마십시오. 아, 그런데……."
"왜 그러십니까?"
"잠시 후 이 기사가 올라가면, 저쪽에선 화상을 입은 아이에 대한 기사를 쓸 수 있습니다. 한 사나흘쯤 후예요."
임산부에 관한 기사로 한껏 매출을 올리곤, 다음 장작을 집어넣는 거다. 그럼 지금 타오르는 불은 수그러들지 않고 더 활활 타오를 터.
"그쪽은 이런 영상 같은 것도 없는 것 같던데……."
쿵!
종혁은 이마를 잡았다.
'진짜 씨발.'
총체적 난국이었다.
"씨발. 그냥 싹 다 사 버리고 싶네."
이 거지 같은 LA의 신문사들을 모두 사서 이 사건을

인터넷의 이면 〈317〉

흐지부지하게 만들어 묻어 버리고 싶다.

하지만 그건 불가능한 일이기에 그는 애써 달아오르는 머리를 가라앉힐 수밖에 없었다.

"예?"

종혁의 입에서 튀어나온 한국어에 어리둥절해하는 기자들.

종혁은 고개를 저었다.

"아닙니다. 아직 피해자라 주장하는 사람이 나온 건 아니죠?"

"아쉽게도……."

나왔다면 사태를 더 쉽게 풀어 나갈 수 있었을 텐데, 화상을 입은 아이의 부모나 배를 걷어차였다는 임산부가 언론과의 인터뷰를 하지 않고 있다.

이건 분명 그들도 뭔가 구린 게 있단 방증이었다.

하지만 모든 건 추측일 뿐, 확실한 증거는 하나도 없었다. 단순히 귀찮아서 인터뷰를 피하는 것일지도 몰랐다.

종혁은 잠시 미간을 좁힌 채 생각에 잠겼다가 이내 입을 열었다.

"이런 내용을 담아 보는 건 어떻겠습니까?"

다양한 인종의 직원들이 화기애애하게 일하는 수라간.

대부분의 직원이 노년층인, 세월의 흐름에 스스로를 굽히지 않고 계속해서 자신을 증명하려 하는 이들이 모인 수라간.

어차피 팩트가 아닌 감성을 이용한 여론전으로 이어질

것이라면, 써먹기에 더할 나위 없는 시나리오일 터였다.

'그런 식당이었다고?'

'흠. 이거……'

뭔가 기삿거리가 될 것 같은, 반박 여론에 더 힘을 실어 줄 수 있을 것 같은 내용.

종혁은 표정이 바뀌는 그들에게 고개를 숙였다.

"그럼 기사 잘 부탁드리겠습니다. 가자."

"예, 예!"

그렇게 그들은 베이글 가게를 나섰다.

"우예 됐습니꺼? 그 영상들로 될 것 같아예?"

"찬물 한 바가지 정도는 끼얹을 수 있겠지."

하지만 딱 그뿐.

영상에는 싸우는 모습이 제대로 담겨 있지 않았기에, 또 다른 동양인 직원이 배를 걷어찬 거 아니냐고 주장한다면 또다시 상황은 복잡해질 수밖에 없었다.

"……하따 마. 복잡하다. 복잡해."

"하지만 저희가 할 수 있는 일이 없잖습니까, 부국장님."

최소한 인터폴 신분 정도만 가지고 있어도 수사 보조를 할 수 있었을 테지만, 그게 아닌 이상 경찰 수사에 개입할 수가 없다.

피해자, 가해자들 모두 미국 시민이기 때문이다.

하지만 그건 어디까지나 일반적인 경우의 이야기.

"할 수 있는 일이…… 있긴 하지."

"……?"
종혁은 핸드폰을 들었다.
"예. 안드레 교수님. 부탁드릴 것이 있습니다."
현석과 최재수는 이어지는 종혁의 말에 눈을 동그랗게 떴다.

* * *

"아악!"
촌스러운 벽지가 발라진 방 안, 작은 창문으로 쏟아지는 햇살에 칭얼거리다 식겁하며 깨어난 애나가 옆에 놓인 시계로 시간을 확인하곤 다급히 화장실로 뛰어간다.
"지, 지각이다!"
홀서빙 직원은 9시까지 출근해야 하는 수라간.
10시 30분부터 가게를 오픈하기에 9시까지 출근해 청소를 하고, 테이블 세팅을 해야 된다.
그런데 벌써 8시 30분이다.
벌컥! 쏴아아아!
"미쳤지! 미쳤어! 어제 왜 술을 마셔 가지고……."
스스로 머리를 쥐어박으며 물이 쏟아지는 샤워기에 몸을 가져가던 애나의 말이 점점 느려지더니 입이 다물어진다.
"아니구나."
생각해 보니 출근할 필요가, 아니 출근을 할 수가 없다.

언제 테러가 이어질지 몰라 당분간 영업을 하지 않기로 했기 때문이다.

'나 때문에…….'

쿵!

애나가 벽에 머리를 박는다.

"미친년."

쿵!

"정신 나간 검둥이년."

그냥 무전취식을 하게 놔두고, 경찰에 신고를 했어야 했다. 그랬다면 약간 눈치를 받았을지라도 이런 일은 발생하지 않았을 거다.

쏴아아!

"아니다. 관두자."

샤워를 할 힘도 없다.

샤워기의 물을 끈 애나는 화장실을 집을 둘러봤다.

17평 작은 아파트. 돌아가신 부모님이 남겨 준 유일한 유산.

'사장님 덕분에 지킬 수 있었는데…….'

그런데 자신은 사장님의 전부인 수라간을 망가트렸다. 심장이 찢어질 듯 아팠다.

그녀는 고개를 푹 숙이며 방으로 들어가 이불을 뒤집어 썼다.

지금은 집 안의 그 어떤 것도 볼 자신이 없었다. 인터넷과 SNS에서 떠들어 대는 이야기들도.

그 순간이었다.

지이잉! 지이잉!

갑자기 맹렬하게 울리기 시작한 핸드폰.

반사적으로 발신자를 확인한 애나가 헛숨을 삼킨다.

이미애 사장님이었다.

'받을까. 말까.'

받는다고 해도 감히 할 말이 있을까.

어제 술을 마시고도 하지 못한 전화를, 감히 듣지 못할 사장님의 목소리를 맨정신으로 들을 수 있을까.

하지만 사과하고 싶다.

이미 했지만 계속, 영원히 하고 싶다.

그녀는 머리가 터질 만큼 격돌하는 두 개의 생각에 이를 악물며 핸드폰을 뚫어지게 쳐다봤다.

"후우."

다행히 끊겨 버린 전화.

애나는 잘됐다며, 아쉬워하며 핸드폰을 내려놓았다.

하지만 전화는 다시 울렸다.

지이잉! 지이잉!

움찔!

핸드폰을 빤히 바라보던 애나는 결국 통화 버튼을 눌렀다.

"네, 사장님……."

-밥은? 먹었니?

"……흑! 죄송해요! 정말 죄송해요, 사장님!"

─어이구. 내가 이럴 줄 알았지. 애나, 뚝!
"흐으윽! 흐으윽!"
─애나, 가게 다시 열면 출근 안 할 거야?
"아, 아니요! 하, 할 거예요! 하게 해 주세요!"
설사 가게가 망한다고 해도 끝까지 이미애 사장님의 곁에 있고 싶다. 그녀의 손발이 되어 무엇이든 하고 싶다.
─애나.
"……예."
─사람이 살다 보면 누구나 실수는 할 수 있는 법이야. 너도, 그리고 나도. 아니 모두 내 잘못이지. 네 잘못은 하나도 없어.

무전취식 같은 걸 하는 범죄자를 쫓아가지 말라고 교육시켜야 했다. 괜히 그런 사람들과 드잡이하다가 자신의 소중한 직원이 다칠 수 있기에 그러지 말라고 단단히 교육을 시켜야 했다.

그리고 CCTV도 많이 달아 뒀어야 했다.

그랬다면 이번 일 따윈 벌어지지 않았을 거다.

─이번 기회에 리모델링을 한다고 생각하자.

그리고 이 거대한 불길이, 태풍이 가라앉을 때까지 기다리는 거다.

─출근하지 않는 동안에도 월급은 넣어 주테니, 다른 직장 구하지 말고 기다렸다가 리모델링 끝나면 바로 출근해. 알겠지?

"아, 아니요! 월급은……!"

-끊는다. 밥은 꼭 챙겨 먹고. 아프지 말고.
"안 주셔도 되는데요! 사장님! 사장님!"
통화가 끊겨 버리자 애나는 얼른 다시 전화를 걸었지만, 들려오는 건 상대가 통화 중이라는 기계음뿐이었다.
"하아……."
애나는 잠시 몸을 누이며 짧은 사이 뜨거워진 눈을 팔뚝으로 눌렀다.
미안하고, 죄송하고, 감사하고, 사랑하는 이미애 사장님.
감긴 그녀의 눈에서 후회와 안도의 눈물이 다시 흐를 때였다.
쿵쿵쿵!
"애나, 방에 있지? 들어간다!"
"응?"
벌컥!
"애나!"
"언니!"
애나는 문을 열고 들어온 두 남녀의 모습에 눈을 동그랗게 떴다.
"……크리스? 자이라?"
지금쯤 UCLA(University of California, Los Angeles)의 기숙사에 있어야 할 동생들이었다.
"이거 어떻게 된 일이야! 이거 애나 너 맞지?! 몸은 괜찮아?!"

애나는 남동생이 보여 주는 핸드폰 속 영상에, 자신이 그 자칭 임산부와 머리채를 잡고 있는 영상에 어깨를 축 늘어트렸다.

'다행이다.'

말도 안 되는 오해를 풀 수 있을 것 같아서.

그녀의 눈에 다시 눈물이 고였다.

"어떻게 온 거야? 강의는?"

"지금 강의가 중요해?"

진지한 남동생의 눈빛에 순간 가슴이 떨린 애나가 손을 든다.

"누나, 누나."

"악! 잠깐! 악!"

이미애 사장님과 한국인 이모들을 통해 알게 된 누나와 언니라는 예쁜 단어.

여동생은 그럴 줄 알았다며 고개를 저었고, 사춘기 이후부터 계속 오빠처럼 행동하려는 남동생을 혼낸 애나는 눈을 흘겼다.

"그래서 뭐가 먹고 싶어서 끌고 나온 거야? 나 정말 괜찮다니까? 내가 어디 가서 맞고 다니는 거 봤어?"

집 밖으로 끌려 나온 애나가 항변을 했지만, 그녀의 양팔을 끌어안은 여동생은 팔을 풀 생각이 없는 듯했다.

"그런 게 아니야! 그냥 집에만 있으면 우울하니까 나온 거야!"

"그래서 만들어 주지 마?"
"……애나, 아니 누나가 만든 치킨 수프."
"삼계탕?"
"응. 그거."
"언니, 난 돼지불고기!"
"……에휴. 그러자, 그래."

 만드는 비용이 사 먹는 것보다 더 들기도 하지만, 동생들에게도 한식의 맛을 알려 주고 싶어서 주방 이모들에게 배웠던 요리들.

 애나는 몇 가지 레시피를 머릿속에 떠올리며 가까운 곳에 위치한 마트로 향했다.

 부스럭, 부스럭!

 음식이 담긴 종이백을 든 남동생을 본 애나가 입을 연다.

"대학 생활은 좀 어때? 불편한 점은 없어?"
"있을 리가."

 기숙사비 및 학비 전액 지원이 아니었다면 가지 않았을 대학교.

 그저 얼른 대학을 졸업하고 전공하는 직종의 시험을 쳐서 애나에게 진 빚을 갚기도 바쁜 그들로서는 대학에서 발생하는 불편함 따윈 아무래도 상관없었다.

 그렇다고 왕따를 당하거나 너드처럼 지내는 것은 아니다. 불필요한 클럽활동을 줄이고, 공부에 매진하기에 불편함 따윈 느낄 시간도 없는 것이다.

솔직히 친구가 영상을 보여 주지 않았다면, 애나가 그런 일을 당한 것도 몰랐을 거다.

"용돈은? 부족하지 않아?"

"부족하지 않아. 절대로. 그러니까 용돈 줄 생각하지 말고 누나 결혼 자금이나 모아. 우린 우리가 알아서 모을 테니까."

애나가 나중에 다닐 대학교 학비도.

하지만 이건 서프라이즈였기에 동생들은 입을 다물었다.

"서운한데?"

"벌써 몇 년째 하는 말인데 서운해?"

"그러니까. 언니, 얼른 가자. 나 배고파. 점심 못 먹었단 말이야."

"에휴. 알았다, 알았어. 그래도 만드는 데 시간이 드니까 한 시간 뒤에나 먹을 수……."

"애나?"

"응?"

고개를 돌린 애나와 동생들은 이쪽을 향해 껄렁거리며 다가오는 흑인들을 발견하곤 미간을 좁혔다.

"와우. 진짜 애나야?"

"이름에 반응하는 거 보면 맞겠지. 야, 네가 그 동양인 앞잡이 년 맞지?"

쿵!

순간 심장이 내려앉은 애나의 낯빛이 하얗게 질리고,

남동생이 얼굴을 구기며 앞으로 나선다.

"어디서 시비야? 죽고 싶……."

찰칵!

배 끝에 닿는 뾰족한 무언가에 남동생이 굳어 버린다.

"왜? 계속 말해 보지?"

"크리스!"

눈빛이 번들거리는 그들의 모습에 애나와 동생들의 검게 죽고, 비릿하게 웃은 그들은 애나를 향해 손을 뻗었다.

감히 동양인 따위의 앞잡이가 된 년에게, 흑인을 배신한 년에게 벌을 줘야 했다.

바로 그때였다.

철컥!

음흉하게 얼굴을 구기던 사내들이 뒤통수에 겨눠진 총구에 입을 다물고, 애나와 그녀의 동생들은 눈을 동그랗게 뜬다.

"헤이, 예쁜이들. 대가리에 구멍 뚫리기 싫으면 꺼지시지?"

"다, 당신들은 뭔데!"

"글쎄? 지나가는 사람들?"

"다, 당신들 일 아니면 신경 끄시지!"

"싫은데?"

끼릭!

"FUCK……."

파랗게 질린 그들은 양팔을 들었고, 그들의 뒤를 점거한 덩치 큰 사내들은 그들의 손에 들린 폴딩 나이프를 뺏으며 엉덩이를 걷어찼다.

"꺼져. 한 번만 더 우리 눈에 띄면 그 탐스러운 엉덩이에 구멍을 하나 더 뚫어 버릴 테니까!"

"두, 두고 보자!"

우르르!

질 나쁜 사내들이 삼류 악당 같은 말을 남기고 떠나자, 그들을 혼냈던 사내들이 총을 품속에 집어넣으며 애나를 따스하게 바라본다.

그에 애나는 위기에서 구해 준 것이 고마우면서도 의아해했다.

"……누구시죠?"

"애나 브라운 씨 맞으시죠? 의뢰를 받고 왔습니다. 지금부터 저희가 애나 씨를 지키도록 하겠습니다."

애나와 동생들은 눈을 부릅떴다.

* * *

부우웅! 탁!

'이럴 줄 알았지.'

종혁은 아무리 피해 다녀도 어떻게든 따라붙어 수라간과 그 직원들을 위협할 과격한 놈들이 있을 거라 진작 예상하고 있었다.

세상에는 오로지 타인을 괴롭히며 고통을 주는 것에 희열을 느끼는 쓰레기들도 많다는 걸 누구보다 익히 알고 있었으니까.

LA의 한 호텔 앞에 내린 종혁이 혀를 찬다.

"최!"

"교수님."

호텔 앞에서 서성이던 안드레 교수가 다급히 다가온다.

"어떻게 된 일이야! 리의 직원이 공격을 당했다니!"

"들으신 그대로입니다."

자신도 파견된 경호업체의 말을 듣자마자 달려왔기에 자세한 사정은 모른다.

"이래서 믿을 만한 경호업체를……?"

"일단 안으로 들어가죠. 지금쯤이면 이미애 사장님과 다른 직원들이 도착했을 겁니다."

"……그러지."

그들은 로비로 들어갔고, 곧 경호원들에게 둘러싸여 있는 애나들을 발견할 수 있었다.

"교수…… 님?"

"다치지 않아서 다행입니다."

"……손님께서 경호원을 보내신 건가요?"

"정확히는 여기 안드레 교수님께서 보내신 겁니다."

놀란 이미애와 직원들이 안드레 교수를 보고, 눈이 흔들린 교수는 슬쩍 윙크를 하는 종혁에 의도를 알아차리

곧 헛기침을 한다.

"교수님……."

"상의도 없이 경호원을 고용한 점 사과드리겠습니다."

"아, 아니에요."

복잡하면서도 고마움이 담긴 눈빛과 오직 다행이라는 온기 가득한 눈빛이 교차하는 둘.

종혁은 안드레 교수를 빤히 응시하고 있는 애나를 봤다.

"어떻게 된 일인지 알려 주실 수 있겠습니까?"

"……감사합니다. 덕분에 무사할 수 있었어요."

위험이 사라진 지금 다시 떠올려도 심장이 쿵쿵 뛰는 아까의 상황. 경호원이 아니었다면 자신은 지금 씻을 수 없는 상처를 얻었거나 아니면 죽었을지 모른다.

애나는 덜덜 떨며 아까의 상황을 설명했고, 사람들은 하얗게 질렸다.

"애나, 괜찮니?"

"이 몹쓸 사람들! 대체 왜 그런 짓을 함부로……!"

종혁은 애나를 달래며 발을 동동 구르는 사람들을 향해 입을 열었다.

"앞으로 어떤 일이 또 발생할지 모릅니다. 그러니 당분간 이곳 호텔에 머무시는 게 어떻겠습니까?"

"네?! 아, 아니요! 그, 그렇게까지 도움을 받을 순……."

"제가 아는 분께서 운영하시는 호텔인데, 사정을 들으시더니 흔쾌히 한 층을 빌려주신다고 했습니다."

"아……."

"지금 댁들로 돌아가시면 애나 씨와 같은 상황을 겪으실 수 있습니다."

최소한 태풍이 지나갈 때까진 몸을 피해야 하지 않을까.

그리고 무엇보다 본인뿐만 아니라 주위 사람들까지 피해를 입을 수도 있었다.

그런 종혁의 설득에 고민을 하던 사람들은 고개를 끄덕였고, 종혁은 짐을 챙기기 위해 다시 호텔을 나서는 그들을 바라보다 주먹을 쥐었다.

"어쩔 수 없네."

LAPD를 믿고 끝까지 기다리려고 했지만 어쩔 수 없다. 아무래도 직접 나서야 할 것 같다.

"예. 에이미, 혹시 로빈을 통해 그 흑인 커뮤니티 사이트 운영자에게 연락을 할 수 있을까요?"

종혁은 눈빛을 가라앉혔다.

* * *

찰칵! 치이익!

"후우."

LA의 어느 15층 빌딩 앞.

종혁이 빌딩을 바라보며 헛웃음을 터트린다.

"커뮤니티가 돈벌이가 되긴 되나 보네."

대체 얼마나 벌기에 LA 중심가의 빌딩에 사무실을 열고, 그 월세를 감당하는 걸까.

'이거 예상한 것보다······.'
과르릉!
"왔네."
그들의 앞에 한 대의 스포츠카가 멈춰 서며 로빈 펜지가 내린다.
종혁을 발견하자마자 어이없다는 듯 웃는 그녀.
"최, 당신 정말······."
"미쳤다고요?"
"알고 있었어요?!"
"많이 듣는 이야기입니다."
"와우."
새로운 타입의 또라이.
그녀는 활짝 웃었다.
"하지만 마음에 들어요! 불쌍한 사람들을 위해 커뮤니티 사이트를 사 버리려고 한다니!"
그랬다. 종혁은 아직도 연락이 없는 흑인 커뮤니티 사이트를 아예 사 버리려고 하는 것이었다.
로빈은 눈을 빛내며 입을 열었다.
"그런데 차라리 사정을 설명하고, 도움을 구하는 게 낫지 않았을까요?"
"그럴 거면 벌써 경찰에게 협조를 했겠죠. 보세요. 경찰에게는 연락 한 통 없다가 사이트를 구매하고 싶다니 바로 답신이 왔잖습니까."
로빈이 연락을 하자마자 바로 답신을 해 온 커뮤니티

사이트의 운영자. 현재 벌어지고 있는 상황이 불편하지만, 비즈니스는 원한다는 것이다.

그렇다면 비즈니스적인 마인드로 대하면 될 뿐이었다.

"형사 아니었어요?"

"일반적인 형사가 그런 저택을 별장으로 쓸 수 있을까요?"

그 말에 로빈은 입술을 비틀었다.

'한국에서 부자 형사라고 불린다지?'

에이미 스피너 때문에 나름 조사를 해 보니 말도 안 되는 능력을 갖추고 있었던 종혁.

그런 종혁이 아무런 대가 없이 막대한 돈을 써 가며 피해자를 구하려 하고 있다.

마치 영화와 같은 상황에, 아니 그 어떤 영화 시나리오보다 더 흥미진진한 이 상황에 그녀의 눈이 초롱초롱 빛나기 시작했다.

"내가 뭘 하면 될까요?!"

"그냥 보조만 맞춰 주시면 됩니다. 가시죠."

종혁은 앞장서라는 듯 손짓을 했고, 로빈은 웃음을 터트리며 발을 뗐다.

그들은 그렇게 빌딩 안으로 들어갔다.

* * *

달달달!

"정신없어요. 다리 좀 그만 떠세요."
"지금 정신을 차릴 수 있겠어?!"

안경을 쓴 대머리 흑인이 핀잔을 주는 CFO, 재무이사를 바라본다. 마찬가지로 흑인인 그.

"그 로빈 팬지가 내 사이트의 회원이었다니!"

그것도 모자라 사이트를 구매하고 싶다고 한다.

혜성처럼 나타나 빌보드를 휩쓸더니, 지금은 빌보드를 대표하는 디바이자 팝스타 중 한 명이 된 로빈 팬지.

흑인들의 우상이자, 그 무엇과도 바꿀 수 없는 목소리의 소유자인 그녀의 제의에 그는 정신을 차릴 수 없었다.

"우, 우리 사이트의 가치는 얼마나 될까?"

"……정말 팔려고요?"

싫다는 듯 얼굴을 구기는 재무이사의 모습에 대표는 방금 전 흥분하고 있었다는 게 거짓이라는 듯 눈빛을 가라앉혔다.

"우리가 사이트를 만든 지 얼마나 됐지?"

"8년 정도 됐죠."

"그래. 8년이야."

처음 이 커뮤니티 사이트를 만들었을 때 그들의 목적은 단순했다.

핍박받고, 억압받고, 불이익을 받는 흑인들끼리 유용한 팁을 공유해 스스로를 지키게 하고 싶다.

"예. 그리고 인터넷 속에서나마 흑인들이 울분을 풀고, 위로를 받게 하고 싶다는 거였죠."

인터넷의 이면 〈335〉

"그래. 그랬지."

처음엔 오직 그 목적뿐이었다.

흑인들이 보다 나아졌으면 하는 간절한 바람.

그래서 돈 한 푼 벌리지 않았음에도, 아니 오히려 사비를 쏟아 가면서까지 사이트를 운영하고 회원들을 모집하기 위해 애썼다.

그런 노력이 하늘에 닿았을까.

어느덧 사이트의 회원은 수십만 명이 됐고, LA를 대표하는 흑인 커뮤니티 사이트 중 하나가 됐다.

그러자 생각지도 않았던 광고들도 붙더니 이젠 사이트의 주 수입원이 됐다.

"그때부터 우린 비즈니스를 한 거야."

소득이 발생한 순간부터 자신들은 사업가가 된 거다.

"착각하지 마. 우린 옛날의 그 피 끓는 청년들이 아니야."

사업가다.

그런데 그 사업체가 요즘 들어 삐걱거리고 있다.

SNS가 점차 발달하며 자신들과 같은 커뮤니티가 우후죽순 생겨나기 시작했는데, 아무래도 자신들은 흑인들만을 위한 커뮤니티이다 보니 상대적으로 대중성이 떨어질 수밖에 없었다.

시간이 흐를수록 다른 커뮤니티와의 차이는 더 벌어질 것이 자명했다.

거기다 이번 코리안타운 사태까지.

그로 인해 접속률이 껑충 뛰긴 했지만, 그것이 일시적인 호재일 뿐이라는 건 누가 말해 주지 않아도 알 수 있는 이야기였다.

재무이사는 한숨을 내쉬었다.

"아마……."

똑똑똑!

"손님이 도착하셨습니다."

"헉! 드, 들어오시라고 해!"

다시 흥분하기 시작한 대표.

재무이사도 몸을 일으켜 옷매무새를 가다듬는다.

스르륵!

"오! 어서 오십시오, 팬지 씨! 블랙 톡의 최고 운영자이자 대표인 톰 그랜트입니다."

"재무이사 에릭 찰슨입니다."

"제 제의를 받아 주셔서 감사해요. 반가워요. 로빈 팬지예요. 그리고 이쪽은……."

"반갑습니다. 사회복지재단 기빙의 LA 지사 산하 투자회사 컬러 아이의 최고책임자인 찰스 최입니다."

"응?"

"원활한 만남을 가지기 위해 로빈 팬지 씨를 통해 연락을 드린 점을 양해해 주시길."

미간을 좁힌 대표와 재무이사가 로빈을 보자, 로빈이 어색하게 웃는다.

"로빈 팬지 씨께서 사이트의 대표가 되실 테니 그렇게

보지 않으셔도 됩니다."

'뭐?!'

로빈은 터지려는 비명을 겨우 참아 내며 다시 미소를 지었고, 대표와 재무이사의 눈빛은 가라앉았다.

"흠. 앉으시죠."

소파에 앉은 대표가 다리를 꼬며 로빈을 본다.

"솔직히 당황스럽군요. 하지만 이야기를 들어 보도록 하겠습니다. 기빙에게 왜 제 사이트가 필요한 겁니까?"

미국에서 유명한, 몇 년 전부터 유명해진 사회복지재단인 기빙. 퇴역 군인과 소방관, 경찰관 등의 희망이라 불릴 만큼 대단하고 존경스러운 사회복지재단이다.

"저희 기빙의 LA 지사가 이번에 어렵고 힘들게 사는 소수자들을 위한 복지를 기획 중에 있습니다."

미혼모, 독거노인, 소년소녀가장 등 지원이 시급한 이들을 위한 복지.

"그 첫 대상이 흑인이라는 것이군요."

"예."

무슨 말인지 알 것 같다.

지원이 필요한 이들의 인적 사항과 흑인들에게 가장 필요한 것들 등을 조사하기 위해 자신들의 사이트가 필요하다는 것이다.

그렇기에 대표와 재무이사는 의아해했다.

"그런 것이라면 파트너십을 맺는 게 나을 텐데요?"

"다시 소개드리죠. 투자회사 컬러 아이의 최고책임자

찰스 최입니다."
"투자회사······."
"투자회사의 기본은 수익이죠. 블랙 톡의 수입원이 광고인 것처럼요."
"······무슨 말인지 이해했습니다."
그렇기에 의문이다.
"왜 정식으로 요청하지 않으신 겁니까?"
'당연히 빠른 만남을 위해서지.'
종혁은 로빈을 가리켰다.
"이번 복지에 대한 아이디어를 여기 로빈 팬지 씨께서 제공하셨기 때문입니다. PPT까지 준비해 오셨죠."
모두의 시선이 로빈에게로 향하자, 로빈이 당황한 눈으로 종혁을 본다. 이번만큼은 그녀도 참을 수가 없었다.
'최, 최!'
'보조를 맞춰 주시기로 했잖아요?'
"······후우."
한숨을 내쉰 로빈은 대표와 재무이사를 봤다.
"혼자서는 한계가 있어서 기빙에게 문의를 했던 거예요. 그랬더니······."
이렇게 자신을 블랙 톡의 대표에 앉히려 하는 것이다.
"로빈 씨 같은 유명 인사가 대표로 계시면, 저희의 의도가 진실 되게 받아들여질 것 같아서입니다. 솔직히 흑인은 너무 폐쇄적이어서 말입니다."
이것도 말을 순화해서 한 거다. 나쁘게 말하면 흑인은

자신들만 아는 이들이었다.

"……이해합니다. 흑인이 아닌 다른 이가 복지를 한다면 적선을 한다며 오해하겠죠. 제가 흑인들을 대표할 순 없지만, 그래도 사과드립니다."

"아닙니다. 그럼 본론으로 들어갈까요?"

"경청하겠습니다."

"2천만 달러를 드리겠습니다. 파시죠."

쿵!

종혁은 몸이 크게 흔들린 둘을 보며 옅게 웃었고, 대표는 눈살을 찌푸렸다.

"제 커뮤니티 사이트의 가치가 그것밖에 안 된다는 것이 놀랍군요. 혹시 사이트의 회원 수가 몇 명인지 모르시는 겁니까?"

"그중 사이트에 매일 접속하는 회원은 몇 명이죠?"

흠칫!

종혁은 애써 표정을 다스리는 그를 보며 입을 열었다.

"만약 LA에 거주하는 흑인들이 블랙 톡만 이용했다면 그 가치는 지금보다 몇 배는 더 높았을 겁니다. 하지만 그렇지 않죠."

회원 중 대다수가 다른 커뮤니티 사이트도 함께 이용하고 있고, 절반 이상이 6개월 이상 접속하지 않고 있다.

그 말에 대표와 재무이사가 소스라치게 놀란다.

'어떻게 내부 정보를?!'

그들은 애써 화제를 돌렸다.

"큼. 저희의 매출이……."

"블랙톡의 매출액, 영업이익이 어느 정도인지는 잘 알고 있습니다. 재작년부터 계속 감소 중인 것도요."

이것도 맞다. 블랙 톡의 수익은 꾸준히 감소하고 있었다.

"흑인들만을 위한 지역 커뮤니티 사이트, 이렇게 폐쇄적인 사이트의 한계는 대표님께서 더 잘 알고 계실 테죠."

LA에 거주하고 있는 흑인들뿐만 아니라, 샌프란시스코를 비롯한 캘리포니아주의 다른 도시들에 사는 흑인들도 사이트를 이용하고는 있다지만 이는 일부에 불과했다.

지역 커뮤니티의 특성상, 결국 대부분의 이용자는 LA에 거주하고 있는 흑인들뿐.

이 이상 발전할 가능성은 거의 없다고 봐야 했다.

"……."

종혁은 침묵하는 그들을 보며 싱긋 웃었다.

"생각할 시간을 드릴까요?"

"……잠시 회사를 구경하시겠습니까?"

"부탁드리겠습니다. 아, 참고로 오늘 사인을 하신다면 천만 달러를 추가로 지불할 의향이 있습니다."

쿠웅!

고개를 숙인 종혁은 몸을 일으켜 대표실을 빠져나갔고, 로빈도 얼른 그 뒤를 따라붙었다.

달칵!

같이 따라 나가 비서에게 회사 안내를 부탁하며 사무실로 돌아온 대표는 창문을 모두 열어젖히며 담배를 물었다.
"어떻게 생각해?"
"분명 내부에 배신자가 있습……."
"그거 말고."
"……제 판단으로는 천만 달러도 많습니다."
"내 저택의 가격이 3백만 달러인데?"
"이유는 저 동양인이 다 말했습니다."
"빌어먹을."
"어떡하시겠습니까?"
"어떡하긴 뭘 어떡해. 변호사 불러."
대표는 혀를 차며 담배를 깊게 빨았다.

　　　　　＊　＊　＊

"쉿."
종혁은 흔들리는 눈으로 쳐다보는 로빈에게 윙크를 하곤 비서를 봤다.
"잠시 담배 좀 피울 수 있겠습니까?"
"아, 예. 이쪽으로 오시면 됩니다."
비서는 그들을 빈 회의실로 안내했다.
스륵!
비서가 나가며 문이 닫히자 로빈이 빠르게 입을 연다.

"대, 대체 언제 그런 걸 다 조사한 거예요? 아니, 정말 형사 맞아요?"

"형사 맞고, 미국에 좋은 친구들이 많아서 알게 됐습니다."

이 정도로 작은 회사의 내부 정보 정도는 1시간도 안 되어 알아낼 수 있는 유능하고 좋은 친구들, CIA라는 친구들이다.

"맙소사……. 이래서 에이미가……."

"예? 에이미요?"

"아, 아니에요!"

자신의 말실수를 깨달은 그녀는 다급히 고개를 저으며 화제를 돌렸다.

"그보다 너무 급한 거 아니에요?"

"어쩔 수 있습니까."

하루라도 빨리 사건을 해결해야 하려면 무리를 하는 수밖에 없었다.

"……팔까요?"

"팔걸요."

"왜죠?"

"아니었다면 제가 아닌 로빈 씨에게 집중했을 테니까요."

그리고 시간을 달라고 했다. 이는 즉 그들 역시 사이트의 판매에 대해 긍정적으로, 아니 거의 결정을 내린 거라고 봐야 했다.

인터넷의 이면 〈343〉

"아."
로빈의 시선이 오묘해지자 어깨를 으쓱인 종혁은 몸을 일으켰다.
"그럼 회사나 둘러보죠."
계속 함께 갈 사람을 고르기 위해.
"그게 더 사이트를 운영하기 편하시겠죠?"
"정말 제게 대표를 맡긴다고요?"
"응? 그런다고 했잖습니까."
"맙소사……."
종혁은 망연자실하는 그녀를 데리고 회의실을 나섰다.
그리고 잠시 후…….
"대표님께서 찾으십니다."
"보세요."
로빈은 입을 떡 벌렸다.

* * *

"이상 없습니다."
계약서를 살핀 변호사의 말에 고개를 끄덕인 대표가 종혁을 보며 낯빛을 굳힌다.
반면 종혁은 미소를 머금은 채 입을 열었다.
"다 확인되셨으면 사인하실까요? 이후 절차는 차근차근 진행하도록 하죠."
"……예"

슥슥슥!
사인을 한 둘은 계약서를 나누며 악수를 나눴다.
짝짝짝짝짝!
겨우 몇 명 없는 조촐한 박수 소리.
대표는 시원섭섭한 표정을 짓는다.
"그럼 이제 뭘 하실 겁니까?"
"일단 사이트의 이미지부터 회복시켜야겠죠."
"이미지 말입니까?"
"예. 지금 사이트와 LA를 달구고 있는 사건 말입니다. 계속 거론될수록 사이트의 이미지만 해치는 그 사건부터 해결할 생각입니다."
"아……."
"최재수."
"예!"
"경찰에 연락해."
"예!"
종혁은 핸드폰을 들며 나가는 최재수를 보며 눈빛을 가라앉혔다.
'오늘이 가기 전에 얼굴 좀 봅시다.'
자칭 임산부와 화상을 입은 아이의 부모 모두 말이다.

* * *

"……감사합니다, 최."

블랙 톡의 사무실이 있는 빌딩 앞. 여섯 명의 형사가 복잡한 표정을 짓다 고개를 숙이자 종혁이 고개를 젓는다.

"감사 인사는 로빈 씨에게 하시면 됩니다. 블랙 톡을 매수하신 분은 바로 여기 로빈 씨거든요."

"예? 매, 매수요?"

그런 종혁의 말에 놀란 경찰들이 로빈을 바라본다.

"아하하. 그게 빠를 것 같아서……."

"저, 정말 엄청난 결정을 하신 겁니다, 로빈 씨!"

"이런 건 기사로 써야 할 텐데! 아니, 아예 내일 경찰서로 오시는 게 어떻겠습니까?"

"새, 생각해 볼게요. 저, 저도 흑인이라서 좀 조심스러울 수밖에 없거든요."

"아……."

형사들의 눈에 존경이 차오른다.

그들은 다시 고개를 숙일 수밖에 없었다.

"최, 어떡하시겠습니까. 따라오시겠습니까?"

"오! 그래도 됩니까?"

"물론이죠."

한국의 경찰이 어떻게 빌보드의 스타를 알고 있겠는가. 분명 자신들은 모르는 어떤 인연이 있는 것이다.

'어쩌면 로빈 씨를 옆에서 충동했을지도 모르지!'

뭐든 종혁이 이번 사건 해결, 아니 분란을 일으킨 이들을 찾는 데 큰 도움을 준 게 분명했다.

게다가 사건이 시작된 순간부터 계속 체크를 해 오며 신경을 쓴 종혁. 이 정도는 충분히 해 줄 수 있었다.
 "사양하지 않겠습니다."
 "하하. 그럼 거기서 보도록 하죠!"
 "예. 곧 따라가겠습니다."
 악수를 나눈 형사들은 주차장으로 뛰어갔고, 종혁은 그 모습을 바라보다 참 하고 싶은 말이 많은 듯한 표정을 짓고 있는 로빈을 응시했다.
 아쉽지만 이젠 헤어져야 할 시간이었다.
 그걸 느낀 건지 로빈이 한숨을 내쉬며 손을 내밀었다.
 "어떻게 됐는지 꼭 말해 주기예요."
 "당연하죠. 내일 시간 어떠십니까?"
 "알았어요. 내일 봐요."
 싱긋 웃은 그녀는 선글라스를 끼며 주차장으로 향했고, 종혁은 최재수와 현석을 보며 입술을 비틀었다.
 "자, 그럼 이제 우리도……."
 "헤이, 최!"
 자신을 부르는 소리에 고개를 돌린 종혁이 한숨을 내쉰다.
 "……진짜 당신도 어지간하네요."
 자신을 따라다니던 파파라치. 그가 눈을 빛내며 다가오고 있었다.
 "이번 사태의 발단이 된 블랙 톡. 로빈 팬지와 범죄학계의 권위자이자 한국 경찰인 당신. 그리고 LAPD 형사들."

특종이다. 지금 자신의 머릿속에서 그려지는 시나리오가 맞다면, 이 상황을 보다 못한 종혁이 로빈을 설득해 이번 사건 관련자들의 신상정보를 빼내게 한 거라면 정말 말도 안 되는 특종이다.

그의 눈이 더 초롱초롱 빛나기 시작했고, 종혁의 한숨을 더 깊어졌다.

"예, 예. 당신의 생각처럼 특종이니까 최대한 오래 묵혀 두는 게 더 좋을 겁니다. 전 바빠서 이만."

"아니, 최. 그게 아닙니다."

"아, 계속 따라오시게요? 뭐 나쁘지 않겠네요."

"물론 그것도 욕심이 나지만, 전 지금 최 당신에게 용무가 있는 겁니다."

"제게요?"

"그동안 당신을 귀찮게 한 것에 대한 사죄의 의미로 선물을 드리고 싶습니다."

"선물? 당신이요?"

"예. 당신이라면 만족할 수밖에 없는 선물일 겁니다."

종혁은 고개를 모로 기울였고, 파파라치는 입술을 비틀었다.

* * *

LA의 한 병원.

"적당히 운동하시고 술, 담배 하지 마시고요."

"감사합니다. 감사합니다."

산부인과 진료실을 나선 엔지가 계속 의사에게 감사 인사를 전하는 남자친구의 등을 때린다.

"그만해."

"하하."

그만할 수가 없다.

여자친구의 배에서 자신의 아이가 무사히 자라고 있다는 말만 들어도 웃음이 튀어나오는데 어떻게 그만할 수 있을까.

"조심, 조심."

"적당히 좀 하라니까?"

"알았어. 알았어."

조심스럽게 엔지를 차에 태운 남자친구가 운전석에 올라 차를 출발시키자, 엔지가 핸드폰을 꺼내어 인터넷을 켠다.

박살 난 코리안 식당! 도를 넘어선 보복!

완전히 유리벽이 박살 나고 낙서로 범벅이 된 수라간의 사진을 본 엔지가 입술을 비튼다.

'꼴좋네.'

자업자득이다. 감히 자신을 망신 준 수라간. 안쓰러운 마음이 들기는커녕 속이 시원하다.

하지만 그것도 잠시. 다른 기사를 발견한 엔지가 얼굴

을 와락 구긴다.

'다양한 인종이 화합해 일하는 식당? 스스로를 증명하기 위한 나이 든 이들의 아름다운 도전? 백인도, 흑인도, 황인도 이곳에선 모두 한 명의 직원이자 손님일 뿐이다?'

"뭐 이딴 개 같은 기사를……."

"워, 워. 나쁜 말은 아기에게 좋지 않다니까."

"닥치고 운전이나 해!"

"웁스."

왜 갑자기 여자친구의 기분이 나빠졌는지 모르겠지만, 남자친구는 입을 꾹 다물고 운전에 열중했고 엔지는 손톱을 깨물었다.

'왜. 대체 왜.'

왜 언론이 수라간을 옹호하는 걸까.

"……빌어먹을 동양인들. 이럴 땐 또 끈끈하지. 정말 다 죽어 버렸으면 좋겠네."

"끙."

'대체 동양인들과 무슨 일이 있었던 거야?'

며칠 전부터 동양인들을 욕하기 시작한 여자친구.

'안 되겠네.'

배 속의 아기를 위해서도 안 될 것 같다.

"엔지."

"왜!"

"우리 다음 달에 해외로 여행 갈까?"

"……뭐?"

엔지가 눈살을 찌푸리며 철없는 말을 하는 남자친구를 노려본다.

"미쳤어? 우리한테 돈이 어디 있어서 여행을 가."

태어날 아기를 위한 들어갈 돈이 어디 한두 푼일까.

하지만 그녀의 눈은 흔들리기 시작했다.

태어나 지금까지 단 한 번도 벗어나 보지 못한 LA. 여행, 그것도 해외여행은 그녀에게 일평생의 꿈이라고 할 수 있었다.

"다음 달에 보너스 나오니까 그걸로 다녀오자. 네가 가고 싶다던 스위스나 태국 어때?"

"다, 다음 달에 보너스 나와?"

"내가 말 안 했나?"

"안 했어!"

"그럼 지금 할게. 나 보너스 나오니까 여행 갈래? 아니, 여행 가자. 그때…… 할 말도 있고."

쿵!

엔지의 눈이 동그랗게 떠진다.

갑자기 쑥스러워하는 남자친구의 모습에 한 가지 생각이 그녀의 심장을 강타한다.

'서, 설마?'

"아, 알았어……."

어느새 발갛게 달아오른 그녀의 볼과 설레게 뛰기 시작한 심장.

'바보. 그런 건 내가 모르게 해야지…….'

고개를 돌리며 창밖을 바라보는 그녀의 입술이 꿈틀거리며 눈이 몽롱하게 풀려 가고, 그런 그녀를 힐끔 본 남자친구는 환하게 웃으며 차를 몰았다.

그렇게 달리다 보니 어느새 도착한 둘만의 보금자리.

해가 저물어가며 기분 좋은 석양 냄새가 코끝을 간질인다.

"조심, 조심!"

"알았다니까."

평소보다 더 뜨겁게 느껴지는 남자친구의 손길에 그녀는 앙탈을 부리듯 몸을 뒤틀면서도 남자친구에게 기대어 따뜻한 온기를 느낀다.

행복이란 두 글자가 그녀의 몸을 가득 채운다.

그 순간이었다.

탁! 탁!

갑자기 차에서 내리고 근처에 서 있다가 다가오는 여섯 명의 남자.

힐끗 어딘가를 보더니 또렷이 자신들을 바라보며 다가오는 그들의 모습에 남자친구가 엔지의 앞을 막아선다.

"무슨 일이십니까?"

"아, LAPD입니다."

"경찰이요?"

"여자친구이신 엔지 롤스 씨에게 용무가 있어서 왔습니다."

"엔지에게…… 응? 엔지?"

하얗게 질린 여자친구의 얼굴.

"왜 그래, 엔지. 무슨 일이야?"

타악!

자신도 모르게 남자친구의 손을 쳐 낸 엔지가 주춤주춤 물러선다.

이럴 순 없다. 이래선 안 된다.

'곧 프러포즈를 받는데-!'

턱!

더 이상 물러서지 못하게 된 엔지는 고개를 돌렸다가 절망했다.

어느새 경찰 중 한 명이 자신의 뒤에 있었다.

형사는 그런 엔지를 보며 경멸 어린 표정을 지었다.

"우리가 왜 왔는지 아는 것 같네. 그럼…… 엔지 롤스, 당신을 무전취식 및 폭행, 사기, 명예훼손, 유언비어 유포 등의 혐의로 체포합니다. 당신은 묵비권을 행사할 수 있고, 변호사를 선임할 수 있으며, 불리한 진술은 거부할 수 있습니다. 이해하셨……."

"자, 잠깐! 잠깐만요! 제 여자친구가 뭘 했다는 겁니까!"

"몰랐습니까? 요즘 LA를 떠들썩하게 만든, 코리아타운 식당 종업원과 무전취식을 하려던 임산부가 머리채를 잡고 싸운 사건의 주인공이 당신의 여자친구라는 걸요. 그리고 그 여자친구의 주장이 모두 거짓이라는 것도."

"……예?"

인터넷의 이면 〈353〉

철렁!

멍하니 쳐다보는 남자친구의 눈에 엔지의 심장이 내려앉는다.

'아, 안 돼. 그렇게 보지 마! 넌 날 그렇게 보면 안 돼.'

"엔지?"

불신이 섞이는 눈과 목소리에 한 번 더 심장이 내려앉는다.

"이해했으면 가자."

철컥!

"시, 싫어-!"

그녀의 행복이 무너져 내린다.

안 된다. 이러면 안 된다.

'대체 내가 뭘 잘못했다고!'

엔지의 눈이 악독해졌다.

* * *

"대체 내가 뭘 잘못했다고 이러는 건데!"

"잘못한 게 없다고?"

경찰서의 취조실.

얼른 진술을 받아 내고 화상을 입은 아이의 부모를 찾아가려고 했던 형사들이 어이없다는 듯 엔지를 본다.

"그 동양인들이 내 배를 걷어찼단 말이에요! 그런데 동양인들 진술만 듣고 날 범죄자로 모는 거예요?!"

"정말 이렇게 나오시겠다? 이봐, 엔지. 우리가 네게 기회를 주고 있는 거 몰라?"

엔지는 얼굴이 일그러지는 형사들의 모습에 살짝 겁을 먹었지만, 이내 어깨를 폈다.

'괜찮아! 어차피 증거는 진술밖에 없어!'

그러면 상황은 자신에게 유리하다.

엔지는 어느 기사의 댓글들을 떠올렸다.

-뭐야? 결국 이걸로는 코리안 식당의 주장처럼 정말 무전취식을 하려던 걸 붙잡은 건지 알 수가 없잖아 :(
ㄴ그러니까. 아니, 설령 무전취식을 했다고 해도 임산부를 팬다고? 그건 좀 아니지.

'난 약자야!'

아니, 약자여야 한다.

그래야 남자친구와 결혼을 할 수 있다.

"지금 증거도 없이 저 가해자들의 진술만 듣고 약자인 날 핍박하는 거죠?! 변호사 불러 줘요! 내 권리를 행사해야겠어요!"

"……하!"

형사들이 헛웃음을 터트린다.

"이봐, 엔지."

"잠깐. 이봐요, 엔지 씨. 마지막 기회입니다. 지금이라도 순순히 자백한다면 당신이 일부러 이 상황을 방치하고 종용했다는 혐의까진 적용하지 않을 겁니다."

"내가 무슨 종용을 했다는 거죠? 증거도 없으면서 날 몰아붙이지 마세요!"

"엔지 씨, 정말 마지막으로 말하겠습니다. 이러면 난 당신을 도와줄 수가 없습니다."

움찔!

뭔가 심상치 않은 듯한 말투.

하지만 엔지는 여전히 자신에겐 아무런 잘못도 없다는 듯 형사들을 노려봤고, 그에 형사들은 고개를 저으며 갑자기 핸드폰을 꺼냈다.

"하아. 자칭 프로파일러라는 사람이 왜 이렇게 눈치가 없는 건지."

쿵!

'어?'

"명심해. 마지막 기회를 날려 버린 건 너야."

싸늘하게 일갈한 형사는 핸드폰에 저장된 영상 하나를 재생시켜 그녀에게 내밀었다.

-지, 지금 내가 거짓말을 했다는 거야?! 너 내가 누군지 알아?! 너 따위 년은 상상도 못할 사람이야! 너 따위가 프로파일러가 뭔지는 알아?! 비켜!

"어? 어어?"

-사과해! 사과하라고-!

-애나, 진정해!

-떼어 내! 일단 떼어 내!

모든 게 찍혀 있다.
직원을 억지로 밀쳐 내며 나서는 자신의 모습과 길바닥을 나뒹굴며 싸우는 모습이.
"자, 여기 어디에 네 배를 걷어차는 사람이 있지?"
"……변호사를 불러 줘요."
애써 이어 붙이려고 했던 행복이 다시금 박살 나 버렸다.
방금 전보다 더 산산이 부서졌다.

"와, 저 미친년. 정말 미쳤네."
동감이다.
'프로파일러라는 년이…….'
한국과 달리 그 숫자가 굉장히 많은 미국의 민간 프로파일러.
거짓말을 아무렇지도 않게 하는 걸 보면 정말 프로파일러인지도 의심스럽긴 하지만, 사실이라면 아마 민간 프로파일러일 것이다.
취조실의 유리 거울 뒤, 얼굴을 구기던 종혁이 옆을 바라본다.
마치 엄청난 자금을 투자한 블록버스터 영화를 보듯 흥미진진한 눈으로 쳐다보며 카메라를 잡은 손을 움찔거리는 파파라치.
종혁은 백지 수표에 숫자를 써서 내밀었다.
"……전 분명 선물이라고 했는데요."
"제가 공무원이라 비싼 물건은 받을 수가 없네요."

인터넷의 이면 〈357〉

저 영상이 없었다면, 애써 엔지를 검거했다고 해도 처벌을 받게 하진 못했을 거다.

 '아니, 혹여 처벌을 받게 했더라도 흑인 여론이 들끓었겠지.'

 또 흑인이라는 이유로 처벌을 받았다며 난리가 났을 거다.

 "자, 그럼 돈도 지불했으니 저 영상을 찍을 수 있었던 이유에 대해 이야기해 주시겠습니까?"

 기기를 만지고 있던 경찰들까지 호기심 어린 눈으로 파파라치를 바라본다.

 "큼. 뭐, 별건 아니었습니다."

 파파라치가 그때의 상황을 떠올린다.

 종혁을 몰래 쫓다가 골목에 숨어 담배를 피우던 중 가방을 놓고 온 걸 깨닫고 얼른 수라간 안으로 다시 돌아간 그.

 그 순간 가게에 아이의 울음소리가 울려 퍼지고, 종업원이 기겁하자 반사적으로 핸드폰을 들고 영상을 찍기 시작했다.

 그러다…….

 "식당 입구에서 소란이 벌어진 겁니다. 그래서 그 모습을 찍기 시작한 거죠."

 그렇게 모든 진실을 찍어 버리게 됐다.

 "그런데 왜 바로 신문사에 기고하지 않은 겁니까."

 "당신이라면 비싸…… 아, 아니 일개 서버를 위해 이리저리 뛰어다니는 당신에게 선물이 될 것 같아서 그랬습니다. 하하. 그래서 에이미 스피너와의 진짜 관계는 어떻게 되는 겁니까? 에이미 스피너의 전 남자친구?"

'그럼 그렇지. 선물은 무슨.'

고개를 저은 종혁은 가자는 듯 파파라치의 어깨를 두드리며 유리거울 뒤의 공간을 나섰다.

그 순간 취조실의 문이 열리며 수갑을 찬 엔지가 고개를 숙인 채 걸어 나오고, 취조실 앞 복도에서 애타게 기다리다 일어선 남자친구가 망연자실 주저앉는다.

"하하. 그럼 가시죠, 최! 거기 파파라치도 얼른 따라와요!"

"이번에는 내가 잘 나오게 찍어 줘요. 알았죠?"

"에이! 내가 잘 나와야지! 난 흑인이라서 어두워지면 안 보인단 말이야!"

파파라치의 카메라에 담길 한 컷을 위해 여섯 명이 한꺼번에 움직이는 불필요한 짓을 선택한 LAPD의 형사들.

종혁은 한숨을 내쉬며 그들의 뒤를 따랐다.

화상을 입은 아이와 그 부모를 만나러 갈 시간이었다.

(회귀 경찰의 리셋 라이프 43권에서 계속)

환상이 숨쉬는 공간 파피루스 blog.naver.com/gnpdl7

서생, 제갈현몽은 꿈을 꾸었다
무와 협이 아닌, 마법과 모험이 공존하는 신세계를!

『무림 속 마법사로 사는 법』

제갈세가 방계 중의 방계로서
표국의 문사로 일하던 제갈현몽

꿈에서 깸과 동시에 마법을 깨우치고
비범한 활약을 통해 명성을 떨치며
감당하기 힘든 별호를 얻게 되는데

"무후재림께서 오셨다! 무후재림 만세!"
"앗…… 아아……."

세상은 영웅을 원하고, 출사표는 던져졌다
고금제일의 마법사, 제갈현몽의 행보를 주목하라!

무림속 마법사로 사는 법

김형규 신무협 장편소설